A LISTA QUE MUDOU MINHA VIDA

LISTA DE _____

1. _____
2. _____
3. _____
4. _____
5. _____
6. _____
7. _____
8. _____
9. _____
10. _____

OLIVIA BEIRNE

A LISTA QUE MUDOU MINHA VIDA

Tradução:
Monique D'Orazio

COPYRIGHT © FARO EDITORIAL, 2020
COPYRIGHT © 2018 OLIVIA BEIRNE
FIRST PUBLISHED IN EBOOK IN 2018 BY HEADLINE PUBLISHING GROUP
FIRST PUBLISHED IN PAPERBACK IN 2019 BY HEADLINE PUBLISHING GROUP

Todos os direitos reservados.
Nenhuma parte deste livro pode ser reproduzida sob quaisquer meios existentes sem autorização por escrito do editor.

Diretor editorial **PEDRO ALMEIDA**
Coordenação editorial **CARLA SACRATO**
Preparação **DANIEL RODRIGUES AURÉLIO**
Revisão **BÁRBARA PARENTE**
Capa e diagramação **OSMANE GARCIA FILHO**
Ilustrações de capa **BISCOTTO DESIGN | SHUTTERSTOCK**

Dados Internacionais de Catalogação na Publicação (CIP)
(Câmara Brasileira do Livro, SP, Brasil)

Beirne, Olivia
    A lista que mudou minha vida / Olivia Beirne ; tradução de Monique D'Orazio. — 1. ed. — Barueri, SP : Faro Editorial, 2020.
    304 p.

    Título original: The list that changed my life
    ISBN 978-65-86041-32-3

    1. Ficção inglesa I. Título II. D'Orazio, Monique

20-2748   CDD-823

Índice para catálogo sistemático:
1. 1. Ficção inglesa

1ª edição brasileira: 2020
Direitos de edição em língua portuguesa, para o Brasil, adquiridos por **FARO EDITORIAL**

Avenida Andrômeda, 885 – Sala 310
Alphaville – Barueri – SP – Brasil
CEP: 06473-000 – Tel.: +55 11 4208-0868
www.faroeditorial.com.br

Para minha irmã, Elle

CAPÍTULO UM

16 DE MARÇO

Amy vem com a mão para cima de mim e eu estremeço.

Não. Por favor, não. Por favor, só me deixe aqui. Não consigo mais me levantar. Se tiver que fazer mais algum polichinelo, vou vomitar.

— Vamos! — ela grita. — Você consegue!

Eu pisco para ela, meu peito espremendo o oxigênio para fora de mim como se eu fosse um tubo vazio de pasta de dente.

Se a causa da minha morte for Zumba, vou ficar furiosa.

— Não — respondo categoricamente. — Não aguento. Pra mim já deu. Vou pra casa.

Será que ela não consegue enxergar que eu estou quase morrendo? Sinto como se estivesse prestes a ter um ataque de asma — e eu nem sou asmática.

Amy levanta as sobrancelhas para mim.

— Levante-se. Você está me fazendo passar vergonha.

Faço uma careta... Estou me sentindo um lixo. Achei que exercícios físicos serviam pra fazer a gente se sentir bem! Isso é tipo quando Amy tentou me dizer que não dava para sentir a diferença entre o gosto de pão branco e de pão integral. Ela me disse que Zumba era *fácil*.

Amy se agacha na minha frente.

— Vamos, Georgia — ela diz —, a questão é fazer a mente dominar a matéria. Levante-se.

— Não — eu digo antes que consiga me conter —, é muito difícil. Você é melhor que eu nisso, Amy. Você é sempre melhor.

Amy se inclina para a frente e me puxa até eu ficar em pé. Eu tropeço sem a menor elegância.

Puta que pariu, como ela é forte.

— Não, eu não sou — ela diz com firmeza. — Eu só tenho uma mentalidade melhor do que a sua. Você tem que ir lá e agarrar a vida com as próprias mãos, Georgie. Estou cansada de te ver deixar o mundo passar pela janela enquanto você fica com a bunda sentada vendo TV.

Bufo com indignação.

Isso é uma baita injustiça. Eu não passo minha vida inteira vendo TV.

Abro a boca para protestar, mas Amy ataca primeiro.

— Agora coloque seus peitos pra dentro de novo. — Ela se vira para a frente, e eu, a contragosto, faço o mesmo. — Vamos começar as flexões.

Ah, maravilha.

DOIS MESES DEPOIS

— Oi — eu digo —, você poderia me dizer, por favor, em qual quarto minha irmã está? O nome dela é Amy Miller.

Meu corpo estremece quando ouço as palavras saírem da minha boca. Minha irmã está no hospital. Estou aqui para ver minha irmã, no hospital.

A recepcionista olha para mim de relance e depois volta para a tela do computador. Ela digita alguma coisa, e eu continuo com os olhos fixos nela, desesperada para ler sua expressão facial e encontrar algum tipo de pista. Eu não tenho muita experiência com hospitais. Eu realmente nunca precisei ir a um antes. A gente só precisa ir se houver algo de errado. Felizmente para mim, nada nunca esteve tão errado na minha vida.

Até agora.

Olho no meu relógio.

Onde ela está? Ela está aqui em algum lugar. Eu sei que está. Minha mãe disse que seria fácil de encontrar.

A recepcionista mira seus olhos indiferentes em mim.

— Ela está no ambulatório, no quarto andar.

Um sopro contido de ar dispara para fora de mim.

— Obrigada — digo rapidamente e corro pelas escadas.

Amy sempre esteve bem e Amy não está bem. Começou há algumas semanas; ela começou a perder a sensibilidade dos dedos e a ter dificuldades para segurar qualquer coisa. Então, na semana passada, ela caiu. No dia seguinte, ela foi fazer exames de sangue e depois não conseguiu ficar em pé. Disse que estava cansada demais. Amy nunca está cansada demais para nada.

Hoje ela vai receber os resultados. Ela precisava ir ao hospital para buscá-los. A gente só precisa ir ao hospital se houver algo de errado.

Eu viro em um corredor, meus olhos ardendo.

Ela está bem. Ela vai ficar bem. Ela tem que ficar bem. Ela está sempre...

— Georgia!

Dou um pulo quando esbarro em Tamal, o namorado de Amy. Meus olhos se fixam nele e sinto um pouco de alívio.

Eles ainda estão aqui. Não cheguei tarde demais.

— Tamal — ofego. — Oi, desculpe. Onde está Amy? Ela está bem?

Os olhos de Tamal disparam entre o meu rosto e a sala atrás de mim. Tento ler sua expressão, mas ela permanece imóvel.

— Ela está lá — diz ele, apontando para a porta atrás de mim.

Balanço a cabeça em agradecimento e atravesso a porta. Quando entro, todo o ar do meu corpo desaparece.

O ambulatório tem um tom fosco de amarelo-claro e há várias cadeiras marrons espalhadas nos cantos. A parede está repleta de pinturas e há uma pilha de brinquedos infantis cansados, amontoados. Meus olhos disparam pelo ambulatório desesperadamente até eu ver Amy encolhida em um sofá no canto mais próximo da janela. Corro até lá.

— Ei, Amy — eu digo sem fôlego. — Você está bem? Desculpe, vim o mais rápido que pude.

Pego uma cadeira e caio nela. Amy levanta os olhos para mim, sua boca se contorcendo em um sorriso ao me ver.

— Então você achou fácil? — ela pergunta, num tom leve.

Reviro os olhos.

— Sim — eu digo —, mais ou menos.

Não vou dizer que quase fui parar na maternidade.

Amy sorri, entrelaçando as mãos debaixo das pernas dobradas e puxando-as para perto do peito.

— Se bem que não faço ideia de onde estacionei — acrescento, com minha cabeça girando ao redor da sala como se o carro pudesse ter me seguido. — Apenas larguei lá. Acho que foi no setor J?

— Não há setor J, Georgia. — Amy sorri. — O estacionamento é organizado em números.

Eu olho para ela, perplexa.

— Ah, que ótimo — murmuro.

Então onde diabos foi que eu estacionei o carro?

— De qualquer forma, tenho o tíquete aqui em algum lugar. — Gesticulo para meu caderno, lotado de páginas grossas.

Amy olha para baixo.

— Deus... — ela diz. — Você ainda tem essa coisa?

Passo os dedos carinhosamente sobre a capa vincada.

— Sim — eu respondo. — Não sei o que vou fazer quando o espaço acabar. Tem tudo aqui dentro. Acho que é mais importante que o meu rim.

Amy percebe minha expressão e sorri com a boca encostada na manga da blusa. Eu sorrio também. Há um silêncio enquanto ela se readapta ao sofá e seu sorriso desaparece.

Eu me mexo, desconfortável. Olho para Amy e percebo seus olhos atormentados, evitando os meus.

Forço as palavras para fora da minha boca.

— O que eles disseram?

Meus olhos procuram o rosto de Amy enquanto sinto o estômago revirar. Meu corpo fica tenso no silêncio.

Amy sempre foi a versão mais bonita de nós duas. Como irmã mais velha, é como se ela tivesse todos os melhores genes e eu tivesse sido criada com as sobras. Ela tem um rosto em forma de coração, lábios pequenos franzidos e olhos profundos e ovais. Seu cabelo castanho varre a testa e desce ondulando pelas costas, e ela tem um salpicado de sardas idênticas por todo o nariz. Eu a observo roer as unhas. Então, de repente, ela respira fundo e senta-se ereta.

Fico tensa.

— Eu tenho EM.

Fico suspensa no tempo.

O quê?

Não sei o que isso significa. Não sei o que isso é. O que isso significa?

Amy chama minha atenção e sorri, como se pudesse ler meus pensamentos.

— Esclerose múltipla — ela acrescenta.

Sinto meu corpo afundar na cadeira, meus ossos parecendo tão frouxos quanto fios de espaguete.

— O que é isso? — pergunto.

Amy passa os dedos pelos cabelos, as mãos trêmulas.

— É uma doença que significa que meus nervos não estão funcionando corretamente. Ou o revestimento, ou algo assim. Os sinais que meu cérebro está enviando não conseguem passar. É por isso que me sinto tão cansada e fico caindo.

— É fatal?

As palavras de pânico caem da minha boca antes que eu possa detê-las, e o choque delas faz meus olhos arderem. Meu peito dói sob a tensão e pisco rapidamente antes de encontrar os olhos cinzentos e vigilantes de Amy.

Há algo de errado. Eu tinha tanta certeza de que não haveria nada errado.

Amy sorri.

— Não — ela diz —, mas é permanente. É algo com o qual eu tenho que viver.

— Tem tratamento?

Amy inclina a cabeça.

— Até certo ponto. — Ela pega minha mão e enlaça os dedos nos meus. — Não estou morrendo, então pare de fazer essa cara de quem está compondo meu discurso fúnebre. É apenas um modo de vida diferente. Essas são apenas as cartas que eu tirei para jogar. Tenho que olhar para o lado bom.

Sustento o olhar de Amy e, enquanto o faço, meus olhos ardem.
— Como você pode ser tão positiva? — eu consigo dizer.
Amy aperta minha mão, seus olhos brilhando para mim.
— O que mais eu posso fazer?

* * *

— Chá?
Minha cabeça se levanta ao som da voz do meu pai. Sinto como se estivéssemos sentados em silêncio por horas, vendo *MasterChef* sem pensar.
— Eu faço. — Minha mãe se levanta, sua cabeça girando na sala e observando todos nós.
Tento me reclinar de volta no sofá, minha pele fervilhando de ansiedade. Amy está dobrada na poltrona, ao lado de Tamal. Seu cabelo está preso atrás das orelhas e as mãos foram engolidas pelo grande e trêmulo pulôver, folgado em seu corpo rígido.
É seu agasalho da faculdade. Ela só o veste quando está doente — o que ela nunca está. Ela nunca está doente.
— Ah, olha. — Meu pai ri, apontando para a TV. — É assim que sua mãe faz.
Volto os olhos para a TV, e Tamal inclina a cabeça em concordância.
— Amy — mamãe chama da cozinha —, que leite você quer? É esse de aveia?
Amy se empurra para a frente e se levanta.
— Vou ajudá-la — ela diz.
Todos os nossos olhos seguem Amy para fora da sala e eu enfrento o desejo de ir atrás dela. Tamal cruza os braços sobre o peito, o rosto tenso.
Aproveito a oportunidade e rapidamente passo para o assento vazio de Amy. Tamal me avalia e sorri. Tamal é enfermeiro desde que o conhecemos.
— O que você sabe sobre a EM? — pergunto baixinho, meus olhos correndo nervosamente para a porta. — Não tive chance de falar com ninguém no hospital.

Meu pai olha em nossa direção e depois de volta para a TV, fingindo não ouvir. Percebo o corpo de Tamal tenso com a minha pergunta; seus olhos oscilam brevemente em minha direção e depois voltam para a TV.

— Hum... — ele diz. — Bem, é um quadro neurológico...

— O que isso significa? — interrompo, cada parte de mim se contorcendo de medo.

— Tem a ver com os nervos — ele diz. — Tem a ver com o seu sistema imunológico não funcionar corretamente. Para cada pessoa é diferente; para alguns, não tem efeitos severos. O revestimento que protege os nervos fica danificado; então, quando o cérebro envia mensagens aos nervos, essa alteração pode afetar a capacidade de resposta do corpo. Pode...

— O que você está fazendo?

Eu pulo ao som ríspido da voz de Amy, quando ela reaparece na porta. Seus olhos se estreitam para mim, e noto que sua mão está curvada em torno da maçaneta da porta.

Pisco sem palavras para ela.

— Eu só estava perguntando sobre EM — murmuro, voltando para a minha cadeira.

— Por que você está perguntando ao Tamal? — Amy diz friamente. — Por que você não está perguntando a mim?

Meu coração afunda no peito.

Amy ficou em silêncio durante todo o caminho de volta do hospital. Todos nós ficamos.

Não posso perguntar a ela porque não quero. Não quero perguntar a ela sobre estar doente, porque não quero que ela esteja doente.

Enquanto o silêncio se expande pela sala, espero que Amy tenha abandonado o assunto, mas seus olhos ainda estão fixos em mim.

— Você pode me perguntar — ela diz com firmeza. — Não é um problema tão grande assim. Você não precisa perguntar sorrateiramente pelas minhas costas.

— Eu não estava...

— Não comecem a ficar falando sobre mim.

Sua voz me impacta e sinto meus olhos se encherem de lágrimas.

— Não era isso — consigo dizer.

— Georgia! — minha mãe chama da cozinha. — Você pode vir me ajudar a levar isso?

Levanto-me quando Amy vira a cabeça na direção de mamãe, que reapareceu na porta, carregando duas canecas.

— Eu posso ajudar — Amy declara de modo acusador. — Estou bem aqui.

Os olhos de mamãe voam para mim nervosamente.

— Está tudo bem, amor. A Georgie pode ajudar. Algumas canecas estão bem cheias.

— E daí?

Sinto um espasmo no meu peito quando Amy olha feio para mim. Ela se aproxima e pega uma caneca de mamãe com tanta força que a água fervente espirra em seu braço. Vejo o rosto de Amy vacilar sob a dor, mas ela invoca suas forças para se manter firme e vem a passos largos na minha direção, o braço tremendo. Sua boca está cerrada quando ela coloca a caneca pingando sobre a mesa e olha de volta para mamãe.

— Viu? — ela diz com irritação. — Estou bem. Eu consigo carregar uma maldita xícara de chá... — Ela lança outro olhar venenoso em minha direção e sai da sala. — Estou bem.

CAPÍTULO DOIS

Posso usar rosa? Uma investigação:

PRÓS

- Rosa é secretamente minha cor favorita
- Aquele suéter incrível da loja de caridade é rosa e eu quero usá-lo
- Assim como a saia que eu comprei para o Natal
- E a blusa
- Ter um rosto cor-de-rosa em V é realmente uma coisa boa e não é algo que deveria me constranger
- Sou uma mulher forte e independente e devo usar qualquer cor que eu quiser, independentemente de Amy me dizer que fiquei "fofa" (o pior elogio do MUNDO. Ela poderia ter me dito que eu parecia uma criança de oito anos)
- Reese Witherspoon usa rosa o tempo todo (não que eu me pareça com ela)
- Rosa é a cor da primavera — e todo mundo adora a primavera.

CONTRAS

- Eu pareço a Miss Piggy.

* * *

Ok, como assistente, há muitas coisas que eu diria que não são o meu trabalho.

Por exemplo, organizar os torrões de açúcar. Ou reabastecer o papel na fotocopiadora ou assinar o recebimento de todos os pacotes (não me importo muito com isso, pois considero uma desculpa para mostrar minha assinatura sofisticada).

Mas isso já é longe demais. Ninguém deveria ter que fazer isso.

— Desculpe. — A vendedora de olhos brilhantes bate as pestanas para mim. — Você pode repetir isso, por favor?

Argh. Por favor, não me faça repetir. Dizer uma vez já é bastante humilhante.

Suspiro.

— Preciso encomendar sete pombas bebês para o dia 17 de novembro, por favor. E elas precisam ser tão brancas quanto... — Eu consulto meu caderno, as páginas amassadas curvando-se sob meus dedos. — ... os dentes do Rylan.

Ela franze as sobrancelhas.

— Quem?

Eu derrubo meu caderno velho no balcão e encontro seus olhos perplexos.

— Ele é uma celebridade. As pombas só precisam ser brancas — digo, encolhendo-me quando as palavras saem da minha boca. — Incrivelmente, ofuscantemente brancas. — Meus olhos se voltam para a letra de Bianca. — Ela não quer pintinhos feios.

Na verdade, ela não usou a palavra "pintinhos", mas eu sou uma dama e ainda não são 11h da manhã.

— Pombas bebês? — a vendedora repete. — Nós só temos pombas crescidas.

Arregalo os olhos para ela. Por que essa garota não está me ajudando em nada?

— Bem — eu me atrapalho —, alguma delas está grávida? Podemos engravidá-las? O casamento é, tipo, daqui a cinco meses. Isso é tempo suficiente para um bebê ser... er... feito? Concebido?

Um frisson de vergonha dispara pela minha espinha ao me ouvir dizer a palavra "concebido" para uma completa estranha.

A garota ergue as sobrancelhas para mim e abre um grande catálogo. Deslizo meu pé inchado para fora do sapato de bico fino, tentando ignorar a irritação que pinica minha pele. Não sou assistente pessoal, não sou uma traficante de um filme sofisticado e nem sou uma espiã descolada que precisa de pombas para pegar um mágico homicida.

Afundo em uma cadeira e pego meu celular.

Sou *designer* assistente da Lemons Designs. Era para eu ser uma *designer. Uma designer.* No entanto, passei os últimos sete meses ajudando Bianca Lemon a planejar seu grande dia. Tipo, eu não acho ruim. Bianca deve confiar em mim se ela está me permitindo realizar todas essas tarefas. Afinal, é o casamento dela. Mas como uma garota solteira há dois anos, sei muito pouco sobre casamentos — e menos ainda sobre como organizá-los.

Por exemplo, você precisa reservar o padre. Como assim? Achei que eles já estivessem lá.

Viro as páginas do meu caderno cheio de orelhas, minha atenção capturada por uma página solta que está balançando na brisa do verão. Tenho meu caderno — ou diário, como gosto de chamá-lo — há anos. Embora Amy me compre um novo todo Natal, parece que não consigo me desfazer deste aqui. Eu o levo comigo a todos os lugares.

A moça morde o lábio e finalmente diz:

— Tá, temos três pombas que são... brancas. Nós as chamamos de cristalinas.

Eu mordo a língua.

Nome ridículo para uma pomba branca; os cristais são transparentes. Cristalino é transparente. Todo mundo sabe disso.

Respiro fundo e fico em pé.

Acalme-se, Georgie. Não é culpa dessa pobre garota que você passou a manhã toda arrumando o *circo* que é a cerimônia de abertura do casamento de Bianca, calçando sapatos em que você mal consegue ficar de pé. Pelo menos eu consegui convencê-la a não chegar na igreja montada em um elefante.

— Ok, ótimo — respondo. — Eu preciso de sete, por favor.

A vendedora chupa a ponta da caneta.

— Bem, nós temos três.

— Onde estão as outras?

— Outras?

— Sim — digo impaciente, colocando meu celular de volta no bolso —, as outras pombas. Certamente você tem mais de três pombas. Quem tem apenas três pombas no estoque?

— Não. — A garota fecha o catálogo. — Nós temos três. Você pode reservar nossas três, mas terá que contratar as outras quatro por conta própria em outros lugares e torcer para que se comportem.

O quê?

— Se comportem? — repito.

— Sim — a garota sorri —, algumas das pombas podem ser bastante mal-humoradas.

Mal-humoradas?

Ah, maravilha. É tudo o que preciso no casamento: uma "briga de galos" entre todas as pombas cristalinas grávidas.

Pego algumas notas para fazer um pagamento adiantado e depois saio apressada, pegando o celular.

Onde vou descolar mais quatro pombas? Já foi difícil o bastante encontrar três!

Talvez eu apenas ignore algumas e deixe Bianca bêbada antes de elas serem soltas. Se eu as mergulhasse em tinta, ela nunca saberia a diferença.

* * *

Aperto meus olhos inchados na frente do computador.

Escolha um desses destinos.

Meus olhos percorrem as quatro opções e clico em uma praia de areia contornada por um cenário azul brilhante. A próxima pergunta carrega na tela.

Escolha um bolo.

Meu estômago dói quando meus olhos pousam em quatro fotos de bolos surpreendentes.

Melancólica, lanço um olhar para meu sanduíche murcho.

É muito difícil ser adulta. Todo dia eu considero o almoço uma desilusão gigantesca e não tenho ninguém para culpar além de mim mesma. Simplesmente não é justo. Obviamente, em um mundo ideal, eu compraria meu almoço num restaurante ou naquela pequena e fofa lanchonete na outra esquina, como a Bianca faz.

Sua risada rola através da porta do escritório e eu me encolho de irritação.

Bianca sempre tem os almoços mais chiques. Uma vez ela entrou com uma salada de ovo de codorna com um acompanhamento de Promofranochichifitalatah.

Ok, não foi exatamente o que ela disse. Seja lá o que for, me forçou a esconder meus sanduíches de presunto e queijo para que ela não me demitisse no ato por ser tão terrivelmente comum.

Eu me forço a dar uma grande mordida e mastigar vigorosamente.

Eu também, por engano, comprei pão integral, com baixo teor de gordura. As segundas-feiras são difíceis o suficiente sem perceber que você precisa comer um pacote inteiro de *pão com baixo teor de gordura* antes de retornar ao seu delicioso pão branco de sempre. Com grande esforço, engulo a bola seca de sanduíche frio e endurecido e estremeço quando ela estaciona no fundo da minha garganta. Clico no bolo de chocolate mais melequento da tela do computador.

Normalmente eu não passaria minha hora de almoço sentada completando os testes do *BuzzFeed*, mas depois que Bianca me enviou para resolver tarefas externas do casamento que duraram umas quatro horas, sinto que mereço um descanso. Uma nova pergunta surge na minha tela.

Agora escolha uma cor.

Automaticamente, meu dedo encontra a imagem verde.

Em dias normais, eu passaria minha hora de almoço trabalhando nos meus próprios projetos.

Dou outra mordida no sanduíche.

Curiosamente, não me candidatei à vaga de emprego na Lemons Designs para me tornar uma organizadora de casamentos. Eu me candidatei porque queria ser *designer* — e achei que era por isso que eu tinha sido contratada inicialmente.

Clico o mouse na foto de um labrador preto.

Bianca não me pediu para trabalhar em um único projeto de *design* desde que me contratou, então decidi trabalhar em projetos sozinha.

Volto meus olhos ao questionário do *BuzzFeed* quando quatro imagens de diferentes coquetéis aparecem e eu enrugo a testa.

Está tudo levando à grande reunião de apresentação de projetos que teremos na Lemons, durante a mesma semana do casamento de Bianca. Tenho tudo planejado. Bianca ficará realmente estressada com toda a preparação para o casamento e *a grande apresentação*, e vai ficar andando pra lá e pra cá pelo escritório parecendo um papagaio louco. (Ela adora andar pra lá e pra cá. Na semana passada, nossa máquina de xerox emperrou e ela andou tanto pra lá e pra cá que eu pensei que fosse tomar impulso para sair voando e emigrar para terras mais quentes.) Ela vai recorrer a mim, desesperada, e vai me implorar para ajudar, e eu vou embarcar nessa. Vou ter planejado seu casamento perfeito, e vou lhe mostrar os meus projetos na *grande apresentação*. Ela vai me chamar de revolucionária e me promover de *designer* assistente a *designer* plena e se oferecer para pagar meu almoço todos os dias pelo resto da minha vida como agradecimento por eu ser a integrante mais fodona que já existiu na equipe — incluindo Sally, a CDF do escritório que me deixa maluquinha.

Clico na foto de uma cabana arredondada e o *BuzzFeed* ganha vida.

Você se casará em 2075, em um pequeno celeiro.

Largo meu sanduíche com horror.

O quê?

Em 2075? Eu vou ter, tipo...

Torço o nariz e tento fazer a conta.

Fico de queixo caído.

Vou ter 83 anos!

Não posso me casar quando tiver OITENTA E TRÊS ANOS! Eu praticamente vou estar morta!

E em um pequeno celeiro? Onde vou achar esse lugar?

Por que demoraria tanto tempo para eu me casar? Qual é o meu problema? Não vou ser atraente até completar 83 anos? Ninguém vai querer se casar comigo até os 83 anos?

Eu bufo alto sentindo o calor subir pelas minhas costas.

Bem, obviamente deve haver algum tipo de falha séria nesse teste idiota. Vou ter que escrever uma carta bem enérgica para o *BuzzFeed*:

Caro BuzzFeed,

Quem diabos você pensa que é? Sou uma mulher atraente, forte e MUITO CASÁVEL, que tem 26 anos e é digna de uma GRANDE MANSÃO e um...

— Georgie?
Saio da minha fantasia louca com um sobressalto e giro na cadeira quando Bianca entra no escritório. Rapidamente fecho meu navegador e fixo os olhos nela.

Bianca tem cabelos ruivos incomuns que saltam do couro cabeludo e caem em cascatas pelas costas. Seu corpo comprido está envolto em um vestido roxo. Ela pisca os grandes olhos verdes para mim e eu sinto um arrepio.

— Georgie — ela repete, sentando na cadeira da mesa de Sally. — A Sally está no almoço?

Confirmo com a cabeça, rapidamente passando a língua pela boca para verificar se há sementes soltas nos meus dentes.

Sementes idiotas. Pão com baixo teor de gordura idiota e horrível. Quem coloca sementes no pão? Quem quer isso? Ninguém quer uma árvore brotando no estômago.

Será que isso pode acontecer?

— Certo... — ela diz, prolongando a palavra. — Como você se saiu esta manhã? Tudo resolvido?

Confirmo balançando a cabeça de novo.

— Tudo — eu digo, meu coração batendo furiosamente contra minhas costelas.

Bianca sempre me faz sentir assim. Poderíamos estar conversando sobre o tempo e, no entanto, ainda sinto como se pudesse desmaiar de pavor a qualquer segundo. Ela não é nenhuma mulher assustadora, é perfeitamente amigável, mas também usa saltos pontiagudos e estala os dedos para as recepcionistas sempre que não estão trabalhando rápido o suficiente.

Morro de medo do dia em que ela vai estalar os dedos para mim. Provavelmente vou me dissolver imediatamente em uma poça de ansiedade, só para ouvir berros por molhar os sapatos de grife de Bianca. Uma vez ela me desejou um feliz aniversário, quando não era meu aniversário, e eu passei uma hora convencida de que ela estava jogando um jogo mental perverso comigo, e a deixei cantar parabéns para mim por puro medo. Desde então, fiquei sabendo que ela é extremamente desorganizada, mas também acha que meu aniversário é em março, e não em dezembro. Acho que nunca vou corrigi-la.

Bianca faz que sim com a cabeça.

— Ótimo — ela diz —, isso é ótimo. Obrigada, Georgie. Preciso que você ligue para alguém hoje à tarde, tudo bem?

Abro meu bloco de notas, a caneta já pronta.

Bianca se inclina na cadeira.

— Só sinto que, tipo, quero que meu casamento seja realmente especial, sabe? Quero dizer, a gente só tem um, não é mesmo?

— É sim — afirmo.

Meus olhos se fixam no bloco de notas.

— Então — ela continua —, preciso que você ligue para alguém, não importa quem, porque eu e Jonathan decidimos que queremos que esse casamento seja realmente pessoal. Pessoal para nós, sabe?

Escrevo a palavra "pessoal" no meu bloco.

— Nós começamos a nos chamar de "urso" e "ursa". Tipo, bebê ursinho; te amo, ursinha; você é meu urso...

Meu rosto queima de humilhação por Bianca estar compartilhando essas informações incrivelmente pessoais comigo. Essa é a pior coisa que eu já ouvi. Nunca mais vou conseguir olhar para o Jonathan da mesma forma.

— Então, como surpresa, seria superfofo ter alguns ursos por lá.

Eu travo.

O quê?

— Desculpa? — murmuro com a voz fraca.

— Você sabe — Bianca continua, mexendo em uma mecha de cabelo —, talvez na cerimônia, enquanto caminhamos até o altar. Não sei, talvez eles pudessem cantar ou algo assim.

Cantar?

O quê?

Ela sabe o que é um urso? Ela acha que *O livro da selva* é um documentário?

— Hum — digo baixinho —, Bianca, não sei onde vou encontrar ursos cantores. Além disso, acabei de encomendar três pombas. Os ursos não vão comer as pombas?

Os ursos não vão comer *a gente* é a questão mais importante! Os ursos não comem humanos? E os ursos conseguem *subir em árvores*! Eu mal consigo subir em uma árvore!

Abro e fecho a boca.

Bianca balança o braço no ar.

— Bem, eles devem vir com um guarda ou algo assim, eu não sei. Isso é mera logística, Georgie.

Bianca se coloca de pé e olho para ela boquiaberta.

— Bianca — eu digo de novo —, não sei como...

Bianca se inclina na moldura da porta do nosso escritório e levanta as sobrancelhas.

— Sim, eu sei que é um desafio, mas é por isso que estou pedindo pra você, ok? Eu sei que é difícil, mas tudo o que estou dizendo é que, se Beyoncé quisesse ursos para o casamento, ela conseguiria, não conseguiria? Então, por que eu não posso? Se a Beyoncé pode, então eu posso.

Eu pisco para ela. Não pode ser assim que ela racionaliza as coisas.

Abro a boca para responder, mas Bianca se adianta a mim.

— Olha — ela suspira —, estou me sentindo superestressada, tá? Você sabe que agora só faltam cinco meses para o casamento. — Ela vai embora e depois se vira para mim. — Sinceramente — ela diz —, você não tem ideia de como na realidade é difícil planejar um casamento.

* * *

Eu poderia me safar matando a Bianca?

Observo a água fervente espirrar dentro da minha caneca ao cair da chaleira.

Provavelmente não, mas talvez valesse a pena; aí eu não precisaria passar mais um segundo que fosse do meu dia escolhendo arranjos de flores. Como se meu dia não pudesse piorar o suficiente, agora estou tentando transformar as ideias de Bianca para as flores em uma apresentação de PowerPoint que ela possa mostrar ao Jonathan quando ele voltar de sua viagem de negócios.

Como assim? Que tipo de pessoa mostra ao noivo uma apresentação em PowerPoint sobre arranjos de flores?

Pego um grande cubo de açúcar e despejo no chá.

Eu poderia simplesmente forçá-la a emigrar. Poderia reservar para ela um voo para a Austrália e dizer que ela foi convocada para palestrar em uma feira de casamentos e depois "esquecer" de marcar a passagem de volta.

Embora eu mesma quisesse muito ir para a Austrália. Seria uma ideia melhor reservar acidentalmente um voo para mim e deixá-la aqui. Mas como eu...

— Georgia?

Saio de trás da porta da geladeira e encontro Sally.

Parada a pouco menos de dois metros, Sally parece um bicho-pau muito esticado. Ela tem cabelos escuros e elegantes, que se curvam embaixo do queixo, e olhos grandes e esbugalhados que parecem que vão saltar das órbitas sempre que ela está estressada. O que é praticamente todo segundo de cada dia.

Respiro fundo e forço todas as minhas habilidades de atuação a um estado de alerta.

— Oi, Sally — eu digo —, como vai o seu dia?

Sally olha para mim como se eu tivesse perguntado a ela como está seu ciclo menstrual.

— Tudo bem — ela diz abruptamente. — Você resolveu a questão dos papagaios?

Eu sufoco uma risada. Papagaios? Ela acha que Bianca vai se casar a bordo de um navio pirata?

— Pombos? — digo docemente. — Sim, resolvi.

Sally sempre sente a necessidade de confirmar tudo o que faço. Certa vez, pensei que seria engraçado mentir e dizer a ela que acidentalmente encomendei cem pintos de chocolate em vez de cem pirulitos de chocolate, mas Sally quase teve um ataque de asma — e eu quase recebi uma advertência por escrito —, então aprendi minha lição.

A lição é que Sally tem um negócio enfiado na bunda, e todo o meu escritório tem o senso de humor de um lenço molhado.

— Chá? — Sally balança a cabeça em direção a minha caneca.

— Sim — eu respondo. — Você gostaria de um também?

— Não.

— Tá.

É assim que Sally sempre fala. Como se ela fosse um cadete velho do exército que não transa há dez anos. Ela gosta de usar frases como "câmbio isso" e "não no meu turno de vigia", e na maioria das vezes eu só quero batizar seu café triplo com um comprimido para dormir.

Saio da copa apertada passando por Sally, que pisca os olhos esbugalhados para mim. Começo a subir as escadas, quando vejo Natalie.

— Oi — eu sorrio —, você está bem?

Natalie tem pele cor de caramelo que está sempre delineada e cabelos trançados normalmente torcidos no pescoço formando uma trança grossa. Seus olhos travessos são emoldurados por óculos quadrados modernos e ela está sempre sorrindo para mim. Sempre.

Natalie faz parte da equipe de finanças, o que facilita muito, para mim, ouvir quando ela aconselha comprar uma terceira garrafa de vinho, como um investimento sensato. Embora não façamos isso há um tempo.

— Sim, tudo bem. — Ela sorri, olhando por cima do meu ombro para Sally, que passa como um faisão na TPM. — O que você vai fazer hoje à noite? Vamos sair para tomar alguma coisa? Preciso de algo para entorpecer as planilhas do meu cérebro.

Seguro minha caneca pegando fogo perto do meu peito.

— Eu não posso hoje à noite — respondo. — Tenho que fazer o jantar para a Amy. Desculpe — acrescento —, não gosto de deixá-la sozinha.

Por uma fração de segundo, vejo o rosto de Natalie esmorecer, decepcionado.

— Sem problemas — diz ela. — Me avise quando tiver uma noite de folga.

Sorrio e subo as escadas.

— Aviso.

CAPÍTULO TRÊS

27 DE JUNHO

LISTA DE TAREFAS:

- Lembrar Tina sobre a conta de gás (!!!!) (encurrale-a quando ela estiver de ressaca e não puder correr)
- ~~Fazer lasanha para Amy~~ (impossível. Como diabos se faz molho de queijo?)
- Encontrar sete pombas (Bianca. Não é importante. Falta uma eternidade pro casamento)
- Trabalhar em projetos?
- Lavar roupa escura (ficando sem calças, urgente)
- Ligar pro papai.

Esguicho uma quantidade generosa de xampu na palma da mão aberta e sinto os olhos se esticarem para o líquido púrpura que serpenteia para fora do frasco.

    Oh, Deus, isso parece muito caro. Quem sabia que Tina tinha um gosto tão caro? Eu realmente deveria descobrir em que ela trabalha. Como ela tem dinheiro para isso? Nosso aluguel também não a levou à falência?

    A garrafa solta um gemido todo-poderoso e meu estômago estremece em pânico.

Ah, não, o xampu acabou? Eu definitivamente não queria usar tudo. Eu só pretendia usar um pouquinho para aguentar até o dia do pagamento.

Olho para as paredes do nosso banheiro cinza e úmido. Tento reprimir um arrepio quando olho para o mofo, enrolando-se nos cantos e nos azulejos soltos que tremem levemente sempre que o apartamento de cima liga a secadora.

Nunca pensei que acabaria morando em um lugar como este. Quando arranjei o emprego na Lemons, sabia que tinha que me mudar. Eu não poderia ficar na casa dos meus pais para sempre. Mas estaria mentindo se dissesse que estava completamente preparada para o que meu salário mínimo conseguiria pagar em Londres. Amy ainda mora com nossos pais, economizando para uma hipoteca. Ela sempre foi a irmã sensata.

Encontrei Tina na internet. Ela disse que seu último colega de apartamento tinha feito as malas e saído, então ficou feliz em me aceitar imediatamente. Nem tive de assinar um contrato. No começo, eu achava que meu quarto caixa de fósforos e minha cozinha permanentemente úmida eram encantadores. Não me importava com o fato de o sofá da sala ter calombos e manchas de caráter duvidoso que eu pensava serem parte do *design*. Então Tina me disse que encontrou o sofá na rua, e eu não tinha dinheiro para mandá-lo lavar a seco. Então encontrei mofo se infiltrando debaixo do colchão. Aí encontrei o rato.

Massageio o xampu no couro cabeludo e tento ignorar a bola de fogo de pânico que se forma na boca do meu estômago. Obviamente, eu não costumo roubar xampu da minha colega de apartamento, mas depois que o valor do meu aluguel some da minha conta bancária, às vezes não me resta muita escolha.

Amy é a única pessoa que veio me visitar. Não vou deixar meus pais virem. Não quero que eles vejam.

Entro debaixo da água e deixo o xampu cair no meu corpo.

Oh, esse xampu tem um cheiro *muito* bom.

Eu definitivamente me sentiria melhor se o cheiro fosse nojento, mas o aroma é de uma deliciosa mistura de rosas e lavanda e...

Pulo de susto, pois há uma batida forte na porta.

— Georgia? — a voz de Tina chama. — Georgia?

Meu Deus. Que descuido! Será que ela está sentindo o cheiro do xampu? Será que ela sente que estou roubando dela? Ela não está prestes a me confrontar agora, está? Estou pelada! E... Argh! Entrou xampu no meu olho!

Bato a cabeça para trás debaixo do chuveiro em uma tentativa de tirar a espuma.

A maldição do xampu roubado!

— Georgia! — Tina grita, sua voz perfurante penetrando pela porta do banheiro.

— Sim? — eu consigo dizer, esfregando loucamente o olho.

Oh, Deus, o que tem nisso aqui? Ácido? Parece ácido. Talvez seja. Talvez não seja realmente um xampu, e Tina tenha enchido o frasco com creme depilatório como uma forma de me pegar no flagra roubando suas coisas.

Argh! Como eu pude ser tão burra?

— Você já está terminando? — Tina grita de novo. — Vou sair, preciso escovar os dentes.

Sinto meu corpo relaxar um pouco enquanto minhas mãos agarram minha cabeça.

Oh! Graças a Deus. Acho que todo o meu cabelo ainda está aqui. A última coisa de que preciso é ficar careca como punição por roubar da Tina. Como eu poderia explicar isso a alguém?

Consigo abrir o olho em chamas e desligar o chuveiro.

— Já — grito de volta —, me dê só um segundo.

Saio do chuveiro e envolvo meu corpo fumegante e rosa na minha toalha murcha. Pego meu cabelo e dou umas fungadas loucamente, os olhos disparando para o frasco vazio de xampu caído no chuveiro.

Oh, Deus, meu cabelo realmente está com o cheiro do xampu dela. Ela vai saber. Posso fazer uma piada com isso? Será que ela vai achar engraçado? Eu e Tina mal trocamos quatro frases uma com a outra. Ela pode ficar totalmente despreocupada, ou posso acordar de manhã com uma cabeça de cavalo apoiada na minha cama. Ambas as opções são igualmente plausíveis.

Pego o resto das minhas coisas e abro a porta do banheiro. Uma lufada de vapor rola entre nós e Tina afasta-a do rosto.

— Desculpe — digo, passando por ela o mais rápido que posso.

— Ooooh! — Tina exclama, virando-se para mim. — Você está com um cheiro gostoso!

Eu congelo.

— Er ... — digo fracamente, voltando-me para ela. — Obrigada.

Tina olha para mim e meus olhos disparam pela sala. Será que ela sabe?

— Você vai sair? — ela pergunta, apontando para a minha toalha.

— Não — respondo rapidamente, à medida que o vapor ao meu redor diminui e a temperatura habitual do nosso apartamento cubo de gelo arrepia minha pele. — Bem, eu vou ver minha irmã. Vou ficar lá no fim de semana. Você está indo a algum lugar divertido?

Os olhos de Tina oscilam e ela olha para o celular.

— Sim — ela diz —, vou sair com as minhas amigas. Parece que vou ter um aniversário por fim de semana até o Natal.

Ela ri alto e eu pisco para ela. Além de bebidas com Natalie, eu raramente saio hoje em dia. Depois que me formei na universidade, entrei na rotina. Eu gosto da minha rotina, estou feliz com ela.

— Oh — digo —, parece legal. — Aperto minha toalha em volta do corpo e lentamente volto para o meu quarto. — Tenha uma ótima noite.

— Obrigada! — Tina grita do banheiro. — Você também!

— Obrigada — murmuro de volta, fechando a porta do meu quarto. — Pode deixar.

* * *

— Deveríamos ter chamado um táxi.

Meus olhos voam entre Amy e minha mãe conforme um vento leve bagunça meu cabelo e eu me inclino apoiada no ponto de ônibus, uma lâmina de luz solar fluindo no meu rosto.

— Não podemos chamar um táxi — Amy diz entre os dentes, os olhos examinando a rua fechada. — Hoje é dia de jogo.

Aperto as mãos sentindo as sacolas pesadas queimarem em meus dedos e tento ignorar a dor gritante nos cotovelos, que parecem que vão ser arrancados das juntas a qualquer momento.

Caramba, essas sacolas são pesadas. Por que são tão pesadas?

— Seu pai deveria ter nos buscado — minha mãe murmura pelo canto da boca. — Deveríamos ter esperado.

— Ele ia demorar mais uma hora! — Amy retruca. — Não poderíamos ter ficado esperando por uma hora! Podemos pegar o ônibus. Está tudo bem.

Amanhã é domingo, e todo domingo mamãe faz um assado para toda a família no jantar. Ela faz isso desde que eu e Amy éramos crianças. Mas esta é a primeira vez que ela nos levou junto para comprar os ingredientes.

Inclino o corpo para a frente quando um grupo de homens corpulentos atrás de mim me empurra na multidão, todos aglomerados ao lado do ponto de ônibus como sardinhas passivas.

A resposta da minha mãe para tudo é comida. Se você está comemorando, com o coração partido ou ferido, ela cozinha. Olho para as minhas sacolas, transbordando com embalagens de frutas e pilhas de caixas chiques. Mesmo que ela nunca fosse admitir, eu sei o que esse ímpeto repentino de comprar toda essa comida extravagante para a sobremesa realmente significa.

Meus olhos vagueiam de volta para Amy, que ainda está olhando feio para a rua. Estremeço quando os bandos de homens atrás de mim dão empurrões uns contra os outros, suas cervejas respingando na calçada.

Nós crescemos na região metropolitana de Londres, a sudoeste. Mamãe, papai e Amy ainda moram em nossa casa de infância, e eu me mudei no início deste ano. É um lugar encantador para se viver.

Fui muito feliz aqui. A menos que fosse dia de rugby.

Nesses dias, a cidade é esmagada por um enxame de fãs de rugby empolgados e embebedados, e se você tiver algum juízo na cabeça vai trancar as portas, fechar as cortinas e assistir *Toy Story* sem parar até a terrível provação terminar.

Você certamente não ficaria, por vontade própria, perto de uma gangue cada vez maior de torcedores esperando ônibus no ponto.

— Tenha cuidado! — Mamãe sussurra por cima do ombro para um homem com um rosto que parece de javali, enquanto ele cambaleia em nossa direção. Ela passa o braço atrás de Amy como se fosse um escudo e olha para a multidão. Olho nervosamente em direção a Amy e vejo um tom profundo de escarlate subindo por seu rosto.

Eu me ajeito o melhor que posso, mas Amy não olha para mim. Sinto uma fisgada no peito.

Faz um mês desde o diagnóstico de Amy, e ninguém gosta de falar sobre isso. Bem, na verdade, isso não é estritamente verdade. Todos tentamos conversar sobre isso, mas Amy não quer. Ela nem responde.

Meus olhos encontram brevemente os de Amy antes de nós duas desviarmos o olhar e nos fixarmos nas ruas congestionadas. Vejo o ônibus aparecer e sinto o bando de bêbados se movimentar ao avistá-lo também. Todos eles começam a dar gritos e a trocar socos na calçada.

Meu corpo endurece e luto contra o desejo de levantar Amy na minha frente para que eu possa protegê-la. Percebo a cabeça da minha mãe tremendo ao meu lado, os olhos cheios de preocupação.

Amy não parece doente. Isso parece tornar tudo mais difícil, porque ninguém tenta ajudá-la. Amy é tão teimosa que ninguém pensa que ela precisa de ajuda.

Ela não quer nenhuma ajuda. Ela nunca quis nenhuma ajuda.

O ônibus para lentamente e a multidão atrás de nós de repente se junta como se todos estivéssemos embalados a vácuo. Meus ombros sobem até as orelhas quando um homem grande, com a barriga inchada, se enfia no espaço ao meu lado e a multidão se afunila em direção às portas. Olho para mamãe quando a ouço gritar e depois olho para Amy, que não se mexeu. Seus olhos ainda estão fixos no trânsito, e sua boca está se movendo um pouco, como se ela estivesse contando.

A multidão se arrasta para a frente e, de repente, sinto mamãe passar por mim, em direção a Amy.

Minha mãe é uma mulher delicada, com cabelos escuros curtos colocados atrás das orelhas. Como a menor da família, ela tem apenas um metro e meio de altura. Eu a encaro enquanto ela passa pelos homens gigantes que estão berrando e bloqueando seu caminho, e eu estremeço com o fogo em seus olhos.

— Com licença! — ela grita, sobre o burburinho alegre da multidão. — Com licença! Eu preciso passar!

A ansiedade gira no meu peito enquanto empurro meu corpo contra a multidão que espera, minhas sacolas de compras batendo atrás das minhas pernas. Mal posso ver Amy agora, e quando o topo de sua cabeça é engolido pela multidão, o pânico agarra minha pele.

Eu preciso chegar até ela.

— Com licença! — Eu me ouço gritar. — Com licença!

Inclino os ombros para a frente e me empurro contra as costas dos homens diante de mim. Um deles tropeça para o lado; aproveito a oportunidade e me espremo na brecha. Ao fazer isso, sinto uma das minhas sacolas rasgar, e meus dedos doloridos se contraem quando ouço o estalo de caixas de frutas batendo no chão no momento em que a sacola cai das minhas mãos. Com um grande empurrão, chego à frente da multidão e, ao curvar o corpo adiante, ouço mamãe gritar. As compras restantes caem das minhas mãos.

Meus olhos giram loucamente até encontrar Amy caída ao pé da porta do ônibus, com o rosto pressionado contra a calçada fria e os membros esparramados atrás dela como uma boneca quebrada. Vejo horrorizada ela tentar se levantar e cair de volta no concreto. O pânico toma conta da minha garganta e eu corro para a frente e agarro Amy pelos cotovelos. Enquanto tento levantar Amy, ouço mamãe gritar para a multidão.

— Ela é deficiente! — mamãe grita, sua voz rugindo acima da confusão. — Ela é deficiente! Olha o que vocês fizeram com ela!

Tento fazer meus braços e pernas não tremerem ao içar Amy e a colocar em pé. Ela cai contra a lateral do ônibus, minhas mãos ainda firmes na sua cintura.

A voz da minha mãe troveja através da multidão e meus dedos ficam mais firmes ao redor de Amy.

— Qual é o seu problema? — ela grita. — Essa é a minha filha! Ela não está bem!

— Mãe! — a voz de Amy passa pelo meu ouvido e sinto o calor do rosto dela queimando contra o meu. — Deixa pra lá!

A fila de homens olha para mamãe, seus olhos ébrios tentando entender. Um deles murmura um pedido de desculpas quando a multidão embarca como bichos, deixando Amy e eu caídas contra a lateral do ônibus. Meus olhos se fixam no rosto de mamãe.

Ela afasta o corpo da multidão e, ao olhar para Amy, toda a raiva se esvai. Ela dá um passo à frente, seu peito subindo e descendo.

— Estou bem! — Amy consegue dizer, olhando furiosamente na direção de mamãe. — Estou bem.

Seguro Amy por baixo das costelas, meus braços queimando sob seu peso, o medo serpenteando em meu corpo e perfurando meus pulmões.

Amy estremece ao meu lado enquanto suas palavras finais pairam no ar, cheias de medo.

— Eu não sou deficiente — ela diz em tom calmo. — Eu não sou def...

Suas palavras morrem e eu a agarro.

Amy não está bem. Ela não está nem um pouco bem.

CAPÍTULO QUATRO

18 DE JULHO

LISTA DE COMPRAS:

- 1 pão de forma (pequeno, já que vou passar a maior parte da semana com Amy)
- Legumes (variedade sensata)
- Iogurte saudável **NÃO!!** CHOCOLATE COM CARAMELO OU GOTAS DE CHOCOLATE!!!!!
- Doces (variedade sensata)
- Pizza **UMA!**
- Refeições prontas (variedade sensata)
- Filés chiques de frango.

— Você quer ketchup?

— O quê?

— Ketchup! — eu grito. — Você quer ketchup?

— Sim, por favor.

Jogo uma garrafa na bandeja e caminho até a sala de estar dos meus pais. Amy está apoiada em uma poltrona, sorrindo. Seu cabelo está enrolado em um nó no topo da cabeça e as bochechas franzidas estão incandescentes. Entrego a ela uma bandeja e sento ao seu lado.

— Está passando alguma coisa na televisão?

Amy balança a cabeça e pega o garfo. Lanço um olhar para meu prato, melancólica.

Deus, isso parece horrível.

Quando me ofereci para cozinhar para Amy, achei que era uma ótima ideia. Fiquei cativada pela ideia de preparar um delicioso banquete para minha irmã depois de um longo dia de trabalho. Dei uma passada rápida no mercado e fui jogando na minha cesta itens que eu misturaria para criar uma refeição deliciosa. Nas profundezas da minha fantasia, até imaginei ser contratada por aquele personal trainer celebridade por meu talento natural para cozinhar e aí eu acabaria empoleirada na poltrona de algum programa matinal de variedades discutindo de forma descontraída meus talentos ocultos.

Espeto um pedaço de macarrão mole com o garfo e estremeço.

Agora, a culinária foi adicionada à crescente lista de coisas que eu deveria saber fazer a essa altura, mas que eu, de alguma forma, não sei, logo antes de usar uma secadora de roupas e fazer minha declaração de imposto de renda.

Corto com a mão um pedaço de pão de alho.

Quem diria que cozinhar era assim tão difícil? Eu sempre pensei que minha mãe estava apenas sendo dramática.

Amy mastiga a comida e eu olho para ela.

Depois de duas semanas conseguindo criar refeições ao mesmo tempo malcozidas e queimadas, me deparei com a seção de refeições prontas e comecei a mentir vergonhosamente para Amy desde então. Eu ainda estou sendo uma boa irmã e preparando o jantar para ela todas as noites. Você sabe como é difícil cronometrar uma refeição inteira com apenas um micro-ondas? Só uma caixinha cabe lá de cada vez. Na verdade, é muito avançado e difícil. Acho que deveria receber algum crédito por isso.

— O que você vai fazer esta noite? — Amy pergunta.

Olho para o relógio de parede; são apenas 18h15.

Dou de ombros.

— Nada — digo. — O que você quiser fazer. Talvez pudéssemos assistir àquela série dramática nova na TV.

Amy levanta as sobrancelhas para mim.

— Pensei que você fosse ver sua amiga Natalie.
Eu me forço a engolir outro bocado.
— Não — digo de modo despreocupado —, decidi não ir.
Amy pega o controle remoto e seleciona um episódio antigo de um programa de culinária. Meus olhos se arregalam para a tela.
— Olha só esse bolo! — exclamo. — Não sei como eles fazem, sou péssima na cozinha.
Amy gira o garfo em torno de um pouco de macarrão e inclina a cabeça de lado.
— Eles provavelmente praticaram muito. Você poderia fazer isso se quisesse.
— Eu não poderia — respondo com desdém.
Os olhos de Amy disparam em minha direção, ligeiramente estreitos.
— Você poderia.
Balanço a cabeça.
— Eu não poderia — insisto. — Nunca poderia fazer isso.
Há um silêncio enquanto assistimos televisão.
— Como foi no trabalho? — Amy pergunta em dado momento.
— Tudo bem.
— Você mostrou seus projetos para a Bianca?
— Não.
— Por que não? Eles são muito bons.
Levanto as sobrancelhas para ela.
— Ela não se importa, Amy.
— Bem, então faça-a se importar.
Coloco meu garfo e minha faca no prato. Amy sempre foi assim. Se ela trabalhasse na Lemons, teria organizado o casamento de Bianca e mudado o *branding* da empresa inteira antes do meio-dia.
Ela definitivamente não comeria um sanduíche de presunto e queijo esmagado no almoço.
— Como foi no trabalho? — eu pergunto.
Amy vira de costas para mim.
— Tudo bem — ela diz debilmente.
— Você conseguiu trabalhar o dia inteiro?

— Sim — ela diz alguns instantes depois —, mas fiquei sentada em uma mesa durante a tarde.

Amy é professora de educação física, e sempre foi. Ela está convencida de que isso não vai mudar agora que recebeu o diagnóstico. Mesmo que todos a tenham aconselhado a desistir. Desisti de dizer a ela para ir com calma. Essa luta não vale a pena.

Observo Amy brevemente, cujos olhos estão grudados na TV com tanta ferocidade que podem pular da cabeça a qualquer momento.

Chego com o corpo um pouquinho mais perto dela.

— Você está bem? — digo.

— Estou.

— Estou preocupada com você.

Amy se mexe no sofá e tira o prato do colo.

— Sério? — ela diz. — Acho que estou mais preocupada com você.

Eu pisco para ela.

— Comigo? — respondo. — Por que você está preocupada comigo?

Amy encolhe os ombros, os créditos passando na tela e a música aguda enchendo a sala de estar.

— Apenas estou.

* * *

Esfrego os olhos e entro na sala aos tropeções. Acabei ficando na casa dos meus pais ontem à noite. Depois que eu e a Amy terminamos o jantar, não estava a fim de fazer o trajeto de volta para casa.

— Bom dia — murmuro para Amy.

Amy ergue os olhos. Ela está sentada à escrivaninha, com a caneta pronta. Seu cabelo está preso em um coque apertado e ela já está vestida.

Quanto tempo faz que ela está sentada ali?

— Você vai fazer chá? — Amy pergunta, seus olhos voltando rapidamente para o trabalho sobre a mesa.

Faço um sinal afirmativo com a cabeça, incapaz de organizar as palavras girando confusas no meu cérebro enquanto vou me arrastando para a cozinha.

— Que bom — Amy fala nas minhas costas —, faça o meu bem forte.

Ligo a chaleira elétrica e me apoio no balcão da cozinha. Dou um pulo quando minha mãe entra de repente, carregada de sacolas da Marks and Spencer.

— Bom dia, querida!

— Oi, mãe — consigo responder.

— Deus. — Ela se vira para mim. — Você não está vestida ainda? Sabia que já são quase *nove e meia*, Georgia?

— Sabia.

— O que você está planejando fazer com seu dia? Vai ficar para o almoço? Jamil, o vizinho, vai dar uma passada para discutir os planos para a reforma do jardim dele, e depois preciso começar a preparar o jantar de hoje à noite para Tim e Linda. Você se lembra deles, né, querida? Bem, Linda acabou de reformar a cozinha, então preciso fazer uma sobremesa que a deixe de queixo caído...

Eu me desligo enquanto minha mãe continua tagarelando e levo as duas canecas fumegantes para a sala. Se minha mãe fosse ter tudo como ela quer, eu estaria vestida totalmente elegante às 7h30 todos os dias.

Coloco o chá de Amy ao lado dela e ligo a TV. Amy estende o braço para pegar o controle remoto e desliga a TV de novo.

— Ei — digo, tentando alcançar o controle. — Eu estava assistindo àquilo.

Amy deixa o controle remoto na cadeira ao lado dela, os olhos ainda grudados no bloco de notas, a mão direita escrevendo sem parar.

Eu me inclino para dar uma olhada.

— O que você está fazendo?

Amy coloca um ponto no papel e continua a rabiscar.

— Escrevendo uma lista pra você — ela diz, sem levantar os olhos.

Reviro os olhos.

— Qual o problema com você e com a mamãe? Vocês duas estão obcecadas em que eu vá embora antes do meio-dia. Não vou fazer compras. Não estou a fim e literalmente acabei de acordar. Se você estiver com algum desejo de comida, podemos pedir um *delivery*.

Na verdade, não é uma má ideia. Eu adoraria pedir alguma comida. A partir de que hora é aceitável pedir comida chinesa em um sábado? Seria indecente se eu pedisse, tipo, às 11h da manhã?

— Não é uma lista de compras — ela murmura, chupando a ponta da caneta ao ler as palavras.

Afundo no sofá e esfrego a cabeça nas mãos.

— Oh... — eu digo. — Bom, você pode me passar o controle remoto, por favor?

— Não.

— Amy, eu...

— Feche a porta, sim? — Ela finalmente olha para cima. — Preciso falar com você.

Olho feio para ela enquanto, relutante, eu me levanto do sofá e encosto a porta.

— O quê? — digo mal-humorada, recostando-me de volta nas almofadas do sofá.

Amy se vira para mim e, pela primeira vez nesta manhã, ela encontra meus olhos. Seus olhos estão vidrados e afundados nas órbitas. Sua pele geralmente brilhante parece opaca, como se polvilhada com uma camada de cinza, e seus lábios estão rachados e descascando.

Franzo a testa para ela.

— Você chegou a ir para a cama essa noite? — pergunto.

Amy dedilha o pedaço de papel.

— Cheguei — ela responde —, mas não dormi muito. Estou acordada desde as quatro.

— Da manhã? — repito com desgosto. — Você está acordada desde as quatro horas da manhã?

A última vez em que estive acordada às quatro da manhã foi quando eu peguei uma intoxicação alimentar acidentalmente depois de comer pizza de três dias (não é uma experiência que eu queira repetir um dia na vida).

Amy toma um gole de chá.

— Não consegui dormir. Eu tinha alguma coisa na cabeça.

Meus pais converteram o escritório no quarto de Amy quando ela parou de conseguir subir as escadas com facilidade. Será que ela passou a noite toda sentada atrás da escrivaninha?

Afasto a franja dos olhos, minha mente despertando e girando. Ela parece séria.

— Certo — digo devagar, sentando-me direito. — O que foi?

Amy respira fundo. Percebo que as palavras estão subindo devagar por sua garganta, forçando a saída quando olho de volta para ela. Por fim, ela fala.

— Eu não te disse isso, porque não achei que fosse importante.

Eu pisco e tento controlar as centenas de possibilidades que estão espiralando pelo meu cérebro.

Essa é uma primeira frase terrível. O que diabos ela vai dizer a seguir?

— Certo — eu digo, tentando manter minha voz firme.

— Porém — continua Amy —, antes de eu ser diagnosticada com esclerose múltipla, eu fiz uma lista. Um pouco como uma lista de desejos. Era tudo o que eu queria viver antes de completar trinta anos. É uma mistura de coisas de que ouvi falar no rádio, ou vi na internet, e só agora comecei a ticá-los um a um devagar. Só queria realmente conseguir viver todas as experiências que eu pudesse.

Tomo um gole do meu chá. Meu peito está queimando.

— Mas agora... — ela faz uma pausa —, obviamente há muitas coisas que não posso mais fazer, e tenho pensado em como não posso fazê-las.

Sua voz falha, e de repente eu não consigo suportar.

— Você pode! — exclamo de repente. — Você pode fazer tudo, você...

Amy levanta a mão.

— Deixe-me terminar — ela diz com a voz calma. — Acho que você deveria fazê-las. Quero que você faça essas no meu lugar.

Fico sem reação.

— Eu? — digo, atônita. — Amy, você está falando de um jeito como se você estivesse morrendo. Você ainda pode realizar as coisas da lista.

— Não, eu não posso.

— Você pode!

— Não posso — Amy retruca, seus olhos ferozes faiscando para mim. — Georgie, não posso. Não posso mais fazer nada. Essa porra dess...

Ela não termina a frase e, para meu terror, seus olhos se enchem de lágrimas.

Pisco para ela, minha mão esticando-se para ela, que está enxugando o rosto com as costas das mãos grosseiramente.

— Desculpa — ela murmura, rígida. — Estou cansada. Eu não queria fazer isso. Desculpa.

— Está tudo bem — digo de modo automático.

Amy respira fundo e dá batidinhas nos olhos. Ela segura o bloco de notas no colo e ergue os olhos para encontrar os meus.

— Eu editei — ela continua —, então não é minha lista original. Era isso que eu estava fazendo esta manhã. Tirei umas partes que eu sabia que você não ia querer fazer, e também acrescentei algumas coisas aí que eu acho que beneficiaria você... — Ela faz uma pausa e noto um lampejo de ansiedade passar pelo seu rosto. — O que você acha? Você vai fazer isso por mim?

Há um nó na minha garganta, e lágrimas estão escorrendo pelos meus olhos agora. Não consigo vê-la assim.

— Acho que devemos fazer essas coisas juntas — digo com firmeza na voz.

Amy balança a cabeça.

— Não. Eu não consigo.

— Você sempre diz que não existe esse negócio de "não consigo" — respondo.

Uma risada escapa de Amy, e o esforço da ação faz lágrimas escorrerem pelo rosto dela.

— Às vezes existe.

CAPÍTULO CINCO

Inclino-me para trás na cadeira enquanto Natalie enterra a cabeça na minha nova lista, que está exposta na mesa.

— Então, você tem que fazer tudo isso aqui?

— Tenho.

Olho para a porta do escritório para verificar se Bianca — ou, Deus o livre, Sally — não está em lugar algum e depois sigo os olhos de Natalie percorrendo o papel. Uma pontada surda martela a boca do meu estômago quando foco os olhos na lista. Esse sentimento é rapidamente substituído pelo pânico.

Amy sempre foi a irmã mais inteligente e demonstrou isso mais uma vez no sábado, me enganando a concordar com a lista antes de me deixar vê-la. Não tive uma única chance de editá-lo ou negociar alguns trechos, e quando me deixou ler, ela havia saído para uma consulta médica e eu fiquei sozinha e horrorizada.

Só Deus sabe o que ela acrescentou ou retirou "para meu benefício". O que mais poderia estar ali? Enfiar meu rosto em um barril de piranhas? Sapatear nas costas de um jacaré adormecido? Me esgueirar atrás de um bando de garotas bêbadas e fugir com suas batatas fritas com queijo?

Os ombros de Natalie tremem, e eu olho por cima de:

LISTA DA GEORGIE

1. Comer em um restaurante 5 estrelas.
2. Fazer uma aula de salsa. *(Humilhante. Por que ela iria querer fazer isso?)*
3. Pular de paraquedas. *(Ela definitivamente está tentando me matar.)*
4. Marcar um encontro pelo Tinder. *(Putz. Por quê?)*
5. Pedalar em um parque. *(Talvez eu até goste desse, desde que eu não pedale para debaixo de um ônibus.)*
6. Correr dez quilômetros. *(O pior.)*
7. Fazer um bolo perfeito. *(Talvez eu precise confessar sobre as refeições prontas.)*
8. Mergulhar pelada no mar. *(O QUÊ? Sozinha? Eu seria presa!)*
9. Tentar andar de skate. *(Ela não me conhece de jeito nenhum.)*
10. Mostrar seus projetos para a Bianca! *(Hummm. Talvez eu os envie para ela por correio e depois me "esqueça" de colocar os selos corretos no envelope para que ela não os receba até ter uns noventa anos e sua visão praticamente ter acabado.)*

Natalie vira a lista e a devolve para mim, um sorriso largo puxando os cantos de sua boca.

— Não é tão ruim — ela diz —, e alguns desses itens podem até ser divertidos.

Levanto as sobrancelhas para ela e pego a lista de volta.

— Só tenho até o meu aniversário para fazer tudo isso.

Natalie se endireita.

— Quando é o seu aniversário?

— No início de dezembro — respondo —, então tenho algum tempo.

Natalie franze a testa.

— Mas não é uma lista para quando ela fizesse trinta? — ela pergunta. — Então, por que o prazo não é o aniversário dela?

Coloco a lista dentro do meu caderno e guardo de volta na minha bolsa.

— O aniversário dela é uma semana depois do meu — explico —, então meio que dá na mesma. Acho que ela queria que terminasse no meu aniversário, então eu veria como uma espécie de celebração. De qualquer maneira, geralmente fazemos uma festa conjunta.

Faço uma careta para Natalie e ela ri.

Amy disse que eu deveria cumprir os itens rápido para provar que podia. Ela disse que se eu não o fizesse, poderia esquecer. Posso dizer com segurança que não há como esquecer que tenho um pulo de paraquedas no meu futuro próximo.

— Bem — Natalie se levanta para ir embora —, por que você não começa com o mais fácil? O encontro do Tinder pode ser resolvido em alguns dias.

— O mais fácil? — repito.

Obviamente, ela nunca teve nenhum problema em compor uma biografia que, de alguma forma, diz:

"Eu sou muito divertida, mas não divertida desse jeito. Estou à procura de um relacionamento, mas também não sou louca, então prometo que não vou te pedir em casamento no primeiro encontro" em quinhentos caracteres.

É uma arte. Acredite em mim.

— Eu sempre quis ter um encontro relâmpago — acrescenta Natalie.

Lanço um olhar para ela.

— Não saia dando ideias para Amy.

Cristo.

Aceno para Natalie e pego o celular, minhas entranhas se contorcendo com o pensamento de ir a um encontro marcado pelo Tinder.

Baixei o Tinder uma vez e depois o excluí rapidamente, quando um homem pediu uma foto do meu dedão do pé e, desde então, evito qualquer aplicativo *on-line*.

Na dúvida, digito a palavra "Tinder" na minha *App Store* e vejo a espiral girar na minha tela.

É como algo que saiu de um filme de terror ou de um documentário. Minha irmã me escreve uma lista de desejos, concordo fielmente e sou comida viva por um maníaco enlouquecido depois que ele batiza meu gin com heroína. Vou acabar no noticiário e me tornar o rosto para uma campanha de sexo seguro.

O Tinder se abre e sinto meu interior murchar. Lutando contra todos os instintos do meu corpo, escolho algumas fotos minhas e digito em uma bio patética. Um encontro. Eu só tenho que ir a um encontro com alguém. Além disso, Amy não estipulou quanto tempo esse encontro tem que durar. Talvez eu apenas diga "olá" e depois fuja rastejando pela saída de incêndio. Tarefa concluída.

O primeiro homem aparece na minha tela e, para minha surpresa, meu coração acelera.

Oh, uau! Ele é muito lindo! Eu não tinha ideia de que homens tão bonitos estariam no Tinder. Pensei que todos teriam uma perna de pau e fossem banguelas. Eu poderia alegremente ir a um encontro com esse cara. Aliás, eu adoraria ir a um encontro com esse cara! Talvez ele seja o cara da minha vida! Deus, isso é muito fácil, o primeiro cara que encontro no Tinder e me apaixono instantaneamente. Por que não fiz isso antes? Com o que eu estava preocupada? Não posso acreditar que eu...

Interrompo meus pensamentos quando passo para a bio dele:
Nada de balofas.

Fico olhando para a tela por um instante. Nada de balofas?

Quem é esse cara?

Olho em volta para verificar se ainda estou sozinha, como se a polícia das balofas pudesse aparecer a qualquer momento e me nomear prefeita da Balofalândia.

Uma onda de calor percorre meu corpo enquanto fico olhando para a tela.

Nada de balofas? Eu sou uma balofa? Tipo, eu não acho que seja, mas acabei de comer meio pacote de biscoitos cobertos de chocolate.

Olho na direção do meu estômago roncando e sinto um ímpeto de rebeldia.

Eu não sou uma balofa. De jeito nenhum. Vá se danar, *Dave*.

Ok, a maneira mais sensata de descobrir seria deslizar para a direita e ver se ele acha que eu sou uma balofa. Obviamente, não vou falar com ele, mas se der um *match*, posso ser feliz sabendo que estou morando em uma zona livre de balofas. Certamente essa é a coisa sensata a se fazer.

Antes que eu possa me deter, meu dedo se lança para a frente e tira Dave da minha tela arrastando-o pela cara. Faço uma pausa e nada acontece.

Oh, meu Deus, não deu *match*. Eu *sou* uma balofa! Todos esses anos comendo pizza no café da manhã finalmente pesaram pra mim.

Eu sou uma balofa. E você sabe o que vem depois de balofa? Baleia. Sou uma balofa baleia.

Uma puta de uma baleia. Uma baleiosa...

— Georgia?

Olho para cima quando Sally passa a cabeça pela porta.

— Bianca precisa de você. Reunião. Agora.

Eu pulo da cadeira e corro atrás de Sally.

— Você fez o café? — Sally me interroga quando viramos em outro corredor.

— Fiz — eu minto. — É claro que fiz.

Sinto uma pontada no estômago enquanto seguimos em frente em velocidade.

Merda.

Sally se detém quando chegamos do lado de fora da sala de reuniões. Ela pisca para a mesa vazia.

— Cadê o café?

Abro meu caderno e folheio as páginas, fingindo parecer incrivelmente ocupada.

— Café? — repito, evitando fazer contato visual com ela. — Lá dentro.

Tenho tempo para fazê-lo? Eu poderia dar um tapinha no ombro de Sally, me esconder atrás dela e depois, quando ela me questionar, dizer que ela está ficando gagá?

Embora ela tenha apenas trinta e dois anos. Isso é jovem demais para ser gagá, não é?

Talvez eu esteja ficando gagá.

— Georgia — Sally diz severamente —, não está lá. Onde está?

Eu poderia apenas dizer a verdade. Que eu não fiz o café porque estava muito distraída com o Dave do Tinder e decidindo se eu era ou não uma balofa baleia.

Se eu confessar que esqueci, a cabeça dela vai explodir. Demorou três meses para ela parar de me seguir por toda parte. Se eu disser a verdade, ela pode tentar se mudar para o meu apartamento e acompanhar cada movimento meu.

— Você esqueceu de fazer o café? — A voz de Sally corta através de mim. — Você esqueceu de fazer? Você não fez, né?

— Eu fiz — disparo contra ela. — É claro que eu fiz.

Deus, como ela é chata.

Quem ela pensa que é para presumir que esqueci de fazer o café? Como se eu fosse algum tipo de imbecil. Sou uma profissional, uma adulta de 26 anos. Posso realizar com sucesso uma tarefa simples.

Quero dizer, eu sei que esqueci, mas isso não vem ao caso.

— Estava aqui — eu me ouço dizer antes que possa me impedir. — O café estava aqui. Foi onde deixei.

Meu pescoço queima quando a mentira cai da minha boca.

Certo. Então eu acabei de mentir. Por que acabei de mentir? Não posso mentir. Sou péssima contando mentiras. O que estou fazendo?

O olhar de Sally voa ao redor da sala e pousa de volta em mim.

— Bem, não está mais aqui — ela diz em tom acusador.

— Talvez alguém tenha roubado — respondo infantilmente.

— Sally, abra a porta!

Minha cabeça se levanta, e Bianca vem deslizando pelo corredor. Sally se põe alerta com um salto e, obediente, abre e escora a porta. Bianca entra e se joga em uma cadeira. Seus olhos percorrem a sala e meu rosto parece pegar fogo. É conhecimento comum que Bianca nunca começa uma reunião sem uma xícara de café fresco. Há quem diga que isso é mais importante do que a reunião em si.

De repente, seus olhos perspicazes se estreitam.

— Cadê o café?

Sally salta para a frente como se tivesse sido picada por um bastão elétrico para gado.

— A Georgia diz que foi roubado — ela afirma rigidamente.

Meu rosto queima e eu luto contra o desejo de chutar Sally nas canelas.

Bianca abre seu laptop e me lança um olhar penetrante.

— Roubado? — ela repete, horrorizada. — Alguém roubou nosso café?

Meu Deus. Será que consigo reverter essa situação? Dizer que foi tudo uma grande piada? Dizer que é 10 de abril? Bom, na verdade é julho, mas talvez eu possa dizer que é algo que acontece todo mês?

Uma gota fria de suor escorre pela minha testa e mantenho o rosto impassível.

Respiro fundo e tento controlar minha perna inquieta.

— Sim — digo solenemente.

O silêncio se estende pela sala de reuniões e evito o raio laser que é o olhar de Sally, queimando na lateral do meu rosto. Ela sabe que estou mentindo. Ela definitivamente sabe que estou mentindo.

Sem aviso, Bianca bate com o punho na mesa e eu pulo de susto.

— Malditos! — ela exclama. — Quem foi, Georgie? Você sabe?

Eu pisco de volta.

O quê?

— Não — gaguejo.

Bianca se vira na cadeira, os cabelos esvoaçando atrás dela.

— Aposto que foi aquele idiota do Dennis do quarto andar — ela diz com ar irônico. — Ele está sempre tentando me sabotar. Você vai ter que fazer uma reclamação formal com o RH. — Ela aponta a caneta para mim. — Vou colocar você para falar com a Sharon.

Confirmo balançando a cabeça fracamente.

Por favor, não me coloque para falar com a Sharon.

O que eu fiz? O que eu comecei? Vou ter que fazer uma declaração formal? Vou ter que colocar minha mão em uma Bíblia e jurar pelo Senhor dizer a verdade, toda a verdade e nada mais que a verdade?

É assim que os casos de fraude começam? Vou para a prisão?

Isso é uma coisa horrível. Minha frequência cardíaca não aguenta isso. Acho que prefiro que Sally vá morar comigo. Dane-se, eu até optaria por beliches.

* * *

Chamem as autoridades, a antiga Georgia Miller desapareceu. Por favor, abram caminho para a nova e melhorada Georgia Miller, que acorda às 6h20 (da manhã!), pronta para sua primeira corrida como uma verdadeira adulta que está no controle.

Isso não é um treinamento militar. Desenterrei meus tênis (que de alguma forma têm *três* furos. Eu realmente deveria comprar um novo par) e até enfiei meus seios indisciplinados em um top de ginástica.

Tenho que dizer que estou fantástica; não me admira que todo mundo adore postar selfies de academia. Esse top de ginástica levantou meus peitos até debaixo do queixo!

Do queixo!

Dou outra olhada presunçosa no espelho e luto contra o desejo de posar loucamente, como se estivesse no novo anúncio da Nike.

Já mandei uma mensagem para Amy para que ela soubesse sobre o meu novo eu. Ela respondeu na mesma hora. Fiquei levemente horrorizada por ela já estar acordada: foram necessários sete alarmes agressivos para me acordar a essa hora ingrata. Mas aconteceu! Estou pronta para uma corrida no raiar do dia. Estou praticamente derrotando a natureza na minha rotina matinal. Sem mencionar, tipo, todo mundo na minha rua. Ninguém está acordado ainda! Não há uma única alma vagando pela minha rua agora. Sou a pessoa mais produtiva no meu CEP inteiro.

Olho pela janela e sinto uma pequena fisgada no centro do peito.

Mas, quero dizer, não há literalmente ninguém lá fora. Nem mesmo a loja de conveniência da esquina está aberta e eu poderia jurar que era vinte e quatro horas.

É seguro correr tão cedo assim? Por que mais ninguém está fazendo isso?

Não há nenhuma chance de eu ser sequestrada, há?

Faço uma careta para um gato saltando sobre uma cerca.

Não. Homens e criminosos estranhos espreitam no meio da noite, não de manhã cedo. Todo mundo sabe disso. Esse é apenas um conhecimento humano básico. Enfim, se eu vir um assassino em série, estou perfeitamente vestida para sair correndo. Rá.

A menos, isto é, que eu seja o alvo quando estiver no fim da corrida, totalmente exausta e já à beira da morte. Na verdade, essa seria o momento perfeito para me sequestrar.

Meio que sem ter a intenção disso, afundo de novo na cama e minha mente gira como um barril de leite condensado.

Por acaso essa é uma ideia terrível? Provavelmente não, mas e se eu estiver certa? E se eu for sequestrada?

Um raio de medo dispara através de mim quando outro pensamento cai no meu cérebro.

Minha mãe seria convidada a fornecer uma foto de "você viu essa garota?". E ela definitivamente usaria aquela em que estou no casamento de minha prima (onde eu pareço um pudim de Natal, mas minha mãe sempre insiste que eu estou "muito bem" naquela foto).

Olho para o relógio e levo um susto. Preciso me levantar e sair para essa corrida. Preciso levantar agora mesmo.

Talvez eles fossem usar uma das minhas fotos novas do Tinder. A menos que achem que, na realidade, nenhuma delas parece que sou eu. Deus, isso seria humilhante.

Meus olhos deslizam de volta para a janela ansiosamente, e vejo o gato agora sentado em cima da cerca.

Ok, bem, literalmente não há ninguém lá fora. Ninguém está saindo para correr. Obviamente, nenhum dos moradores locais acha que é seguro. Quero dizer, onde estão todos? Isso deve ser um sinal de que eu também não deveria correr.

Antes que eu possa ordenar que eles não o façam, meus pés chutam os tênis.

Certo. Como adulta, estou tomando uma decisão executiva de não sair para essa corrida, pelo bem da minha saúde e bem-estar. Definitivamente, é a coisa mais lógica e segura a ser feita, e não devo me sentir culpada por isso.

Desabo de volta na minha cama desfeita.

Pelo menos não atualizei meu *status* no Facebook.

* * *

— Bata os ovos, querida! *Bata!*

Solto um rosnado para minha tigela de ovos desleixados e me afasto da minha mãe. Ela me ouviu perguntando a Siri como fazer um bolo e, de repente, foi tomada pela ideia de transmitir seus "segredos de confeitaria". Ela organizou nossa aula de bolo imediatamente e, uma semana depois, aqui estou eu. Odiando a vida e amaldiçoando Amy de longe.

— Querida, você não está batendo direito — minha mãe me persuade, enfiando a cabeça na minha tigela. — Você precisa *bater*, querida! Bater! O segredo é o movimento do pulso!

Eu paraliso e meu corpo convulsiona com nojo.

Essa é uma frase que você nunca deveria ouvir da sua mãe.

— Mãe! — explodo, enquanto ela tenta agarrar meu braço para que possamos bater juntas. — Olha, eu preciso bater na minha própria velocidade, tá? Não posso bater sob pressão.

Minha mãe cambaleia para trás como se eu tivesse acabado de pedir para ser emancipada e joga os braços para o ar.

— Tudo bem — ela diz —, tudo bem! Continue batendo.

— Tudo bem — digo, colando meus olhos nos meus ovos tristes enquanto mamãe sai da cozinha.

Nem estamos fazendo um bolo! Ela insistiu que precisávamos "dominar o básico" primeiro.

Não é assim que eu deveria passar minha noite de sexta-feira. Não é assim que qualquer pessoa de 26 anos deveria passar sua noite de sexta-feira. É julho! Pleno verão! Eu deveria estar sentada na área externa de um pub com uma taça de prosecco, e não enfurnada em uma cozinha me segurando pra não acertar minha mãe com uma colher de pau.

Meu celular vibra e eu olho para cima.

Você tem um novo match*!*

Sem pensar muito, pego o celular e entro no Tinder. Estou desesperada para tirar esse maldito encontro do caminho para poder excluir essa coisa. Eu nunca imaginei o quanto de gerenciamento era necessário. Acordei hoje de manhã com uma mensagem irritada de um cara porque não respondi à mensagem dele em quatro horas. Eu estava dormindo! Ele me enviou uma mensagem às três da manhã!

Sinceramente, não vale a pena a irritação. Acho que prefiro me juntar a um convento.

Meus olhos examinam o celular e quatro imagens saltam para minha tela, uma por uma.

Jack, 28 anos, Londres.

Ah, eu lembro dele. É aquele cheio de fotos de grupo. Mesmo assim eu passei para direita, o que é estranho, pois deve significar que gostei de todos os seus amigos.

Meu celular vibra novamente.

Jack te enviou uma mensagem!

Eu levanto as sobrancelhas e abro a mensagem.

Oi, Georgia. Tudo bem? Sorriso lindo.

Eu inclino a cabeça de lado e digito uma mensagem de resposta.

— Georgia!

Dou um pulo quando minha mãe entra de novo na cozinha, olhando feio para mim.

— Você ficou no seu celular esse tempo todo? — ela grita. — Você está perdendo tempo, depois que eu me fiz de escrava tentando ensinar minha filha os segredos das nossas receitas de família?

Dou uma gargalhada na cara dela.

Segredos? Não há nada de secreto nisso.

— Você bateu os ovos? — ela indaga. — Você ficou batendo? Você sequer tentou, Georgia?

Minha mãe sempre diz meu nome como se eu fosse uma condenada em fuga.

— Tentei — respondo mal-humorada. — É claro que tentei.

Ela ergue as sobrancelhas.

— De verdade?

— Sim!

— Bem, então... — Minha mãe pega sua própria tigela e a segura na frente dela. — Vamos ver se ficou igual ao meu. Você teve tempo mais que suficiente!

Observo em pânico quando minha mãe levanta a tigela virada para baixo em cima da cabeça. Os ovos ficam imóveis na tigela. Minha mãe lança um olhar para mim como se tivesse acabado de puxar a Excalibur da pedra.

Minha barriga dá um nó.

Até onde vou para manter minha reputação?

— Bem? — Minha mãe pressiona. — E então, Georgia? Você bateu os ovos?

Eu bati os ovos. Eu sei que fiz uma pequena pausa, mas bati, sim. Bati pra caramba.

Desafiadora, pego a tigela e a coloco acima da minha cabeça. Antes que eu tenha a chance de mudar de ideia, os ovos moles caem sobre meu cabelo recém-lavado e deslizam por todo o meu rosto. Dou um gritinho agudo.

Tento não estremecer quando o ovo cru escorre pelos meus cílios e entra na minha boca fechada.

Mamãe balança a cabeça para mim e me olha de cima a baixo, depois sussurra lentamente a expressão que eu mais odeio:

— Tolinha.

Não é assim que eu deveria passar minha noite de sexta-feira.

CAPÍTULO SEIS

4 DE AGOSTO

LISTA DE TAREFAS:

- TINA. CONTA DE GÁS
- Encontrar sete pombas (Bianca. Não é importante. Falta uma eternidade pro casamento)
- Terminar o projeto, colocar no portfólio
- Lavar roupa escura (ficando sem calças, urgente) !!!!!!
- Ligar pra Amy.

Ah, meu Deus e puta que pariu. Quem precisa entrar em uma academia quando se tem que trocar sozinho uma cama de casal?

Acho que nunca fiquei tão exausta, e olha que uma vez subi por engano as escadas fixas na estação Covent Garden do metrô.

Esfrego a testa com as costas da mão e sinto uma irritação rugir nas minhas costas.

É uma maneira muito chata de passar um sábado. Parece que faz *horas* que estou tentando trocar a porcaria da roupa de cama. Eu não estava pensando em trocar os lençóis hoje, mas então peguei Tina espiando minha mancha de bronzeamento artificial e não me restou muita escolha.

Faço uma careta para o edredom, que está amontoado num embolado lamentável.

Pego as extremidades do meu lençol de elástico com os dedos e o estico sobre o meu enorme colchão.

Vamos. Vamos, seu maldito filho da p...

Argh!

Quase caio para trás quando o lençol escapa do colchão e se encolhe em uma bola patética no meio da cama. Irritação rosna dentro de mim.

Pelo amor de *Deus*! Por que isso é tão difícil? Esta é a minha vida agora? Vou fazer isso para sempre? Será que eles vão me encontrar, aos noventa anos, segurando o canto da minha cama desarrumada com uma das mãos e, desesperadamente, agarrando um vidro de amaciante com a outra?

Eu literalmente estarei no meu leito de morte. Meu leito de morte desarrumado.

Isso é uma baita injustiça. Como adulto, espera-se que você saiba dominar todo tipo de tarefas impossíveis sem nenhum treinamento ou instrução.

Quero dizer, por que nunca nos ensinaram isso na escola? Tenho que trocar a cama uma vez por *semana* e ainda estou esperando o dia em que memorizar todos os dígitos de Pi servirá para alguma coisa.

(3,14159, muito obrigada.)

Meu celular acende e meus olhos voam irritados para a tela, que está piscando entre os lençóis rebeldes.

Depois de uma semana de mensagens constrangedoras, finalmente tenho um encontro arranjado pelo Tinder com esse cara chamado Jack. Vamos nos encontrar às vinte horas em um lugar muito transado chamado The Hook. O que será interessante, pois não há nada transado em mim. Sou absolutamente careta. Se eu tivesse que fazer uma careta, minhas caretas seriam caretas.

Tento ignorar a ansiedade que invade meu peito com a perspectiva de encontrar um completo estranho.

Mas, ainda assim, pelo menos eu vou no encontro. Um encontro, como Amy insistiu. Então eu vou poder excluir esse aplicativo idiota e voltar a me apaixonar por estranhos no metrô.

Passo os dedos pelos cabelos e largo o celular de novo na cama.

Na verdade, acho que a lista de Amy pode estar tendo um bom efeito em mim. Mal são três da tarde e eu tomei um banho completo, me hidratei e estou trocando meus lençóis por iniciativa própria. Olhe para mim, eu sou a Victoria Beckham.

E fui correr hoje de manhã *e* não morri no processo!

Eu me coloco de volta em pé e olho para a minha cama nua.

Argh. Por que isso é tão difícil? Era para ser tão difícil assim? Queria que houvesse alguém que pudesse fazer isso por mim. Não tipo uma empregada. Mas uma cama autotrocável?

Na verdade, é uma ótima ideia. Talvez eu leve para a Dragons e faça minha fortuna, e então eu possa comprar um namorado em vez de ir a esse estúpido encontro do Tinder.

Embora eu não queira sair com um gigolô.

Ando pela rua e tento ignorar a dor que queima meus pés enquanto eles pulsam nos meus sapatos de salto alto e bico fino. Olho no relógio.

São 08h07. Merda.

Uma rajada de vento nas minhas costas e eu ponho os dedos entre os cabelos sob o sol de agosto, que brilha entre os altos edifícios de Londres. Não era assim que eu queria ser vista chegando no meu encontro. Atrasada, varrida pelo vento e sem celular.

Logo após o fiasco da minha cama, meu celular decidiu se jogar dentro da banheira. Felizmente, eu já havia combinado com Jack onde eu o encontraria, mas agora meu celular foi colocado para descansar em uma tigela gigante de arroz.

Viro em uma esquina e finalmente vejo o The Hook. Suprimo o desejo de revirar os olhos.

Obviamente, é coberto de luzinhas e bandeirinhas. Eu não ficaria surpresa demais se o garçom fosse um homem vestido de abacate.

Pisco algumas vezes avaliando a entrada, ondas de calor quebrando uma por uma em cima de mim. Não o estou vendo. Ah, não. Por que não o vejo? Por que ele não está aqui? Onde ele está? Ele disse que nos encontraríamos do lado de fora. Ele disse que estaria vestindo verde. Ele não está aqui!

Com nervosismo, vou forçando meu caminho pela entrada.

Ah, meu Deus, ele não está aqui. Onde ele está? Ele me deu o cano. Isso é terrível! Vou ter que simplesmente voltar para casa? Não posso acreditar que eu...

Ah. Ele está lá.

Meus olhos desesperados pousam em um rapaz que está saindo do banheiro. Ele tem cabelos escuros, uma barba por fazer de um lado a outro da mandíbula e está usando um suéter verde.

Eu relaxo um pouco.

Respiro fundo e caminho até ele. Ela olha para cima e sorri para mim.

— Oi — eu digo. — Jack? Eu sou a G.

Os olhos de Jack percorrem meu corpo e depois encontram os meus. Por um segundo, ele quase parece surpreso em me ver.

— Oi — ele diz alguns instantes depois.

— Desculpe o atraso — digo. — Vamos tomar alguma coisa?

A boca de Jack se contrai, ele olha por cima do ombro e depois de volta para mim.

— Claro.

* * *

Amy deita de bruços e puxa o tabuleiro do *Banco Imobiliário* para mais perto dela.

— Eu acho — ela diz devagar — que vou comprar Mayfair.

Fecho a cara para ela.

— Você só quer Mayfair porque sabe que eu quero Mayfair — digo.

Amy sorri.

— Não, eu não sei. É um bom investimento.

Dou um suspiro alto e brincalhão e olho para minha pilha de dinheiro falso arrumada ao meu lado. Eu queria ser tão rica assim na vida real. Eu poderia convencer alguém de que isso é dinheiro de verdade?

Mamãe passa a cabeça pela porta da sala.

— O assado estará pronto em meia hora, tá?

— Obrigada — dizemos ao mesmo tempo.

Tamal tira meu celular da tigela de arroz e olha para ele.
— Ficou aqui a noite toda?
— Sim — digo. — Muito obrigada por tentar consertá-lo.
— Sem problemas.
— Então, você não ficou tentado a fazê-lo funcionar quando voltou do seu encontro? — Amy pergunta com uma voz convencida, os olhos ainda colados nas cartas.
— Não — respondo —, fui direto para a cama.
— Ah — diz Amy, brincando com as casinhas de plástico —, então você devia estar bastante cansada quando entrou.
Eu rio.
— Se você quiser me perguntar como foi o encontro, é só me perguntar.
Amy olha para mim e sorri.
— Eu tenho que perguntar?
Para ser sincera, estou desesperada para falar sobre isso desde que cheguei. Olho por cima do ombro para verificar se minha mãe não está no canto. A última coisa que eu quero é que ela ouça que tive um encontro dos bons. Ela postaria no Facebook em segundos.
— Foi muito divertido — comento com um sorriso. — Nos demos muito bem. Ficamos no bar e conversamos a noite toda. Na verdade, fiquei muito bêbada — acrescento.
Um sorriso se espalha pelo rosto de Amy e ela se senta.
— Que bom! — ela diz, triunfante. — Eu sabia que você iria se divertir! Você vai sair com ele de novo?
Sinto minhas bochechas corarem. Eu quero vê-lo de novo, e ele me beijou, inclusive. Esse é um bom sinal, não é?
— Espero que sim — respondo.
— Muito bom! — Amy sorri para Tamal. — Agora arrume logo o celular da Georgie pra gente ver se ele enviou uma mensagem!
Tamal ergue os olhos do celular e arqueia as sobrancelhas.
— Boas notícias — ele diz —, acho que está funcionando.
Mesmo contra vontade, sinto meu estômago revirar. Fiquei pensando a manhã inteira se Jack tinha me mandado mensagem. Rapidamente chego mais perto de Tamal enquanto meu celular ganha vida.
Ah, rá! Funcionou! Está vivo!

Sorrio para o meu celular iluminado. Eu me sinto como o Dr. Frankenstein.

Olho para Amy e Tamal, que estão sorrindo para meu celular como crianças.

Ah, Deus, eu não sei como me sinto sobre minha irmã e o namorado dela vendo isso. E se Jack me enviasse algo totalmente inapropriado? Ou algo realmente saboroso e constrangedor? Eu deveria acabar com isso.

Eu me inclino cuidadosamente para tentar pegar o celular, quando ele vibra.

Jack te enviou uma mensagem!

Meu estômago dá um nó. Amy solta um gritinho e eu pego o celular da mão de Tamal antes que ele possa abrir a mensagem. Preciso ler primeiro. Clico na mensagem com entusiasmo e, enquanto meus olhos examinam a mensagem, a ansiedade borbulhante se transforma em um medo espinhoso.

Amy e Tamal se inclinam na minha direção, esperando.

— O quê? — Amy pressiona. — O que ele disse?

Meus olhos estão colados ao celular. Respiro fundo e leio a mensagem em voz alta.

— Ele diz... — Eu mordo o lábio. — "Oi, Georgia, desculpe avisar tão em cima da hora, mas no fim das contas não vou poder hoje à noite. Me avisa se outra noite funcionar pra você."

Eu levanto os olhos e encontro os de Amy. Ela está piscando para mim em confusão.

Amy olha para o meu celular, os olhos arregalados.

— Que horas ele enviou isso?

— Oito e meia — digo fracamente. — Meia hora depois de eu conhecer o Jack.

— Mas... — Tamal franze todo o rosto. — Você saiu com ele?

Eu dou de ombros, sem força.

–- Aparentemente não.

— Bem, então... — Amy se vira para mim. — Com quem você saiu?

Eu deixo o celular cair no meu colo, a ansiedade apertando meu coração.

— Eu não sei — murmuro.

Com quem eu saí?

CAPÍTULO SETE

> **ROTINA DE CORRIDA:**
>
> 04/08   1 km   ✔ (Agosto não é época de começar a correr. Manchas de suor são incontroláveis.)

Olho fixamente para a tela do meu computador, digitando números sem pensar em uma das planilhas de orçamento da Bianca. Pela primeira vez, fiquei aliviada quando Bianca me pediu para equilibrar o orçamento do casamento. Desde domingo, meu cérebro não parou de girar.

Tento engolir o nó seco alojado no fundo da minha garganta.

Com quem eu saí? Tenho certeza de que perguntei o nome dele. Passei uma noite inteira com ele, rindo, compartilhando histórias. Quem era? Não mencionei isso para Amy, mas contei muito a esse cara sobre mim. Tudo sobre o meu trabalho, minha família, minha vida. Eu nem sei quem é esse cara, e agora ele sabe um monte sobre mim.

Olho para cima quando Natalie entra discretamente no escritório e fecha a porta atrás dela. Ela puxa a cadeira de Sally e se senta ao meu lado. Sally está em reuniões com Bianca desde as nove horas da manhã, graças a Deus.

— Como foi? — Natalie sorri, pegando meu creme para as mãos e esguichando uma quantidade generosa na sua palma aberta.

Evito olhar para ela.

— Como foi o quê? — pergunto, sabendo muito bem do que ela está falando.

— O encontro? — Natalie pergunta.
Sinto pontadas de pânico com a menção. Eu suspiro.
— Sim, ótimo — digo amargamente. — Mas não era ele.
Natalie franze a testa para mim.
— Como assim? — Sua boca se abre quando o pensamento a atinge. — Ah, meu Deus. Não era o cara da foto? Você levou golpe?
— Não! — respondo. — Não foi golpe. Eu pensei que era ele. Mas não era.
Natalie franze o rosto. Afasto os olhos cansados e quadrados da planilha e explico toda a história, meu estômago se contorcendo a cada detalhe.
— Caramba... — Natalie sussurra quando eu termino. — Bem, não achei que você fosse dizer isso.
Encolho os ombros e pego meu celular.
— Eu sei.
— Bem — diz Natalie —, olhe pelo lado positivo. Pelo menos você pode riscar um item da sua lista, certo? Você disse a Amy que iria a um encontro.
Inclino a cabeça. Eu não tinha pensado nisso.
— Bem observado — digo, alcançando minha bolsa para pegar o diário. Minhas mãos arranham o interior da minha bolsa, sem sucesso. Pânico aperta minha pele. Enterro a cabeça dentro da bolsa.
Ué, cadê?
— Você está bem? — Natalie pergunta, minha cabeça engolida pelo forro.
— Não — eu digo, meus batimentos cardíacos começando a acelerar. — Não. Não consigo encontrar meu... meu diário sumiu.
— O seu diário? — ela repete. — Seu caderno, você quer dizer?
— Sim... — Pânico gira na minha garganta. — Você sabe, o caderno que eu levo comigo para todo lugar, só que eu chamo de diário. Tem todas as minhas... coisas nele. Eu preciso dele.
Passei os dedos pelos cabelos, o medo cravando as garras no meu corpo.
Onde está? Onde *está*?
Natalie se inclina para a frente.
— Você deixou em casa?

Começo a tirar todos os itens da minha bolsa freneticamente.

— Não — digo apressada —, sempre deixo nesta bolsa. Esta é a única bolsa que eu uso. Eu a levo comigo a todos os lugares. Eu nunca tiro. Não está aqui.

Tiro os últimos objetos da minha bolsa e olho para Natalie. Seus olhos amendoados estão arregalados atrás dos óculos grossos. Minha lista estava naquele diário. A lista da Amy. Por que não está na minha bolsa? Para onde foi?

Não posso ter perdido. Não posso.

Natalie me olha impotente, e eu olho de volta para ela, boquiaberta. Ela faz menção de falar, mas meu celular vibra ao meu lado. Meus olhos descem rapidamente e pousam em uma mensagem de texto.

Oi. É o Jack do sábado, você deixou seu caderno comigo. Estou livre amanhã à noite se você quiser me encontrar de novo no The Hook. Me avisa. Bj.

Meu estômago afunda dentro de mim.

— O que foi? — Natalie nota minha expressão. — O que foi isso?

— É ele! — eu consigo dizer, minha garganta ardendo. — O Jack! O Jack *fake*! Ele está com o meu diário! Ele o *roubou*! Ele quer...

— Georgia? — a voz aguda de Sally me interrompe. — Onde você está? Ah. Precisamos de você nessa reunião.

Eu pisco para Sally, um suor frio se formando na minha testa.

Não posso ir a uma reunião agora. Eu mal consigo falar. Eu preciso me deitar e de uma dose de uísque.

— Claro — digo com a voz fraca, e Sally levanta as sobrancelhas para mim com expectativa. — Já vou.

Sally desliza para fora da sala e eu volto para Natalie.

— Você tem que ir vê-lo — diz Natalie de uma vez — e pegar suas coisas de volta. Quem ele pensa que é? O que ele tem feito com o seu diário? Que maluco!

Concordo balançando a cabeça, minha boca seca.

— Sim — digo. — Você está certa. E se ele me matar? — deixo escapar de repente. — E se essa for a armadilha dele para me atrair para a casa dele, para que ele possa me cortar em pedacinhos e me enterrar embaixo das tábuas do assoalho?

Natalie fica esperando.

— Você anda assistindo muito *CSI*.

— Natalie! — eu choramingo.
Natalie se levanta.
— Eu vou com você — ela diz, desafiadora. — Diga a esse estranho que você vai se encontrar com ele amanhã depois do trabalho. Eu vou com você e fico sentada a duas mesas de distância. Ele não sabe quem eu sou, e se acontecer alguma coisa, você pode me passar um código ou algo assim, e eu entro em cena.

Puxo minhas pernas bambas para conseguir ficar em pé, sentindo como se eu pudesse cair de volta no chão a qualquer segundo.

— Certo — digo, me segurando pra não vomitar. — Tudo bem. Eu vou.

* * *

Abro meu espelho compacto e dou uma olhada no meu reflexo. Desnecessário dizer que fiz muito pouco no trabalho hoje e passei a maior parte da tarde desesperadamente lendo horóscopos, para a eventualidade de algum deles sugerir que eu estivesse prestes a ser assassinada por esse tal de Jack maluco.

Nenhum dizia nada. Embora algum tenha dito que eu deveria esperar um "desenvolvimento financeiro", o que certamente estou ansiosa para que aconteça.

De alguma forma, eu e Natalie conseguimos nos trancar no banheiro do escritório pelos últimos quarenta minutos do dia e Natalie esculpiu meu rosto do zero. Pareço uma pessoa totalmente nova. Ironicamente, Jack pode não me reconhecer. Fecho o espelho quando o trem balança para fazer outra curva e o pânico faz cócegas no meu coração.

— Você está bem? — Natalie pergunta.
Confirmo balançando a cabeça rigidamente.

— Acho que sim — digo, fixando os olhos no anúncio de um gato inchado no metrô, chupando um termômetro. Meu estômago revira e tento ignorar minha garganta seca, tremendo de pânico. Fecho os olhos e os abro novamente espiando minhas mãos sardentas, que estão tremendo um pouco.

Desde que recebi a mensagem de Jack, continuo sendo dominada por ondas quentes de emoções.

A primeira emoção é horror. Eu nem sei quem é esse cara, e ele está com o meu diário. Meu diário pessoal e minha lista. O que ele leu? Por que ele quer me encontrar de novo? O que ele quer?

A segunda emoção é a raiva, que se envolve em torno das minhas costelas como fogo. Ele mentiu para mim. Eu nem sei quem é esse cara, e ele está com o meu diário.

A terceira é a ansiedade. A pior, a mais difícil de controlar.

Esse pensamento é a deixa para a familiar e violenta batida de pânico sacudir meu peito inteiro, e eu pisco rapidamente para tentar estabilizar minha visão. Tento umedecer a boca e sugo uma inspiração profunda que faz sacudir meu corpo trêmulo inteiro. Eu nunca confronto ninguém. Nunca discuto. Tenho limites muito claros que me fazem sentir segura e nunca me afasto deles. Sei o que posso e o que não posso fazer, e não posso fazer isso. Não posso atacar um estranho e exigir meu diário de volta. Não sei como fazer isso. Essa não sou eu. Não tenho esse poder. Essa é a Amy. Amy sempre discute por mim.

Meus olhos ardem quando a ansiedade puxa minha garganta e eu balanço a cabeça. O pensamento de Amy evoca uma repentina onda de indignação, e endireito a coluna desafiadoramente e esmago a ansiedade de volta para as profundezas de mim. Não posso deixar Amy saber que perdi aquela lista. Era muito pessoal. Só preciso recuperá-la.

— Que maluco — resmunga Natalie, olhando no celular. — Mal posso esperar para ver como ele é.

— Shh — assobio, olhando em volta no metrô.

Natalie ergue os olhos.

— Ele está aqui? — ela sussurra, mal movendo a boca.

Balanço a cabeça quando o metrô entra na estação Tottenham Court Road e ficamos em pé. Ele não está neste vagão, a menos que esteja disfarçado. Quem sabe? Talvez, além de ser um ladrão de identidade, ele também mude de forma.

Natalie enlaça o braço no meu enquanto atravessamos a estação a passos largos. Passamos a maior parte da tarde planejando por e-mail como será esta noite. Natalie vai entrar primeiro, pegar uma bebida (Coca Zero — ela precisa estar com a cabeça no lugar caso algo aconteça, além de nosso pagamento não ter caído ainda) e se sentar. Descrevi o Jack *fake* para ela. Então, se ela o encontrar, vai se sentar a duas mesas de distância e pegar sua revista. Então vou entrar, ir ao bar e pedir um gin (eu também não tenho dinheiro para isso, mas preciso da coragem líquida). Se ele já estiver lá, vou entrar com tudo, igual a Beyoncé, e exigir meu diário de volta (essa foi a contribuição da Natalie). Se ele não estiver, vou encontrar um lugar para sentar e ficar olhando distraída no celular (minha contribuição).

Pego o braço de Natalie quando chegamos à esquina do The Hook. Meu estômago tem um espasmo.

— Tudo bem — eu digo —, é virando a esquina, então é melhor a gente se separar.

— Certo — Natalie faz que sim —, vejo você lá dentro.

Faço um sinal afirmativo fraco com a cabeça.

Meu Deus, estou muito nervosa. Como os detetives particulares fazem isso diariamente? Quero dizer, sei que eles não fazem isso exatamente. Pelo menos detetives particulares têm armas e canivetes suíços. O pior que eu poderia fazer seria brandir minha lixa de unha e rezar para Jack não me desafiar a nenhum tipo de duelo.

Olho no relógio. Ok, já faz dois minutos. Mais trinta segundos, e depois vou entrar.

Meu estômago se contorce.

Eu só preciso pegar a lista e sair. É tudo o que preciso fazer. É simples. Eu nem preciso falar com ele. Eu poderia simplesmente pegar e ir embora. Sem necessidade de me envolver em conversa. A rigor, nem preciso olhá-lo nos olhos. Eu poderia, inclusive só...

— Georgie?

Pulo quando meus olhos se levantam e encontram Jack parado na minha frente. Sua boca está curvada em um sorriso gentil, e assim que meus olhos encontram os dele uma corrente de raiva dispara através de mim.

Ele se inclina para beijar minha bochecha. Estremeço em choque, mas ele não percebe.

— Por que você está esperando aqui fora? — ele pergunta, fazendo um gesto ao nosso redor. — Você não está com frio?

Seus olhos verdes brilham para mim e finalmente encontro minha voz.

Minha lista. Ele roubou a lista de Amy. A lista da minha irmã.

— Oi, Jack — digo friamente —, se esse é mesmo o seu nome.

Essa é a fala que eu e a Natalie ensaiamos o dia todo.

Um lampejo de divertimento passa pelo rosto de Jack.

— Esse é o meu nome. — Ele sorri. — Vamos entrar?

— Não! — grito, furiosa com a resposta casual que ele me deu. — Eu não quero ver você! Quero meu diário de volta.

Mantenho os olhos fixos em seu rosto sentindo a raiva fisgar minha pele. Para meu horror, até sinto um nó subir pela garganta.

As sobrancelhas de Jack se contraem levemente.

— Que pena — ele diz. — Eu queria ver você. Pensei que a gente tivesse se divertido.

— A gente... — murmuro. — Eu nem sei quem você é! — explodo, tentando controlar o calor tomando conta do meu rosto. — Você fingiu ser o cara que eu ia encontrar! Não posso acreditar em você...

Respiro fundo um grande volume de ar. Não posso me perder por causa disso.

— Eu só quero o meu diário de volta — digo com firmeza —, por favor.

Jack olha de novo para mim, preocupação gravada em seus olhos. Ele abre a bolsa e começa a remexer.

— Desculpe se eu chateei você — ele diz. — Só estava, tipo, em um bar e uma garota bonita perguntou se eu queria uma bebida. — Ele inclina a cabeça levemente, seus olhos verdes fixos nos meus. — Pensei que seria divertido.

Para meu aborrecimento, sinto uma onda de emoção quando ele me chama de "bonita". Empino o queixo.

— Eu me diverti de qualquer maneira — acrescenta Jack, finalmente pescando meu diário.

Meu corpo tem uma descarga de adrenalina quando noto a lista aparecendo entre as páginas. Nunca mais vou deixar isso fora da minha vista. Jack ainda está olhando diretamente para mim. Eu recuo.

— Bem — digo, tensa —, eu também. Ou achei que tinha me divertido. Até você me roubar.

Jack faz um gesto para me entregar o diário e então congela.

— Roubar? — ele repete. — Roubar o quê?

— Meu diário! — exclamo, a emoção quente retornando por trás dos meus olhos. — E a minha lista!

Jack franze a testa para mim, seus olhos voando rapidamente para o meu diário, suspensos em seus dedos.

— Diário? — ele repete. — Que diário?

Estendo a mão e arranco-o das mãos dele.

— Este! — grito, sacudindo meu caderno surrado na cara dele. — Este! Meu diário. Meu caderno *pessoal* com todas as coisas pessoais nele, que você roubou. Seu ladrão.

— Eu não roubei — ele diz, sem emoção. — Você o deixou em cima da mesa.

Meu rosto de pedra estremece.

Ah.

— Tanto faz.

— Por que eu roubaria seu diário? — Jack pergunta, sua voz repentinamente ríspida. — Que utilidade teria pra mim?

Coloco meu caderno de volta na bolsa, estremecendo quando as páginas amassam sob minha mão trêmula.

— Eu não sei — digo, amarga, enfiando o diário de qualquer jeito. — Não sei os motivos de um criminoso.

Uma risadinha escapa dele.

— Um criminoso? — ele repete.

Sinto uma onda de fúria.

— É! — grito. — Você me roubou e me enganou! Como você pode esperar que eu queira vê-lo de novo? Eu nem sei quem você é! Você se aproveitou de mim!

Uma risada cheia, coberta de sarcasmo, sai de Jack agora.

— Me aproveitei de você? — ele diz. — Como? Você veio falar comigo. Eu só disse que sim.

— Eu não fui falar com você! — Suspiro, meu rosto pegando fogo. — Você...

— Você veio até mim e perguntou se eu queria uma bebida — Jack diz suavemente. — Só estou somando dois mais dois.

Jogo a alça da bolsa por cima do ombro, ouvindo meu coração bombear nos ouvidos.

— Só porque pensei que você fosse outra pessoa. Eu nunca teria ido falar com você — digo indignada. — Você é um maluco.

Jack dá um passo para trás, uma sombra passando por seu rosto.

— Beleza — ele diz, colocando as mãos nos bolsos. — Tudo bem, então. Bem, eu vou lá pegar uma bebida. Você quer uma?

Olho para ele boquiaberta.

— Não!

Jack dá de ombros.

— Você que sabe — ele diz, como se eu tivesse acabado de recusar uma xícara de chá. — Vejo você por aí, Georgie. Além disso — acrescenta —, acho que rosa fica bem em você.

Meus olhos voam sobre minha blusa azul.

O quê? Rosa fica... o quê?

Meu coração dispara quando ele passa por mim.

Eu não estou vestindo rosa. Por que ele diria...?

— Você leu? — Eu me jogo atrás dele.

Ele se vira para mim.

— Li o quê?

— Meu diário!

Ele continua andando de costas e vejo um pequeno sorriso brincando nos cantos dos seus olhos.

— Imagina — ele diz. — Claro que não.

Ele se vira e meus dedos enrolam-se ao redor do diário instintivamente, a rebeldia disparando atrás dos meus olhos.

Ele leu. Ele leu meu diário.

Eu olho feio vendo-o se afastar quando Natalie sai correndo pela esquina, com o rosto corado.

Ela me alcança e olha por cima do ombro.

— Era ele? — ela diz. Seus olhos examinam meu rosto e sua testa se franze. — Você está bem?

Eu confirmo e me viro, meus olhos fixos no local por onde Jack saiu.

— Ótima — digo baixinho. — Fuga de sorte. Ele era um maluco.

CAPÍTULO OITO

LISTA DA GEORGIE

1. Comer em um restaurante 5 estrelas.
2. Fazer uma aula de salsa.
3. Pular de paraquedas.
4. Marcar um encontro pelo Tinder. ✔
5. Pedalar em um parque.
6. Correr dez quilômetros.
7. Fazer um bolo perfeito.
8. Mergulhar pelada no mar.
9. Tentar andar de skate.
10. Mostrar seus projetos para a Bianca!

Olho para o letreiro vermelho berrante, pairando sobre mim e piscando de forma não convidativa.

MODA FITNESS!!!!!!! COMPRE AGORA!!! MEGALIQUIDAÇÃO!!!!!!!

Massageio a testa com as costas da mão e tento combater a nascente enxaqueca que com certeza vou ganhar só de ter posto os olhos nessa placa hedionda.

Por que há tantos pontos de exclamação? Quem precisa de tantos? Quem está tão animado? E para comprar moda fitness, dentre todas as coisas?

Olho em volta, na dúvida, como se um bom estranho fosse aparecer para me dizer que não preciso realmente entrar. Posso comprar os tênis pela internet, e a Sally só estava tentando me assustar como punição por acidentalmente (de propósito) lhe dar café descafeinado.

Faço uma careta e enfio a bolsa debaixo do braço com jeito desafiador.

Vamos, Georgie. Você tem que comprar tênis de corrida. Se você quiser seguir essa maldita lista, então vai precisar correr, e para correr, você deve ter os tênis de corrida adequados. Você não pode correr com tênis de solado plataforma.

Bem, eu posso, na verdade, porque tive que correr para pegar o ônibus muitas vezes depois de muitos Chardonnays com a Natalie. Mas essa não é uma experiência que eu gostaria de reviver por livre e espontânea vontade.

Sally me disse que eu precisava comprar "tênis de corrida" que "me servissem corretamente". Ela me disse que eu precisava avaliar meu "estilo de corrida". O que, para mim, parece absolutamente pavoroso. Também parece inventado. Quero dizer, as pessoas realmente avaliam o estilo de corrida de outras pessoas como meio de vida?

Ela também disse que eu receberia algumas "dicas úteis de corrida". A única dica de corrida que eu ficaria feliz em receber é "não corra". Eu disse isso a Sally, mas ela não achou muito engraçado — o que eu deveria ter previsto, já que Sally não tem senso de humor.

Certo. Quanto mais cedo eu puder sair, mais cedo vou voltar para o meu apartamento e assistir a *RuPaul's Drag Race*.

Respiro fundo e empurro a porta para entrar na loja. Sou recebida quase imediatamente por uma explosão de música e enormes displays em papelão de corpos perfeitamente esculpidos. Meus olhos voam para um homem de papelão muito mais alto que eu.

Caramba. Será que comprar um par de tênis dá direito a levar esse cara para casa de graça?

— Posso ajudar?

Paro e viro a cabeça, minhas bochechas queimam quando meus olhos encontram o atendente da loja.

— Err — eu me atrapalho, sem esperança —, sim, por favor.

Caramba, como ele é bonito. Não está certo ele me atender; ele é bonito demais. Como eu posso me concentrar?

Ele dá um passo à frente e sorri. Fico sem ação no local por alguns instantes.

— O que você está procurando? — ele pergunta, seu rosto se abrindo em um sorriso.

Ah, Deus, ele está chegando muito perto de mim. Por que ele está chegando tão perto? Essa é uma distância normal? Não parece uma distância normal. Eu sinto como se ele estivesse prestes a me beijar.

Talvez ele esteja. Talvez seja assim que todo mundo fica hoje em dia. Talvez seja nesse ponto que estou errando e esse seja o motivo para eu estar solteira.

— Coisas esportivas — digo sem pensar, e depois imediatamente quero me dar um chute.

Argh. Não, é por isso que você está solteira. Porque você não consegue responder a uma pergunta simples de um homem atraente sem parecer uma idiota.

— Tênis — me apresso a acrescentar, apoiando-me na perna de trás. — Eu preciso de tênis novos. Para corrida. Tênis de corrida.

O rosto dele não se move.

— Certo — ele diz com simpatia. — Bem, temos muitos tênis aqui. Vou te mostrar.

Concordo com a cabeça e o sigo enquanto nos aprofundamos no interior da loja fluorescente.

— Então — o atendente diz em tom de conversa —, que tipo de corrida você curte?

Eu pisco para ele sem entender.

Que tipo de corrida eu curto? Que raio de pergunta é essa?

— Ah, você sabe — eu me atrapalho —, um pouco de tudo.

Meus olhos voam para uma senhora de idade, olhando as meias de usar com tênis.

Devo parecer bem em forma para ele continuar me fazendo todas essas perguntas relacionadas ao esporte. Quero dizer, sei que estamos em uma loja de esportes, mas ele não fez essas perguntas à vovozinha ali no canto.

— Então... — Ele para quando chegamos a uma seção cheia de pilhas de caixas —, acabamos de receber esses novos. Perfeitos para corridas de longa distância.

Hesito um pouco, assimilando essas palavras.

Corridas de longa distância.

— Você faz longa distância?

Não respondo nada, perplexa.

Será que dez quilômetros contam como longa distância? Quero dizer, acho que parece bem longo.

— Faço — eu me ouço dizer.

Bem, como ele vai saber que estou mentindo? Eu poderia facilmente ser uma corredora de longa distância. Quero dizer, meu cabelo está preso em um rabo de cavalo.

Talvez eu pudesse ser, talvez essa corrida seja o que vai me transformar, e eu vou ser tão boa em corrida que vou entrar na Maratona de Londres.

A emoção me agarra quando essa nova ideia penetra na minha mente.

A maratona! Sim! Por que não pensei nisso antes? Meus pais ficariam muito orgulhosos, e eu finalmente perderia meu queixo duplo.

— Estes são os tênis para você, então. — Ele sorri como se estivesse lendo meus pensamentos. — Que número você calça?

— Calço 35! — digo rapidamente.

Ele faz que sim, vai em direção às caixas e puxa uma para baixo.

Animada, largo o corpo no banquinho e tiro minhas botas de salto. Olho para os meus pés.

Graças a Deus eu estou usando meias do mesmo par.

Pego os tênis das mãos do vendedor e os calço nos pés. Eles deslizam como se tivessem sido criados pessoalmente na forma do meu pé, e sinto uma alegria quentinha surgir dentro de mim.

Levanto como se impulsionada por uma mola e olho para meus novos calçados com espanto.

Uau. São incríveis! Eu estou incrível! Por que nunca uso tênis? Ficaram superfantásticos. Eles...

— Ok, então se você quiser subir na esteira.

Sua voz interrompe meus pensamentos e um raio de alarme dispara através de mim.

O quê? Em quê?

— Desculpe — digo.

Por que ele disse esteira?

— Naquela esteira — ele repete, agradável, apontando para uma máquina feia aparecendo de forma impressionante no canto.

Fico olhando para o equipamento horrorizada.

Certo, o que diabos uma esteira está fazendo em uma loja?

— Não, obrigada — digo tentando manter a descontração —, estou feliz com esses tênis.

Ele olha para mim, o sorriso fixo em seu rosto se contorcendo com as minhas palavras.

— Precisamos testar se eles oferecem suporte adequado quando você corre.

Pisco de volta para ele.

Quando eu corro?

Ele gesticula de volta para a esteira e sinto um pânico ecoar nos ouvidos.

Quando eu corro?

Eu tenho que correr? Aqui? No meio da loja? Lojas não são feitas para se correr! Elas são feitas para se fazer compras!

Desvio o olhar da esteira e pulo um pouco quando capto o olhar atento do vendedor.

Ele vai me fazer correr, não vai? Quero dizer, o que mais posso fazer? Vou ter que correr, no meio de uma loja, na frente desse homem muito atraente.

Bem, acho que é isso. Adeus, orgulho. Até mais, integridade. Foi bom conhecer você, respeito próprio.

Atordoada, subo na esteira.

— Tudo bem — ele diz, passando para a frente da máquina —, então faremos apenas uma corrida curta.

Meu corpo convulsiona de alívio. Uma corrida curta. Isso eu consigo. Com certeza dou conta de uma corrida curta.

Ele aperta um botão e, para meu alarme, o chão abaixo dos meus pés desliza para trás e eu me sinto sacudir em um trote horrível. Não estou preparada para isso. Estou usando brincos de argola! Não dá para eu correr usando brincos de argola!

E se eu tiver um ataque cardíaco? Ele vai ser capaz de me ressuscitar? Não o quero me pegando ao redor dos seios! Não quando eu estiver inconsciente, pelo menos.

Tento sorrir fracamente para o vendedor, depois percebo que seus olhos estão colados aos números dançando na tela. Meu estômago dá um nó.

O que todos eles significam? Essa é a minha frequência cardíaca? Meu corpo endurece de medo.

Esse é o meu peso?

Não, claro que não é. Independentemente da quantidade de nuggets de frango que comi no sábado, não há como pesar 250 quilos.

Eu continuo pulando na esteira de modo desconfortável enquanto meu peito balança vigorosamente.

Isso é tenebroso. Sinto como se estivesse prestes a vomitar. Meu peito queima quando fito o vendedor, desejando que ele me deixe parar de correr.

Por favor, me deixe parar. Por favor, ah, por favor, me deixe parar essa merda. Isso já está acontecendo há séculos! Por que não dá para parar? Ele disse uma corrida curta! Isso não é uma corrida curta! Isso é uma corrida de verdade.

Ele se inclina para a frente e, felizmente, clica em um botão, e a esteira diminui a velocidade até parar. Aperto os lados da esteira em desespero e meu peito queima em alívio. Engulo em uma tentativa lamentável de controlar minha respiração irregular.

Se essa é a sensação de uma corrida de verdade, então estou fora. Por que diabos Amy gosta tanto? Eu me sinto horrível.

Preciso de um copo de água e de me sentar imediatamente. Minhas pernas parecem gelatina e meu lábio superior está molhado e trêmulo.

Isso é terrível. Vinte minutos atrás eu me sentia ótima e agora me sinto repulsiva.

— Certo — ele diz, seus olhos ainda grudados na esteira —, bem, os tênis parecem suportar bem o seu peso.

Tenho um sobressalto alarmado.

Meu peso? Por que ele está mencionando meu peso?

Saio cambaleando da esteira e tiro os tênis dos meus pés latejantes.

— Eles também parecem adequados para a sua técnica de corrida — ele acrescenta.

Abro um sorrido fraco.

Técnica de corrida? Eu tenho técnica de corrida? Devo ter.

Putz, talvez eu seja melhor do que pensava.

— Mas você deve trabalhar o seu cardio — ele diz. — Para longas distâncias, seu cardio precisa estar em melhor forma.

Eu pisco de volta para ele.

— Certo — digo, tensa.

Bem, essa não é a atitude encorajadora que eu esperava de um vendedor solícito! Quem é ele para dizer que eu não posso fazer isso? Vou mostrar a ele quando eu ganhar a Maratona de Londres e aparecer no noticiário por completá-la em tempo recorde. Vou até mencioná-lo no meu discurso de vitória:

E para o homem que pensou que eu não estava em forma o suficiente para correr esta corrida bem, aposto que você se sente ridículo agora.

Ando trocando as pernas até o caixa, restaurada à minha altura habitual em minhas botas de salto alto, e teclo minha senha do cartão para pagar os tênis. Ele me entrega a sacola e sorri.

— Boa sorte com tudo — ele diz. — Espero que dê tudo certo com a corrida.

Pego a sacola do balcão e sorrio para ele.

— Obrigada — respondo —, eu também espero.

* * *

Eu me concentro ferozmente na tela do computador e tento abafar a presença de Sally, que está andando de um lado para o outro ao redor da minha mesa há quatro horas irritantemente.

Jonathan chegou ontem de sua viagem de negócios, e Bianca está oferecendo a ele e ao resto de sua família uma visita ao escritório.

Então, eu, Sally e Bianca teremos uma reunião com a família para discutir a "progressão do casamento".

Meu revirar de olhos é o maior já conhecido na história da humanidade.

Isso significa o quê? Você já ouviu falar de algo tão ridículo? Quando mencionei levemente que talvez devêssemos nos preparar para *a grande apresentação*, Bianca tentou me assassinar com os olhos, e Sally quase deu à luz na cozinha — e ela nem está grávida. Só espero que Bianca não me peça uma atualização sobre o assunto dos ursos.

— Roxo e dourado — Sally está murmurando enquanto passa pela minha mesa —, com um leve aroma de lavanda para combinar com a paleta de cores.

— Sally — explodo, desesperada para impedir seus passos e seus murmúrios obsessivos —, por que você não se senta por um minuto?

Sally para de repente, oscilando o corpo e vira a cabeça bruscamente para me encarar.

— O quê? — ela diz com firmeza. — Me sentar?

Suas pálpebras descobrem seus globos oculares salientes e tento ignorar a veia roxa que lateja em seu pescoço.

— Isso. — Eu me recosto na cadeira e faço um gesto para ela. — Sente-se por um minuto e me conte sobre o seu fim de semana.

Sally me fita de olhos arregalados, estupefata. Seus pés ainda estão marchando no local, como se suas pernas não estivessem acompanhando o cérebro.

— Só por um minuto — acrescento, forçando meu rosto a sorrir.

Relaxo um pouco quando Sally afunda em uma cadeira sub-repticiamente. Giro na minha cadeira para encará-la.

— Então — digo, me sentindo como sua terapeuta —, como foi seu fim de semana?

— Bom — Sally dispara como um robô bem programado —, foi tudo bem.

Tento não me encolher com suas respostas abruptas.

— Que bom — digo suavemente. — O que você fez?

Sally hesita.

— Não muito — ela responde —, saí para correr.

— Ah! — digo, satisfeita por finalmente termos algo para conversar. — Eu comecei a correr — digo. — Na verdade, estou treinando para dez quilômetros — acrescento como quem não quer nada.

Ha ha! Acabei de cometer um pequeno deslize aí.

Por mais que eu odeie a ideia de correr dez quilômetros, não é segredo que eu amo me exibir com isso em qualquer oportunidade. Enfim sou um daqueles adultos que voluntariamente participa de uma atividade que conta como produtiva. Se bem que eu me peguei enfiando esse assunto na conversa com o carteiro hoje, o que quase parece ir um pouco longe demais. Especialmente porque só fiz uma corrida e tive que parar quando pisei na caixa de cocô de cachorro.

Ai, isso foi realmente um ponto baixo para mim. A caixa de cocô de cachorro ataca novamente.

Sally estremece a cabeça como se tivesse levado um susto.

— Você vai correr uma prova de dez quilômetros? — ela diz.

Tomo um gole do meu chá e aceno com a cabeça, tentando controlar o sorriso presunçoso que aparece no meu rosto.

Olhe para mim. Conversando com uma colega sobre atividade física e treinamento para correr dez quilômetros. Deus, estou virando uma adulta e tanto. Talvez eu comece a dar jantares improvisados em casa e sirva algum prato chique.

— Quando? — Sally pergunta.

Inclino a cabeça.

— Daqui a alguns meses? — palpito. — Vou correr para a minha irmã.

— A gente deveria treinar juntas! — Sally quase grita, voltando a se levantar.

Meu doce senso de presunção é subitamente drenado.

Ah, não. *Não*.

— Tenho um forte ritual de treinamento — Sally instrui, marchando de volta pela sala. — Ele vem com uma dieta de treino. Você pode começar os dois.

Não. Absolutamente não. Eu preciso acabar com isso.

— Claro — digo —, o problema é que eu...

— Georgia!

Pulo quando Natalie entra no escritório. Ela se segura à moldura da porta, os cabelos chicoteando em volta dos ombros. Quase caio do meu assento de medo.

Ela nunca me chama de Georgia.

— Deus! — digo antes que eu possa me conter, segurando o peito. — Puta que pariu, Natalie, o que foi?

Os olhos de Natalie disparam em direção a Sally e depois de volta para mim.

— Eu preciso falar com você — ela dispara.

Olho para Sally, que finalmente parou de marchar. Sua cabeça está oscilando entre mim e Natalie como se estivesse assistindo à semifinal de Wimbledon.

— Agora? — digo sem expressão.

Ela esqueceu que Sally é minha superior direta? Não posso simplesmente iniciar uma conversa casual agora.

— Vou parar para almoçar daqui a pouco — acrescento quando Sally começa a recolher os arquivos, indicando que devo fazer o mesmo.

— Daqui a meia hora! — Sally diz logo em seguida, passando às pressas por mim. — Somos necessárias na sala de reuniões agora — ela acrescenta enfaticamente.

Levanto com um salto.

— Passo pra te ver no almoço — murmuro rapidinho para Natalie.

Ela olha de volta para mim como um peixe ansioso. Qual é o problema dela?

— Você já fez o café? — Sally exclama enquanto avançamos pelo corredor.

Diabos, meus pés estão doendo nesses sapatos. Cristo. Por que é que eu invento de usar salto? Talvez eu devesse começar a usar aqueles tênis com rodas na sola. Isso tornaria minha vida muito mais fácil. Sem mencionar como eu ficaria modernosa.

— Sim — eu digo, felizmente sendo honesta. — Já pedi para levarem lá. Já deve ter chegado.

— A menos que tenha sido roubado — Sally corta, e eu faço uma careta para a parte de trás de seu cabelo chanel.

Viramos no último corredor e entramos na imaculada sala de reuniões. Com toda certeza, o café já foi servido. Eu rapidamente reorganizo as cadeiras enquanto Sally joga os pacotes de apresentação sobre a mesa. Tento controlar as bolhas de irritação que surgem dentro de mim toda vez que Sally rearruma outro lápis, e eu alinho a cadeira final.

Bianca queria dar um almoço de negócios para toda a sua família hoje. O que basicamente significa que ela quer mostrar como a empresa é bem-sucedida. Eu só espero conseguir um dos biscoitos chiques grátis mais tarde.

— Ela está vindo! — Sally praticamente grita.

Eu me curvo e saio correndo para a frente da sala, pegando a deixa de Sally. Fico em pé ao lado dela, sem jeito.

Ótimo. Parecemos um conjunto de guardas de prisão passivos.

Ouço o barulho dos sapatos de Bianca e arrumo minha franja, minha frequência cardíaca voltando aos poucos ao normal.

O que vou almoçar hoje? Decidi me fazer um agrado e comprar almoço, uma ocorrência muito rara. Saio e peço algo ousado, como um hambúrguer gourmet? Ou devo ser sensata e pedir uma salada?

Na verdade, não. Ideia ridícula. Salada não é um agrado, é um castigo leve.

— Certo, por aqui — Bianca canta ao chegar à sala de reuniões. Seu sorriso se estende quando ela me vê com Sally.

— Olá, queridas! — ela diz. — Pessoal, estas são a Sally e a Georgie, que trabalham na equipe de *design*. Elas foram simplesmente maravilhosas, ajudando no casamento... e Georgie faz um café fantástico.

Fixo meu sorriso no rosto quando o elogio depreciativo me atinge na cara.

Lentamente, a família de Bianca entra em ação, todos exclamando "oh" e "ah" no processo.

— Sentem-se — diz Bianca. — Sally, Georgie... esta é minha mãe, Pauline... e meu pai, William.

Sorrio e aceno educadamente com a cabeça para cada membro da família.

— Obviamente vocês conhecem o Jonathan — ela continua —, e este é meu irmão, Jack.

Meu rosto se contrai quando a última apresentação é descarregada e meus olhos pousam no integrante final da família de Bianca a entrar na sala.

O quê?

Não.

Ah, não. Ah, meu Deus. Ah, não.

Observo horrorizada o irmão de Bianca entrar na sala. O irmão de Bianca, Jack. O irmão de Bianca, Jack, com quem eu gritei ontem. Jack.

Ele encontra meus olhos e vejo um lampejo de reconhecimento surpreso varrer seu rosto.

Ai, meu Deus. Beijei o irmão da minha chefe. Gritei com ele. Eu o chamei de maluco. Disse que nunca mais queria vê-lo.

E ele está *bem aqui*.

Meu corpo inteiro queima quando ele passa por mim e desliza em uma das cadeiras. Meus joelhos amolecem ao lado de Sally, e eu mal consigo ficar de pé.

O que eu faço? O que posso fazer? O que diabos ele está fazendo aqui? Ele não pode ser irmão da Bianca. Ele não pode! Com certeza isso é algum tipo de pegadinha. Por Deus, eu não posso ter gritado com o irmão da minha chefe.

Nãããããããããooo.

Posso pular pela janela? Meus olhos disparam pela sala e meu coração bate furiosamente no peito.

Argh! Não há janelas! Estamos em uma sala sem janelas!

O que eu disse sobre Bianca? Não me lembro! Eu disse alguma coisa? Ele me disse que estava em Londres para ajudar nos preparativos do casamento da irmã, mas eu não fazia ideia de que era...

Eu nem sabia que Bianca tinha um irmão!

Preciso ir embora. Preciso ir embora agora mesmo.

— Muito obrigada a vocês duas — Bianca bajula. — A apresentação do casamento está pronta?

— Sim — Sally diz rapidamente —, tudo pronto.

Bianca sorri.

— Ótimo — ela diz. — Bem, então coloque na tela.

Sally avança e pega o controle remoto.

Ah, meu Deus, eu vou ter que fazer minha apresentação na frente dele. Isso é horrível. Isso tinha que ser ilegal. Este é o pior dia da minha vida.

Cruzo o olhar com Sally e pulo quando ela arregala os olhos para mim.

— Luzes, Georgia — ela sussurra.

Eu rapidamente apago as luzes e tento ignorar o olhar penetrante de Jack, queimando em mim.

Vou ter que pedir demissão. Vou ter que entregar minha carta imediatamente e ficar desempregada. Vou ter que fugir e criar uma nova vida para mim nas colinas. Eu não aguento isso.

Olho para Sally e tento o meu melhor para parecer incrivelmente interessada enquanto ela fala sobre as opções da valsa de Bianca.

Certo, eu só tenho que passar por essa próxima parte. Então vou poder sair para almoçar e fugir.

— E agora — Sally diz —, a Georgia vai apresentar a vocês as opções para os arranjos de lapela.

Olho fixo para ela, implorando, silenciosamente implorando, para ela não me fazer falar. Sally pisca de volta para mim com um olhar tenso. Vacilando, tiro o controle remoto de Sally e me viro para a sala.

Lapelas?

Se eu terminar essa apresentação sem chamá-las sem querer de "peladas", mereço um título de nobreza.

CAPÍTULO NOVE

MANEIRAS DE LIDAR COM A QUESTÃO JACK:

1. Sair do emprego e virar freira
2. Sair do emprego e virar freira artista/pintora (elas existem? Preciso pesquisar!)
3. Sair do emprego e virar uma freira pintora muito bem-sucedida (pesquisar conventos locais. Será que vão me aceitar depois da universidade?)
4. Permanecer no emprego e mudar de identidade
5. Permanecer no emprego e fingir que não tenho ideia de quem Jack é
6. Permanecer no emprego e fingir uma repentina amnésia (a melhor ideia de todas. Levar adiante)
7. Chamar Jack no meio do refeitório da empresa e encenar uma luta de novela (me daria uma desculpa para usar brincos extravagantes)
8. Fingir para Jack que eu sabia o tempo todo quem ele era e que *eu* o enganei (me daria a chance de ser presunçosa e superior)
9. Me esconder de Jack para sempre no porão do escritório
10. Fingir que esqueci como falar (começar a usar linguagem de sinais?)
11. Sair do país

Você já falou com ele?!!??!?
Meus olhos se movem para o canto direito do meu monitor quando a notificação do e-mail de Natalie aparece. Olho para Sally, que está latindo ordens para o fornecedor de bufê vegano de Bianca. (Ela terá quatro fornecedores de bufê. Nem sei o que os outros três vão fazer. Bianca está fazendo a dieta Atkins.)
Não.
Eu rapidamente aperto enviar antes que meu rosto descole do crânio de tanta pressão. Pego a planilha do casamento e tento silenciar minha ansiedade olhando para colunas de números.

Vinte minutos de apresentação horrível mais tarde (e uma seção surpresa de perguntas e respostas que Bianca decidiu colocar no meio) e Jack, felizmente, não deu indícios de me reconhecer. Ele provavelmente ainda está furioso por eu tê-lo chamado de maluco. E criminoso. E ladrão.

Tomo um grande gole de água enquanto tento domar o pânico que está surgindo sob a minha pele.

Assim que a reunião terminou, eu desatei pelo corredor. Tenho evitado Jack com sucesso desde então. Ou ele está me evitando. De qualquer maneira, não o vi. Talvez ele tenha passado o resto do dia recitando trechos do meu diário para Bianca.

Desvio os olhos brevemente para verificar a hora no relógio digital. Quatro e quinze. Só tenho que me esconder por mais 45 minutos e depois posso correr para casa e fingir que isso nunca aconteceu. Olho fixamente para minha planilha aberta, distraída, e digito obedientemente os recibos, meu cérebro doendo. Esse é o carma de marcar um encontro pelo Tinder? Esse é o universo tentando me dizer que o Tinder é uma péssima ideia, como eu sempre soube que era? Talvez seja a maneira de o universo me dizer que eu não deveria estar saindo com ninguém.

Estou solteira há dois anos. Solteira e feliz, devo acrescentar. Mas ainda assim, muito solteira. E então o primeiro encontro em que me aventuro acaba sendo com o irmão mais próximo da minha chefe. Se esse não é um sinal grande pra caramba, não sei o que é.

Talvez eu só vire freira. Talvez seja isso que eu acabe fazendo depois que for demitida por chamar Jack de maluco. Talvez esse seja o próximo capítulo da minha vida. As freiras vão me aceitar e me amar por quem eu sou. Isto é, até me ouvirem cantar e meus tons monótonos quebrarem as preciosas janelas da igreja e eu ser enviada para o exílio.

Pulo quando ouço o *toc-toc* de Bianca na porta. Seus olhos examinam a sala, passando por Sally, e depois pousam em mim. Um espasmo de medo aperta meu corpo.

— Georgie — ela diz —, você pode ir para casa, você fez o suficiente hoje.

Congelo, ansiedade fechando minha garganta.

Ela está... ela está me demitindo?

— Sério? — pergunto com a voz fraca.

Bianca faz que sim, erguendo o pulso para verificar as horas.

— Sério — ela diz em tom descontraído —, se você acha que concluiu tudo.

Isso é um teste? Ela está falando por meio de enigmas? Ela está tentando me enganar para me fazer confessar?

Bianca espera na porta e eu lentamente coloco meus pertences na bolsa e me levanto.

— Obrigada — respondo baixinho.

Bianca ergue os olhos do celular e sorri.

— Imagina — ela diz de modo agradável. — Te vejo amanhã.

Meu corpo relaxa de alívio.

Beleza, te vejo amanhã. Amanhã. Isso significa que não fui demitida. Talvez ela esteja apenas sendo legal. Concordo fazendo um movimento leve com a cabeça, me viro e, de repente, dou de cara com Jack. Meu estômago vem parar na boca e eu quase desmaio de choque.

Afasto meus olhos rapidamente e saio às pressas pelo corredor, meu rosto queimando.

Pelo menos esse dia terrível acabou e eu nunca mais vou precisar ver Jack e posso fingir que isso nunca aconteceu. Graças a Deus por isso.

* * *

Enfio o pé no meu tênis novinho em folha e tento não rir da expressão horrorizada de Amy.

— Espero que você esteja feliz — digo. — Era isso que você queria? Esse era o seu plano o tempo todo, me fazer quase ser demitida?

Amy começa a rir.

— Isso é loucura.

— Eu sei.

Ela passa os dedos pelos cabelos.

— Mas só poderia acontecer com você.

Bufo para ela.

— Isso deveria me fazer sentir melhor?

Amy puxa a lista da minha bolsa e eu desabo ao lado dela.

Amy sorri.

— Muito bem — ela diz, sorrindo para a lista —, um já foi.

Eu me aninho em seu ombro.

— Sim, verdade.

Amy toca a lista, onde há uma mancha circular de café no canto superior.

— O que você fez? — ela pergunta. — Você derramou café no papel? Você não bebe café, bebe?

Faço uma careta olhando para o canto. Meu corpo formiga como se minúsculas aranhas estivessem subindo pela minha espinha, e a ansiedade repuxa minha garganta.

— Não — eu digo, tocando a mancha. — Não com muita frequência.

Enrugo a testa.

Jack deve ter lido.

— Certo — Amy diz de repente —, você precisa se apressar e continuar essa corrida. *Doctor Foster* começa em meia hora.

Levanto de repente e aponto um pé para ela como uma bailarina.

— Como estou?

Amy cruza as pernas e sorri.

— Parece uma profissional — ela diz —, como se você tivesse nascido para correr.

Faço um muxoxo de desdém e pego minha garrafa de água.

— Gostaria que você pudesse vir comigo — eu digo. — Odeio correr, sou péssima nisso.

Amy abre o livro e levanta as sobrancelhas.

— A mente controla a matéria — ela afirma, como quem sabe das coisas. — Você é melhor do que pensa.

Reviro os olhos e saio da sala de estar.

"A mente controla a matéria" é a expressão favorita de Amy. Eu, por outro lado, acho que é besteira. Amy sempre diz que funciona em todas as situações, mas tenho problemas com isso. E se você tiver sua perna amputada por acidente durante uma cirurgia? Ou se você for teletransportada de volta para a Idade da Pedra e estiver sendo perseguida por um dinossauro? Ou você acidentalmente desenvolver candidíase? Como a mente dominar a matéria vai ajudar nisso?

Não vai. Ficar pensando sem parar que "eu não tenho candidíase" não vai te libertar da candidíase. Veja o meu caso.

Saio pela porta dos fundos e suspiro sentindo o ar fresco. Encolho o pescoço e chuto a porta atrás de mim. Certo, uma corrida. Uma simples corrida. Se eu der uma volta pelo parque, posso justificar ter aberto aquele cheesecake que comprei para Amy. Eu me posiciono levantando os calcanhares e começo uma corridinha leve pela rua.

Tenho que admitir: pareço bem descolada com todo meu equipamento de corrida. Este seria um grande momento para encontrar por acaso alguém com quem frequentei a escola — ou meu antigo professor de educação física, que riu quando fiquei presa no cavalo de ginástica artística. Ou, tipo, Jack.

Seria ótimo passar pelo Jack agora. Da cabeça aos pés em roupa de ginástica, tênis novos, correndo casualmente. Embora isso fosse significar que eu teria que falar com ele de novo. E eu não quero isso.

Balanço a cabeça enquanto desvio de um poste de luz da rua.

Pare de pensar no Jack. Ele se foi agora. Ainda bem.

Viro outra esquina e me forço a continuar correndo sentindo a onda familiar de ansiedade tomar conta de mim pouco a pouco.

Ele deve ter lido a minha lista. Ele deve ter lido. Sinto como se ele tivesse lido uma conversa particular entre mim e Amy. Eu nunca permitiria que alguém lesse essa lista. É particular.

Respiro fundo um grande volume de ar.

Não pense no Jack.

Olho para um gato de rua, me encarando de olhos arregalados, empoleirado em um carro estacionado, e tento ignorar a palpitação agressiva no meu peito. Em alerta, meus olhos voam para os meus seios saltitantes.

O quê? O que eles estão fazendo? Como eles estão fazendo isso? Olho para longe e depois volto para o meu peito, alarmada.

Ok, não quero parecer dramática, mas meu top esportivo certamente não está funcionando. A sensação era para ser essa? Sinto que meus seios se transformaram em potes violentos de geleia descoordenada.

Quase involuntariamente, minhas mãos seguram meus peitos para prendê-los no lugar.

Ok, ai. Isso realmente dói. Com certeza não deveria doer.

Não posso deixar assim! E se eu parar de correr e a força da corrida tiver deslocado permanentemente meus seios, e de repente um ficar muito mais alto que o outro? Eu não posso ter um peito pelo queixo e o outro apoiado no osso do quadril.

Viro uma esquina, meus cotovelos dobrados apontando para a frente enquanto corro.

Realmente é muito difícil correr quando você não tem braços.

Isto é ridículo! Quanto tempo posso correr segurando os peitos? Acho que não posso correr mais nem um pouco assim. E se alguns jovens me virem, tirarem uma foto, me transformarem em um meme, e eu viralizar? Tudo por causa de uma merda de uma corrida.

Argh! Eu sabia que tinha um motivo para eu odiar correr! Isso é um desastre!

Como a mente dominar a matéria deveria me ajudar aqui? O que eu devo fazer agora? Simplesmente desejar que meus peitos permanecessem no lugar? Se eu tivesse o poder mental de ordenar que todos os aspectos do meu corpo mudassem, eu faria algumas belas edições. Começando com meus mamilos.

Viro outra esquina da nossa rua e, para meu horror, vejo uma multidão de adolescentes à espreita em torno de um carro estacionado. Antes que eu possa me deter, giro no lugar e corro na direção oposta.

É isso. Estou voltando para casa. Não vou passar por um grupo de jovens enquanto aperto meus seios com medo de um deles cair. Não é assim que eu vou viralizar. Simplesmente não vou permitir.

* * *

Cruzo as pernas e tento neutralizar o pânico que borbulha no meu peito. Fixo os olhos na parte de trás do cabelo castanho e encaracolado de Jack enquanto ele toma um gole de seu café.

Ele está de volta.

Ele estava aqui quando cheguei hoje de manhã e não foi embora. Ele ainda está aqui, tomando café e conversando com Bianca como se tudo estivesse completamente normal e bem. Enquanto eu, por outro lado, estou me demorando no fundo da sala de reuniões, tentando não desenvolver uma hérnia instantânea toda vez que ele abre a boca.

O que ele está fazendo aqui? Por que ele está aqui? Ele foi embora! Ele veio para a visita e depois saiu. Que bom motivo ele poderia ter para voltar?

Sally entra pela porta, trazendo seu planner estufado debaixo do braço, e eu me viro de frente para ela.

Felizmente, Jack mal olhou para mim o dia todo. Talvez ele não me reconheça. Ele com certeza está agindo como se não me reconhecesse.

— Certo... — Bianca abre o caderno e passa os olhos pela sala, as costas retas —, então o casamento é daqui a três meses, ok? Sally. — Ela fixa os olhos em Sally, que pisca para ela como se estivesse prestes a receber ordens missionárias. — Preciso ver um novo rascunho do cronograma.

— Câmbio — Sally responde no mesmo instante.

Seguro o desejo de revirar os olhos. Pelo amor de Deus.

— Jack — Bianca diz —, como você está se saindo com o discurso?

Eu olho para Jack. Ele vai fazer um discurso?

— Ótimo — Jack responde, despreocupado.

Escondo um sorriso enquanto Sally dá um pulo alarmado. Não há discurso de irmão no cronograma.

— Quanto tempo dura o discurso? — ela quase grita. — Quantos minutos?

Jack inclina o ombro para trás, um sorriso brincando com os cantos de sua boca e seus olhos voam para mim.

— Você é Sally? — ele pergunta.

Meu estômago afunda dentro de mim. Por que ele olhou para mim antes de perguntar isso?

— Sim — Sally afirma, acompanhando a resposta com um sólido movimento afirmativo da cabeça.

Jack sorri e olha para seu bloco de notas. Todos o encaram.

— Jack! — Bianca explode, batendo no braço dele com a caneta. — Sally te fez uma pergunta importante. Quantos minutos seu discurso vai ter?

— Ah — Jack diz, seus olhos voltando para mim de novo —, não tenho certeza. Uma hora?

— Uma hora! — Sally grita, pulando da cadeira como se tivesse acabado de se sentar em um porco-espinho. — Quero dizer — ela se recompõe rapidamente, com o rosto brilhando —, nós apenas... é apenas... o cronograma... — Sua frase para no meio.

Jack está sorrindo. Ele está zombando dela.

— Uma hora? — Bianca repete, torcendo o corpo na direção de Jack. — Você quer discursar por uma hora? Ah! — ela exclama, segurando o peito. — Você vai encenar momentos da nossa infância?

Sally tira o cabelo dos olhos enquanto rabisca violentamente em seu caderno de anotações.

— Talvez — Jack diz, dando de ombros.

— Ah, Jack! — Bianca exclama. — Isso é tão comovente! Sally, podemos acrescentar isso ao cronograma?

Sally levanta a cabeça de suas anotações e pisca para Bianca, horrorizada.

— Acho que podemos. — Os olhos de Jack voam de volta para mim, os cantos da boca se curvando. — Certo, Georgie?

Tenho um sobressalto eletrizado ao som do meu nome na voz de Jack.

Por que ele está me chamando de Georgie? Ele não pode me chamar de Georgie aqui! Ninguém no trabalho me chama de Georgie, além de Natalie.

(E Bianca, porque tenho muito medo de corrigi-la.)

Bianca olha para mim com expectativa.

— Claro — digo fracamente.

Com minhas palavras, Sally quase cai na cadeira.

Eu me levanto.

— Devo fazer um café? — digo, desesperada para terminar essa conversa antes que alguém descubra que nos conhecemos.

Bianca passa uma perna por cima da outra e confirma.

— Sim, por favor, querida.

— Vou trazer um pouco para cá — respondo, e cuidadosamente saio pela porta e entro na copa, meu pulso bombeando forte nos ouvidos.

— Quer uma ajudinha?

Giro e vejo Jack encostado na moldura da porta. Meu rosto se incendeia e eu hesito, incerta. Ele está me fazendo uma pergunta. Ele está falando comigo. Por que ele está falando comigo? O que ele quer? Qual é o motivo dele? Por que ele não pode simplesmente *me deixar em paz?*

Eu pisco de volta para ele.

Droga. Vou ter que falar com ele. A menos que eu apenas balance a cabeça. Eu poderia fingir que perdi a voz. Ou que, desde que nos conhecemos, assumi uma nova vida como mímica em tempo integral. Sou muito boa naquele truque de "presa em uma caixa".

Dou as costas para ele, tentando ignorar o calor que está lambendo meus ouvidos.

— Não, obrigada — respondo calmamente, estendendo a mão para puxar as canecas.

Se eu fizer contato social mínimo, talvez ele vá embora.

— Eu te ajudo a levar pra lá — Jack se oferece.

— Estou bem — digo, tensa.

Que paternalista. Consigo perfeitamente carregar uma bandeja de café por um corredor. Sou uma mulher forte e independente. Muito obrigada.

— Tá — Jack diz suavemente.

Espero que agora ele possa ir embora. Mas, para meu aborrecimento, ele ainda está encostado na moldura da porta.

— Então — Jack diz —, você estava certa sobre a Sally. Ela é uma figura e tanto.

Coloco café instantâneo nas canecas idênticas e sinto uma onda de indignação crescer dentro do meu peito. Sou a única que pode reclamar sobre Sally. Ele nem a conhece. Quem ele pensa que é para julgá-la?

— Aquilo foi muita maldade — digo baixinho —, o que você fez com ela lá na sala. Aquilo realmente a deixou estressada.

Olho para ele e vejo suas sobrancelhas se erguerem em divertimento. Eu me viro de volta para o café.

— Vindo da garota — ele diz levemente — que trocou os comprimidos de cafeína por Tic Tac?

Congelo.

Como ele sabe disso? Ninguém sabe disso!

(Além da Natalie.)

— Isso é diferente — digo friamente, recusando me virar de frente para ele.

Jack dá risada.

— Bem — ele diz —, eu sei o quanto ela tira você do sério. Eu só queria brincar um pouco com ela por você.

— Eu não preciso — retruco, girando para encará-lo — de nada de você. Nós não temos nada, eu e você — digo isso com os braços na frente do corpo. — Não somos nada um do outro. Não há nada aqui. Este é o meu local de trabalho...

Paro no meio da frase, meu rosto queimando. Jack olha de novo para mim, preocupação gravada em seus olhos.

Eu me viro quando a chaleira elétrica faz um sinal sonoro atrás de mim e tento evitar os grandes sopros de vapor flutuando na direção do meu rosto.

Não acredito que ele está aqui. Por que ele está aqui? Por que ele está falando comigo?

Arrumo as canecas fumegantes na bandeja e me viro. Para minha irritação, Jack ainda está parado na porta.

— Quer que eu carregue? — ele pergunta.

— Não — digo com teimosia, mesmo que meus braços estejam queimando sob o peso da bandeja. — Estou bem. Obrigada.

* * *

— Ele leu meu diário — sussurro para Natalie, enquanto ela gira o macarrão no garfo. Olho ao redor do refeitório para verificar se Jack ou Bianca não estão à espreita em uma mesa próxima. Eles deveriam renomear esse refeitório de *Cinquenta tons de cinza*, e não por causa do apelo sexual avassalador.

Natalie olha para cima, sua mão bem cuidada tocando a gola alta da blusa roxa e os óculos escorregando um pouco pelo nariz.

— Ele leu seu diário? — ela repete. — Seu caderno, você quer dizer? Isso é estranho. Como você sabe disso?

Eu me inclino para a frente e enrolo a mão em torno da minha caneca de sopa.

— Porque ele fica lançando informações sobre mim que ele não deveria saber.

Natalie olha para mim.

— Tipo o quê?

— Tipo, como eu acho que não consigo usar rosa e como a Sally me irrita.

— A Sally irrita todo mundo — aponta Natalie.

— Sim, mas... — olho para ela —, ele sabe sobre a vez em que eu troquei os comprimidos de cafeína por Tic Tac.

Natalie mastiga outro bocado de macarrão e pisca para mim.

— Você tem certeza de que não falou isso pra ele no seu encontro? — ela pergunta em tom despreocupado. — Você estava bem bêbada, não estava?

Balanço a cabeça, irritada por ela mencionar o encontro.

— Não — digo firmemente —, não falei. Eu não teria falado.

Natalie encolhe os ombros e retorna para o macarrão.

— Por que ele está aqui? — ela pergunta. — Ele trabalha aqui agora?

Encolho os ombros. O pensamento de Jack trabalhar aqui faz meu estômago ranger.

— Não faço ideia — respondo. — Espero que ele vá embora em breve.

Natalie olha para cima.

— Você ainda está a fim dele?

— Não! — respondo na lata. — Nunca fiquei a fim dele. Eu nunca ficaria.

Natalie sorri.

— Você gostou dele o suficiente para beijá-lo no primeiro encontro.

— Isso foi diferente — digo presunçosa, me recostando na cadeira. — Isso foi só porque pensei que ele era outra pessoa.

Natalie inclina a cabeça.

— Bem — ela continua —, acho que então você só vai ter que evitá-lo.

Dou de ombros e olho ao meu redor pelo refeitório.

— Sim — concordo, sabendo muito bem que é quase impossível.

— Enfim — diz Natalie, empurrando a comida de um lado para o outro no prato com o garfo de plástico —, como está a Amy?

Meu coração dá uma pontada com a menção de Amy, e eu sorrio.

— Bem — respondo. — Ela está bem. Ainda está trabalhando. Acho que ela está achando muito difícil. Fica cansada com frequência.

Natalie abaixa o garfo.

— Aposto que ela está feliz por você estar completando a lista dela.

Concordo balançando a cabeça, um peso familiar se formando no meu peito.

— Sim — digo. — Eu só queria que ela cumprisse a lista comigo. Sinto que ela me deu uma lista com seus últimos desejos. É a lista dela.

Natalie sorri e pega o celular.

— Eu preciso voltar — ela diz. — Está a fim de tomar alguma coisa depois do trabalho?

Eu me levanto.

— Não posso — digo. — Desculpe. Tenho que voltar para ver a Amy.

Natalie encolhe os ombros enquanto caminhamos em direção às portas.

— Sem problemas — diz ela. — Me avise quando você puder.

CAPÍTULO DEZ

> **RECEITA DE SMOOTHIE DA AMY:**
>
> 100 ml de leite de amêndoas (só tenho leite semidesnatado, com certeza serve)
> 50 g de mirtilos (adivinhou: não tenho balança)
> 1 banana (não tenho)
> 1 punhado de couve (tenho mãos pequenas)
> 1 colher de chá de goji berries (o quê?)
> 2 colheres de sopa de iogurte natural (só tinha mousse de morango?!)
> 50 g de morangos (adivinhou)
> 1 punhado de espinafre (não)
> 1 xícara de proteína em pó (me recuso a comprar)
> Gotas de essência de baunilha (não tenho, então usei três bolas de sorvete de baunilha).

Caminho pela porta da frente, meus braços caídos sob o peso de sacolas abarrotadas e minha franja suada colada na testa.

— Amy? — grito. — Sou eu.

Ouço um barulho abafado quando fecho a porta da frente. Minha mãe faz Zumba toda terça-feira. Amy costumava ir também. Entro cambaleando na cozinha, largo as sacolas e vejo Amy encolhida no sofá. Seu cabelo é amassado em cima da cabeça e seus olhos estão fundos, as pálpebras inchadas e cor-de-rosa. Meus olhos voam para as roupas dela e eu percebo, com uma dor no estômago, que ela passou um dia inteiro no trabalho.

Ela abre um olho para mim, mas em instantes ele se fecha novamente.

Eu me ajoelho ao lado dela e coloco a mão em seu braço.

— Você está bem? — pergunto baixinho.

— Cansada — Amy resmunga, seus lábios mal se abrindo.

Aceno e me impulsiono para ficar em pé outra vez.

— Vou começar o jantar, tá? — digo, andando de volta para a cozinha. — Isso vai fazer você se sentir melhor.

Na cozinha, abro a embalagem da comida pronta que comprei no mercado a caminho daqui. Tentamos dizer para Amy para reduzir suas horas, ou pelo menos tentar conseguir um emprego diferente, onde pudesse ficar mais tempo sentada. Ela não quer dar ouvidos. Ela nunca quer. Acho que as crianças da turma nem sabem o quanto ela está doente.

Espeto o filme plástico com um garfo e o coloco no micro-ondas. Nesse momento, meu celular vibra. Eu o puxo do bolso e meu corpo convulsiona.

É uma mensagem do Jack.

Fico paralisada. Meus olhos estão arregalados para o celular.

Por que ele está me mandando mensagem? O que ele quer agora? O que ele poderia ter para me dizer? Tivemos um encontro acidental, percebemos que, na verdade, ele é parente da minha chefe e já abordamos o constrangimento da terrível coincidência. Não há mais nada a ser dito!

Eu tinha planejado ignorá-lo, e me ofereci para terminar de triturar a pilha de papel no porão até o casamento acabar e ele poder voltar para onde quer que seja na realidade. Por que ele está me mandando mensagem?

Olho em volta, como se Bianca pudesse estar escondida atrás da geladeira, pronta para pular e desvendar toda essa confusão. Mal ousando respirar, abro a mensagem.

Oi, Georgie, desculpe por hoje. Espero que você esteja bem. Ótimo café. Bj. Jack.

Pisco para a tela enquanto a raiva espuma sob a minha pele e minha mente compila a lista agressiva de tudo o que é irritante nessa mensagem:

> 1. Pare de me chamar de Georgie. Meu nome é Georgia. Ele não tem permissão para me chamar de Georgie.
> 2. É claro que estou bem. Por que não estaria? Quem ele pensa que é pra pensar que eu seria afetada por algum homem que mal conheço?
> 3. Todo mundo sabe que sou péssima em fazer café, então essa é outra alfinetada disfarçada.
> 4. Não mande beijo no fim da mensagem.

O micro-ondas dispara e, antes que eu possa fazer outra coisa, meu dedo passa na tela com um gesto teatral e exclui a mensagem. A partir de amanhã, eu o ignorarei completamente. Já tenho o suficiente na cabeça, sem que ele ocupe nem mesmo o menor canto do espaço cerebral.

Corto a torta fumegante ao meio e entro na sala de estar. Amy se esforça para abrir os olhos e olhar para mim. Ela esfrega o rosto com as costas da mão e torce o nariz.

— Que horas são? — ela pergunta. — Parece muito cedo para o jantar.

Entrego a ela uma bandeja e me sento ao seu lado.

— São quase oito horas — digo. — Você deve estar dormindo há algum tempo.

Percebo uma sombra de preocupação passar pelos olhos de Amy.

— Ah — ela diz —, sim. Acho que estava.

Amy pega o garfo e o espeta na torta. Eu assisto, meu peito doendo. Amy nunca costumava dormir durante o dia.

— Sabe — começo —, estive pensando e acho que devemos fazer a lista juntas. Eu poderia agendar uma aula de salsa para nós duas neste fim de semana. O que você acha?

Amy pisca para o jantar, os ombros curvados no peito.

— Eu não posso — ela diz em voz baixa.

— É claro que pode! — digo no mesmo instante, tentando desesperadamente imitar o entusiasmo ardente que Amy costumava incutir em mim. — Será divertido. Podemos ser péssima juntas.

Amy balança a cabeça e ri baixinho.

— Eu nem consigo aguentar um dia inteiro no trabalho. Eu me sinto terrível. Não posso dançar, você sabe que não posso. Sinto muito.

— Mas realmente acho...

— Georgie — Amy enfatiza meu nome com força. — Eu não posso. Você vai Precisa desculpar.

* * *

Consternada, olho meu sanduíche cinza e deformado. Meu estômago encolhe quando meu almoço me insulta da borda da minha mesa.

Quando serei o tipo de pessoa que pode almoçar fora? Quando vou poder jogar fora meu hediondo rolo de filme plástico e parar de comprar queijo no mercadinho?

Mais importante, quando vou poder parar de fazer compras no mercadinho?

Clico em um e-mail e estou forçando meus olhos a se concentrarem quando uma sucessão de e-mails da Bianca se derrama na minha tela. Mal posso esperar até que esse casamento termine. Talvez então eu finalmente seja paga para trabalhar com *design*.

Noto que Sally está enterrada em uma pilha de papel e clico no meu projeto mais recente. Eu me encho de emoção quando ele ganha vida na minha tela. Isso é o que eu deveria estar fazendo da minha vida. Nasci para ser uma *designer*.

Levanto os olhos ao som das juntas pontiagudas de Bianca batendo na porta. Ela entra discretamente no escritório, os sapatos de grife vindo na frente, e examina a sala com seus olhos amendoados. A cabeça de Sally surge rapidamente de sua pilha de papéis e instantaneamente se abaixa, como se os contratos tivessem laços invisíveis enrolados em torno de seus olhos. O olhar de Bianca pousa em mim e vejo um lampejo de satisfação percorrer seu rosto. Comecei a deixar de lado a ideia de que ela está tentando me demitir. Depois que eu fiz seu quarto café esta manhã, ela me chamou de "cordeirinha querida", o que o apresentador de *O aprendiz* certamente não diz a suas vítimas na sala de reuniões. Então eu acho que estou segura.

— Georgie — ela diz, inclinando o corpo para ficar de frente para mim.

Involuntariamente, sinto meu corpo tenso.

Ah, Deus, o quê? O que ela vai me perguntar agora? Ela não pode simplesmente me deixar responder e-mails e ignorar o telefone, como uma assistente normal?

— Preciso da sua ajuda, querida — ela continua, inclinando-se indiferentemente contra a moldura da porta e pegando seu iPhone. — Os vestidos das madrinhas estão prontos. Estão na costureira. Preciso que alguém os busque.

Certo, então. Acho que isso significa que tenho de ir buscá-los.

Pego meu caderno e anoto "vestidos das madrinhas".

— Tudo bem — digo.

— Eles estão na Tottenham Court Road, 613 — acrescenta Bianca, afastando-se da porta —, no meu nome. Obviamente.

Eu me levanto e passo a alça da bolsa sobre o braço.

— Tudo bem — digo.

— São seis madrinhas... — diz Bianca, seguindo pelo corredor.

Corro atrás dela, o melhor que posso com minhas pernas de tamanho comum.

— ... então Jack vai te ajudar a carregá-los.

Paro de repente.

— Oi? — consigo perguntar.

— Sim... — Bianca chega à sala dela e finalmente afasta os olhos do iPhone —, ele está no saguão. Você vai precisar de um táxi.

Ela se vira e entra pela porta aberta, os longos cabelos balançando atrás dela.

Hesito por um momento, incerta do que fazer em seguida.

Ótimo.

Respiro fundo e giro no lugar para seguir em direção ao saguão com minhas pernas instáveis.

Certo. Bem, está tudo certo. Vou apenas agir como se Jack fosse um colega normal. Não há nada de estranho nessa situação, e certamente nada para causar desconforto. Vou me comportar como a profissional sensacional que sou.

Empurro a porta e vejo Jack, apoiado em um pilar e olhando no celular. Hoje ele está vestindo um terno e sua sombra de barba escura valoriza a linha firme de sua mandíbula. Ele fica muito bem de terno. Para minha contrariedade, meu coração dá um pulo ao vê-lo.

Pare com isso, coração. Pare neste exato momento.

Marcho em direção a ele e sinto minha testa vincar quando fecho a cara. Jack olha para cima quando eu me aproximo dele e sorri.

— Oi, Georgie — ele diz, e avança.

Eu retrocedo horrorizada. Ah, meu Deus, ele vai tentar me beijar? No saguão? No meu trabalho? Shirley, a recepcionista, está sentada logo ali! Ah, bom Deus, isso é pavoroso. O que ele vai tentar fazer agora? Piscar para mim? Soltar um grito de acasalamento?

— Olá, Jack — respondo, rígida —, se esse é mesmo o seu nome.

Eu paraliso de horror ao ouvir a última frase sair da minha boca.

Argh! O que estou fazendo? Eu disse isso da última vez! Não posso dizer isso toda vez que o vejo!

— Vamos? — eu quase grito, antes que ele tenha a chance de responder à minha saudação ridícula. — A gente pega um táxi ali fora.

Viro abruptamente no local e caminho em direção à porta, sentindo-me irritada como a Sally.

Bem, isso foi um desastre.

Certo. A partir de agora, devo me comportar profissionalmente, como se nada tivesse acontecido. Talvez eu finja que não me lembro dele de jeito nenhum. Se ele trouxer à tona, posso dizer algo como: "Desculpe, quem? Ah, Deus, tenho tantos encontros que não me lembro, porque sou supersociável e popular".

Embora eu o tenha literalmente visto ontem, então ele pode conversar com a Bianca sobre me interditar.

Ando na calçada e estendo um braço, tentando fingir que isso é algo completamente natural para mim, e que chamo táxis pretos assim o tempo todo.

Se eu soubesse que teria que passar um tempo com ele, teria usado pelo menos algo mais elegante. E limpo. Não que essa roupa não esteja limpa, mas você sabe. Eu teria passado a ferro. Ou vestido algo que deixasse uma sugestão de busto.

Não que eu me importe com Jack, porque não me importo. E eu certamente não quero que ele olhe para os meus seios. Absolutamente não. A mera ideia…

— Como você está? — Jack pergunta.

— Bem, obrigada — disparo de volta, meus olhos colados na rua. — Você?

Jack enfia as mãos nos bolsos.

— Sim, bem, obrigado. Aposto que você não estava esperando por isso.

Ah, Deus. Meu braço está levantado há muito tempo. Isso está ficando constrangedor. Por que os táxis não estão parando? Eu realmente preciso de um táxi o mais rápido possível, ou vou ter que transformar isso em algum tipo de pose estranha de ioga. A única pose de ioga que conheço é o cachorro descendente, o que é totalmente inapropriado antes que a gente sequer leve em consideração como é desagradável.

— É — eu digo.

Estreito os olhos e consigo fazer contato visual com um motorista, que finalmente faz sinal e encosta o carro. Minha boca se curva em um sorriso presunçoso. Graças a Deus. Sou uma londrina, afinal de contas.

Abro a porta do táxi e entro.

— Você não ficou surpresa?

— O quê?

Pela primeira vez, meus olhos se concentram na aparência de Jack. Para minha irritação, sinto um frio na barriga. Ele está vestindo calças azuis sob medida e uma camisa branca impecável. Seu cabelo limpo e escuro emoldura o rosto esculpido, e seus olhos verdes brilham quando eu os encontro com os meus. Ele está lindo.

Sinto um espasmo de aborrecimento com a reação feminina do meu coração a Jack.

Não, ele não está. Ele parece comum. Inequivocamente, inegavelmente comum.

Jack prende o cinto de segurança.

— Para onde?

Olho para cima enquanto o motorista fala, virando o espelho retrovisor em nossa direção.

— Ah — eu me atrapalho —, Tottenham Court Road, 613, por favor.

O motorista do táxi vai em meio ao tráfego intenso de Londres.

Olho para Jack e percebo que ainda não lhe dei uma resposta.

— Não — minto, forçando minha voz a soar o mais casual possível. — Não, não fiquei surpresa. Quero dizer, eu estava, obviamente — acrescento depressa —, mas, você sabe, nada me surpreende de verdade.

Jack pisca para mim.

Do que estou falando? Por que estou falando como James Bond?

Jack sorri.

— Bem — ele diz —, essa coisa toda foi um choque para mim. Eu não tinha ideia de que o casamento que você estava ajudando a planejar era o da minha irmã. Pensei que nunca mais te veria.

Um dardo de pânico me atravessa.

Relutante, volto meus olhos para ele outra vez.

— Você... — eu começo, com minha melhor voz indiferente —, você mencionou para a Bianca...?

Jack balança a cabeça.

— Não — ele diz —, ela já tem um monte de coisa na cabeça.

— Ah.

O que isso significa?

— Aliás, você recebeu minha mensagem? — Jack pergunta quando pego meu celular.

— Não — eu solto, usando toda a minha energia para tentar controlar minhas bochechas a não ficarem vermelhas como fogo.

Fixo os olhos pela janela quando noto Jack me observando. Ele deve saber que estou mentindo. Sou péssima contando mentiras.

Jack pega o celular e começa a escrever. Eu já perguntei em que ele trabalha? Se eu falasse sobre o meu trabalho, certamente teria perguntado sobre o dele. Espero não ter sido uma baita narcisista. Não consigo me lembrar de praticamente nada sobre ele.

Maldito gin.

— Sua blusa é bonita — diz Jack, descontraído, os olhos levantando rapidamente do celular.

Sinto uma pontada de alegria com o elogio.

— Obrigada — respondo, passando as mãos sobre minha blusa. — Na verdade... — Paro quando noto a boca de Jack se contorcendo. Olho para a minha blusa e o meu estômago dá um nó.

Estou usando uma blusa rosa. Estou usando uma maldita blusa rosa. Droga. Ele vai pensar que estou usando essa blusa, porque ele disse que eu fico bem de rosa. Porque ele leu meu diário, onde eu disse que não achava que ficaria bem.

Ele está zombando de mim. De novo.

Com o rosto queimando, giro o corpo para ficar de frente para a janela e encaro o tráfego furiosamente, recusando-me a fazer contato visual.

— Por que você está aqui? — pergunto, soando mais irritada do que pretendia.

Jack cruza uma perna sobre a outra, ainda digitando no celular.

— Bianca queria me usar enquanto estou em Londres. Fico feliz em ajudar, meu trabalho pode esperar. Obviamente eu conheço as madrinhas.

— É claro que você conhece — murmuro baixinho. — Você saiu com elas enganadas também? — acrescento antes que eu possa me conter.

Jack sorri quando me viro para encará-lo.

— Por que você quer saber? — ele pergunta. — Você é ciumenta?

— Não! — respondo, meu rosto pegando fogo. — Claro que não. E eu apreciaria se você agisse de modo profissional. Esse é o meu trabalho.

Lanço um olhar fulminante para Jack e ele encolhe os ombros, erguendo o celular. Eu me viro e olho pela janela novamente, meu rosto quente. O motorista para do lado de fora do ateliê de costura e gesticula para o valor absurdo marcado no taxímetro iluminado acima de sua cabeça. Indiferente, Jack enfia a mão no bolso, mas eu me adianto e rapidamente empurro algumas notas pela janelinha do motorista. Não vou permitir que ele pague meu táxi como se fôssemos algum tipo de casal. Somos dois profissionais em uma tarefa de negócios. Por que eu não deveria pagar o táxi?

Jack olha para mim e eu abro a porta com frieza.

Além disso, Bianca me deu o valor do táxi hoje mais cedo, então não é como se eu estivesse pagando do meu próprio bolso.

— Aqui estamos nós — digo, marchando até a porta do ateliê da maneira mais eficiente possível em meus saltos altos. — Você realmente não precisa me ajudar — acrescento enfática, empinando o queixo. Jack fica ao meu lado. — Posso cuidar disso sozinha.

Jack olha para mim.

— Você viu os vestidos das madrinhas?

— Não — eu vacilo.

Jack coloca o celular de volta no bolso.

— Eu vi — diz ele. — Confie em mim. Você vai precisar da minha ajuda.

* * *

Franzo a testa ao ver a pilha de vestidos de madrinha, formando uma torre na mesa do caixa. Jack não estava brincando. Para meu horror, cada vestido é bordado com pedrarias dolorosamente caras e pesa cerca de três quilos e meio cada.

Bianca tem seis madrinhas.

A atendente sorri para nós.

— Aqui está — ela diz docemente —, reservados para Bianca Lemon. Agora — ela olha para mim e depois para Jack —, vocês conseguem carregar tudo isso?

Volto minha atenção para os vestidos, paralisada.

Se eu convocar todas as minhas forças internas, serei capaz de levar um desses vestidos no máximo. Quero dizer, por um lado, todos são longos e batem no chão, e Bianca deve ter um séquito de madrinhas-girafa glamourosas porque as caudas desses vestidos são enormes. Não há a menor possibilidade de eu levantar seis deles do chão. Mesmo de salto, alcanço sólidos 1,64 m.

Além disso, eles parecem custar mais do que o aluguel do meu ano inteiro, e isso não é pouca coisa. Eu moro praticamente na zona central de Londres.

Jack percebe minha expressão e olha de volta para a atendente.

— A que horas você fecha? — ele pergunta.

— Às quatro — ela responde, educada.

Jack faz que sim.

— Ótimo — ele diz. — Você pode reservar isso pra nós? Voltamos daqui a pouco.

A vendedora concorda, Jack se vira e sai da loja. Minha cabeça gira para vê-lo desaparecer na rua, e então olho perdida para a atendente. Aonde ele está indo?

Corro atrás dele que nem uma louca.

Por mais irritante que ele seja, preciso dele aqui! Não existe a menor possibilidade de eu conseguir carregar seis desses vestidos com uma mão só. Mal consigo pegar um!

Empurro as portas giratórias e finalmente o alcanço.

— O que você está fazendo? — questiono, ríspida.

Jack se vira e me encara com o celular na mão.

— Você está com fome? — ele pergunta.

Eu pisco para ele, confusa.

— O quê? — grito. — Do que você está falando?

Jack olha de novo para a tela do celular.

— Estou com fome — ele diz, ignorando minha resposta —, vamos almoçar. A gente volta depois pra buscar aqueles vestidos. Você gosta de comida francesa?

— Precisamos pegar os vestidos — insisto, tensa. — Não temos tempo pra almoçar. Precisamos voltar ao escritório.

Jack ergue o rosto do celular, uma faísca em seus olhos.

— Nós os pegaremos mais tarde — ele repete, despreocupado. — Há um ótimo lugar onde eu costumava ir... — Ele olha para trás e eu finco meus pés no chão.

— Não estou com fome — minto, meu estômago ardendo com a ideia de uma deliciosa refeição quente de surpresa. — Além do mais — acrescento, quando noto Jack prestes a falar —, meu almoço está no escritório.

Ah, sim. Meu sanduíche de queijo em processo de putrefação, no qual eu quase certamente sentei durante meu trajeto matinal de casa ao trabalho. Não quero perder aquela belezinha.

Jack guarda o celular e dá um passo à frente.

— Tudo bem — ele diz —, tome um café. — Ele se vira e começa a andar. — Ou um vinho. Não vou contar à Bianca.

Arregalo os olhos para a nuca dele enquanto ele desce a Tottenham Court Road. Fico sem reação, me sentindo uma patinha perdida. Não quero segui-lo, mas não posso carregar os vestidos de volta para o escritório sozinha.

Eu bufo alto e corro atrás dele, de má vontade. Isso é ridículo. Ele me ludibriou a outro encontro com ele.

Eu o alcanço e ele olha para mim, um pequeno sorriso arrastando-se em seu rosto. Caminhamos lado a lado e fixo meus olhos adiante, desesperada para não lhe dar a satisfação de eu estar dando bola pra ele.

— Você sabe — ele diz tranquilamente, as mãos enfiadas nos bolsos —, eu sei que você não gosta de mim, mas tudo o que eu disse a você no encontro é verdadeiro.

Eu lanço um olhar para ele.

— Seu nome é Jack? — pergunto.

Jack faz que sim.

— Correto.

— Você tem 28 anos?

Jack confirma novamente.

— Você está obcecado por mim e foi por isso que apareceu no meu local de trabalho?

Esse trecho final escapa da minha boca antes que eu possa impedir, e Jack dá uma risada.

— Estou em Londres para ajudar minha irmã a planejar o casamento dela. Eu trabalhava em marketing digital.

Faço um sinal afirmativo com a cabeça, meus olhos fixos no caminho à nossa frente, e nós dois ficamos em silêncio por alguns instantes.

Não vou mentir, seu nome e idade são praticamente tudo o que consigo me lembrar sobre ele.

Será que falei exclusivamente sobre mim no nosso encontro de quatro horas? Qual é o meu problema?

— É bem aqui — ele diz, quando chegamos a um pequeno café escondido no coração do Soho. Eu o sigo para dentro. Somos conduzidos a uma mesa e recebemos cardápios. Enquanto meus olhos examinam a lista de alimentos, meu estômago dói.

— Eu acho — ele comenta levemente —, que vou pedir o bife. Estou morrendo de vontade de comer esse bife há séculos. Antes eu comia aqui direto. O que você quer? — Ele olha para mim e eu fico vermelha.

— Nada — minto.

Jack ergue as sobrancelhas.

— Você tem que comer alguma coisa. Eu sei que você gosta de bife. Vamos. — Ele sorri quando o garçom aparece. — A comida aqui é muito boa.

O garçom me olha com expectativa e eu mordo o lábio quando meu estômago ronca. Agora que estou aqui, estou morrendo de fome. Não posso simplesmente ficar sentada e vê-lo comer um bife, entre todas as coisas. Eu vou desmaiar. Só porque estou almoçando com um homem, isso não se torna automaticamente um encontro. Poderia tranquilamente ser um almoço de negócios.

— Ok — digo instantes depois, meus olhos retornando para o menu —, gostaria de pedir o bife também, por favor.

Jack sorri quando o garçom tira nossos cardápios.

— Como você sabe que eu gosto de bife? — pergunto.

Jack dá de ombros.

— Um palpite fundamentado.

— Você quer dizer que leu — eu digo incisivamente — no meu diário?

Jack toma um gole de água.

— Eu não li seu diário.

— Mentiroso — acuso, ao me sentir relaxar.
— Olha só quem fala.
Fecho a cara.
— O quê?
Jack me dispara um olhar conhecedor.
— Você mentiu para mim hoje mais cedo.
Hesito quando o garçom começa a pôr a mesa.
— Não, eu não menti — digo. — Quando?
— Quando você falou que não recebeu minha mensagem — Jack explica, recostando-se na cadeira.

Meu rosto queima e tento ignorar o suor quente acumulando-se no meu lábio superior.

— Está tudo bem — Jack encolhe os ombros —, eu entendi, você está brava. Eu te irritei ontem e peço desculpas. — Ele olha para mim, e finalmente o sorriso presunçoso se foi. — Eu não deveria ter agido assim perto de você. Só fiquei feliz em te ver. Mas você está certa. — Ele suspira. — Ambiente de trabalho e tudo mais. Vou ser profissional de agora em diante. Isso é estritamente negócios. Me conte sobre o último trimestre de vendas na Lemons.

Dou um sorrisinho. Ele estava feliz em me ver? Eu certamente não fiquei feliz em vê-lo.

Olho para cima quando o garçom reaparece com dois bifes idênticos. Meu estômago incha de emoção. Não como um bife desses há semanas, muito menos no almoço. Pego minha faca e começo a cortar, minhas narinas tremendo quando o rico aroma da comida sobe do prato.

— Enfim — Jack comenta —, o que você vai fazer neste fim de semana?

Olho para cima ao engolir minha primeira garfada.

— Acho que vou a uma aula de salsa no sábado — digo o mais casualmente possível.

Isso soa muito ridículo saindo da minha boca. Não há nada de casual em anunciar uma aula de salsa no fim de semana.

Jack faz que sim.

— Ah, legal — ele diz —, onde?

Coloco minha faca no prato.

— Encontrei uma ótima aula em Covent Garden — respondo. — Eles têm uma que é durante o dia, o que eu acho que significa que vai ser bastante informal. Ninguém que curta muito salva vai durante o dia.

Jack engole outro bocado.

— Parece divertido — ele diz. — Eu posso me juntar a você.

— Você não pode — deixo escapar, antes que possa me conter.

Ele não pode ir comigo para uma aula de salsa!

Jack ergue os olhos, um leve olhar de surpresa estampado no rosto.

— Por que não?

Pisco de volta para ele.

Por quê? Esse cara é idiota? Ah, eu não sei, talvez porque salsa seja a forma de dança mais sexy de todos os tempos, e passar meu sábado esfregando a pélvis no irmão da minha chefe parece ser algo que está a um passo da demissão por assédio sexual.

Pouso meus talheres, meu apetite pouco a pouco desaparecendo.

— Eu acho que — digo, como se estivesse conversando com uma criança pequena —, nas circunstâncias, seria melhor manter nosso relacionamento no campo profissional. Sei que tivemos aquele negócio esquisito de encontro — eu rio sem jeito quando Jack me olha, sem trair seus pensamentos —, mas aquilo foi um erro. Colegas de trabalho não vão dançar salsa juntos. Desculpe — eu acrescento —, espero que faça sentido.

Jack pousa a faca e esfrega as mãos uma na outra, depois sorri de leve.

— Claro — ele diz —, eu entendo completamente.

CAPÍTULO ONZE

TRAJES POTENCIAIS PARA A AULA DE SALSA:

1. Vestido esvoaçante vermelho do primeiro ano da universidade (não faço ideia de onde está)
2. Jeans e uma blusa vermelha (frio e distante. Se bem que, e se eu precisar dar chutes altos? Flexibilidade mínima da perna em jeans)
3. Vestido de formatura do ensino médio? (Certamente seria exagerado, mas talvez eu precisasse fazer alguma declaração importante)
4. Roupas de dança estilosas (Teria que comprar roupas de dança estilosas)
5. Roupa como a da menina de *Ela dança, eu danço*? (Não tenho nada do tipo. Também não me pareço em nada com ela)
6. Vestido legal do bazar de caridade?! (Precisaria perder doze quilos antes de amanhã para caber nele)
7. Roupa de Zumba (nojenta e valoriza muito pouco)
8. A roupa de Eva Longoria em *Grazia*?! (Precisaria encontrar roupas em lojas + ter um milhão de libras para pagar por elas)

Eu me inclino para trás no lugar enquanto o carro sacode na estrada sinuosa. Olho para Amy e sinto uma serpente de ansiedade percorrer meu corpo. Estamos a caminho da consulta de Amy no hospital. Percebo que ela está irritada porque estamos todos esmagados no Ford

Focus do meu pai; ela queria ir sozinha e deu um enorme discurso esta manhã sobre como é adulta e não precisa que toda a sua família vá a uma consulta no hospital. Obviamente ninguém ia ficar em casa. Além disso, papai está bastante satisfeito porque significa que ele pode visitar o centro de jardinagem no caminho de volta.

Amy olha pela janela, os olhos fixos nos borrões de verde e marrom que passam pelo carro quando fazemos outra curva. Tamal está entre nós no banco de trás, com a mão em volta da de Amy e os olhos fixos na estrada à frente.

— Pelo amor de Deus! — mamãe exclama no banco da frente, segurando os cantos do assento. — Pode ir mais devagar, Ian!

Mamãe aperta as mãos dramaticamente e se joga contra a porta. Os olhos de papai voam para ela e depois de volta para a estrada.

— Estou no limite de velocidade — ele diz com força. — Estou dirigindo no...

— Você não está! — minha mãe interrompe. — Você está a oitenta quilômetros por hora. Você é um demônio da velocidade. Você não é um piloto de corrida, Ian Miller, você tem quase sessenta anos. Pare de se exibir pro Tamal.

Com isso, Tamal estremece de leve e papai faz uma careta.

— Não seja ridícula — meu pai responde, mudando de marcha.

Mamãe pega seu caderninho e começa a se abanar, revirando os olhos para o meu pai. Eu mudo meu olhar de volta para a vista das janelas com o sol entrando e se derramando no meu colo. É apenas uma consulta de rotina; Tamal disse que não há nada com que se preocupar. Mesmo que Tamal seja enfermeiro, não tenho certeza se Amy acredita nele. Também não sei se acredito nele. Pensamos que não havia nada com que se preocupar quando ela começou a cair. Olho para Tamal e percebo a preocupação gravada em seus olhos, e sinto uma pontada de culpa.

— Como está o trabalho, Tamal? — pergunto, movendo meu corpo para ficar de frente para ele no carro lotado.

Tamal sorri.

— Tudo bem — ele diz —, obrigado. Corrido como sempre. Como está indo o seu trabalho?

Inclino a cabeça considerando minha resposta.

— Bem, obrigada.

— Você já mostrou seus projetos à sua chefe?

Olho para cima e não consigo deixar de sorrir. Esse é outro exemplo de por que Amy e Tamal são um casal poderoso. Eles concordam em tudo e são obcecados para que eu mostre meus projetos à Bianca.

Com os olhos ainda fixos na janela, Amy fala pela primeira vez.

— Não — ela diz —, ela não mostrou.

Dou de ombros para Tamal, como que me desculpando.

— É difícil — digo.

— Não, não é — Amy diz —, você está apenas sendo preguiçosa.

Desvio meus olhos de Tamal, ofendida pelos comentários de Amy. Eu sei que esse é um dia difícil para ela, mas ela geralmente não é maldosa.

Enfio as mãos debaixo das pernas e olho de novo pela janela quando finalmente saímos da pista rural.

— Vou a uma aula de salsa hoje — digo baixinho.

Tamal sorri.

— Ótimo! — ele diz. — Viu só, Amy — ele acrescenta, cutucando-a nas costelas —, ela não está sendo preguiçosa. É preciso coragem para ir sozinha a uma aula de salsa.

Dou um sorriso fraco quando a memória da proposta de Jack de ir comigo passa pela minha cabeça. É muito melhor ir sozinha, obviamente. Talvez eu faça dupla com um espanhol sexy. Talvez ele seja o amor da minha vida e acabemos tendo um casamento com tema de salsa e entremos no *Britain's Got Talent* como uma dupla épica.

Mamãe bufa de indignação no banco da frente, enquanto sua janela se fecha. Ela vira bruscamente para o meu pai.

— O que você está fazendo? — ela reclama.

Papai entra em uma rotatória.

— Estamos com o ar-condicionado ligado — ele diz calmamente —, não podemos abrir as janelas ao mesmo tempo. Pense na camada de ozônio.

Minha mãe olha para o meu pai e bate o dedo de volta no botão da janela, que educadamente treme e desce de novo, revelando uma rajada de ar que me atinge no rosto.

Aqui vamos nós.

— O ar-condicionado não está funcionando — mamãe diz, irritada. — Estou com muito calor.

Meu pai aciona o botão e a janela se fecha de novo.

— Se você esperar um minuto, vai funcionar.

— Ian! — mamãe exclama. — Eu sou uma mulher adulta. Se eu quiser a janela aberta, vou ter a janela aberta!

A janela de mamãe se abre novamente e papai murmura algo baixinho para si quando entra no estacionamento do hospital e coloca o carro em uma vaga impecável. Nós nos descompactamos para fora do carro. Vejo de relance minha imagem refletida no cromado do carro e estremeço.

O que há nos reflexos dos carros que fazem a gente parecer tão indecente? Achei que estava até bonita hoje de manhã, mas, de acordo com a porta do carro, pareço a horrível. Eu me viro e vou andando até Amy, que está acomodada no peito de Tamal.

— É só uma injeção — Tamal diz para Amy. — Vamos entrar e sair em questão de instantes. Então podemos ir almoçar ou algo assim.

— Você poderia ir à aula de salsa comigo! — eu digo.

Amy olha feio para mim.

— Está tudo bem, Georgia — Tamal diz gentilmente. Acho que vamos passar a tarde juntos. É raro eu ter um dia inteiro de folga com a Ames, e eu a quero só para mim. — Ele aperta os ombros de Amy e percebo que os olhos dela estão molhados.

Meu estômago se contorce. Amy nunca chora.

Aceno com a cabeça e meu coração dói de ansiedade quando seguimos para o hospital. Meu pai aparece ao meu lado e passa o braço sobre os meus ombros.

— Não fique tão triste, George — ele diz, me guiando em direção à entrada. — É apenas uma consulta de rotina.

— Eu sei.

— Você não me enviou nenhum desenho recentemente. — Ele se vira para mim, seus olhos sorrindo. — O trabalho está mantendo você ocupada?

Olho para o meu pai. Eu costumava lhe enviar desenhos todos os dias enquanto trabalhava. É só quando ele menciona que percebo que fiz isso exatamente até Amy ficar doente. Eu nem havia notado que tinha parado.

Encolho os ombros.

— Mais ou menos isso.

* * *

Envolvo meu peito com os braços e espio na esquina, apreensiva.

Meu Deus, o que estou fazendo? O que eu vou fazer?

Estremeço quando uma mulher de pernas longas passa em um vestido fluorescente com babados e pulseiras barulhentas e brilhantes. Olho para as minhas leggings pretas desbotadas e minha blusa cinza folgada. Achei que era isso que a gente tinha que vestir. Era isso que eu usava na Zumba sempre que Amy me obrigava a ir. Por que ninguém me avisou que eu tinha que me vestir como um suporte de papel higiênico extravagante?

Não que eu teria feito isso, se tivessem me avisado. Obviamente. Imagine ficar empoleirada na Jubilee Line do metrô com uma flor brilhante presa na minha cabeça! Quero dizer, estamos no meio do dia!

Eu me inscrevi na aula ontem à noite e paguei dez libras para uma aula de uma hora. O que, agora estou aqui, parece um pouco ambicioso. Será que consigo dançar salsa por uma hora inteira? Alguém consegue? Eu mal consigo correr por mais de oito minutos! (Meu mais recente recorde pessoal.) Amy disse que leva uma hora para correr dez quilômetros. O que significa que eu vou levar alguns dias, desde que eu tenha comido um bom café da manhã.

Olho com horror quando o maior homem que eu já vi caminha na minha direção. Ele tem cabelos escuros, escorridos no pescoço e está vestindo uma camisa escarlate que se abre no meio para revelar uma floresta de pelos encaracolados. Lentamente, meus olhos temerosos rastejam para cima por seu corpo imponente.

Não posso fazer dupla com ele. Eu me recuso. Ele parece um verdadeiro touro. Se ficássemos de frente um para o outro, meu nariz bateria exatamente no umbigo dele.

Com o maior cuidado possível, me afasto dele e volto para outro canto. Percebo uma mulher com babados se alongando no canto, deslizando os olhos sobre ele com prazer, e me sinto relaxar um pouco. Ah, que bom, ela pode ficar com ele.

Deus, isso é tão estranho. Quem vai ser meu par? Vou ter que fazer a dança mais sexy do mundo com um completo estranho, sóbria, no meio do dia. Pelo menos quando eu e Natalie travamos nossas virilhas com estranhos no O'Neill's, sempre estamos a um copo de vinho de nos tornarmos uvas de verdade. Talvez eu devesse ter dito que Jack poderia vir, pelo menos aí eu teria um parceiro garantido.

De repente, a piscina de homens de laquê e mulheres de babados transborda pela porta aberta. Eu manobro meu caminho até os fundos e corro para um minúsculo estúdio de dança.

Ah, meu Deus.

Para meu horror, cada parede é coberta por espelhos gigantes. Olho boquiaberta para o meu reflexo embaraçoso enquanto as mulheres da classe cumprimentam seus reflexos como se estivessem sendo fotografadas para a capa da *Vogue*.

Ah, meu Deus! Espelhos? Quem pensou que era uma boa ideia? Já é ruim o suficiente ter que evocar todo o meu *sex appeal* (o que obviamente é um suprimento limitado) para passar por essa aula, mas também preciso me ver fazendo isso? Eu rapidamente me coloco na fileira do fundo, bloqueando meu reflexo atrás de uma saia grande.

— Muito bem! — Uma voz penetrante dispara através dos meus ouvidos, quando uma mulher de sapatos de salto abre caminho até o centro da sala. — *Hola, señores* e *señoritas*! Eu sou Gabriella, vamos dançar! — Ela bate palmas e, para meu alarme, a música latina alta berra pela sala e todo mundo começa a mexer os quadris no ritmo da música.

Como assim? O que eles estão fazendo? Eu deveria estar fazendo isso? Como todos eles sabem o que fazer?

A professora fica de frente para o espelho e começa a agitar os quadris de ambos os lados, acompanhando a música. Na dúvida, eu copio.

Por que diabos Amy queria fazer isso? O que tem de divertido nisso? O que era para eu extrair disso aqui? Isso é absolutamente uma humilhaç...

Ah, merda, ela está mudando de direção.

Manobro as pernas para copiar a professora, me sentindo tão sexy quanto um polvo descoordenado. Depois de cem anos, ela para. Ela bate os braços no ar e se vira de frente para nós.

Esse é o fim? Por favor, que seja o fim.

— Para dançar a salsa — ela fala, lançando os braços para o ar —, vocês devem sentir a música em seus ossos!

Olho para o casal ao meu lado, que balança a cabeça intensamente em concordância, como se ela estivesse pregando a Bíblia.

— Tudo gira em torno da paixão! — ela continua, apontando para um casal desavisado. — Em torno da emoção e, acima de tudo — ela se vira para a frente —, de sexo!

Meu corpo tem um sobressalto.

Arghhhhhhhhhhh! Ela não pode simplesmente dizer "sexo" no meio de uma aula de dança! No meio do dia! Quem é essa mulher louca? Meu Deus, no que eu me inscrevi? Será que me enganaram e agora estou no meio de uma orgia?

— Juntem-se em duplas! — ela exclama, batendo palmas novamente. — Vamos começar com um passo simples.

Meus olhos disparam alarmados de um lado para o outro quando homens e mulheres sacodem os ombros em toda a sala para se cumprimentarem como flamingos cheios de impulso sexual. Fico imóvel, sem reação. Ninguém está vindo na minha direção, graças a Deus.

Não tem problema. Eu posso dançar sozinha; eu nem queria um parceiro, para falar a verdade. Isso realmente funciona muito bem pra...

— Você!

Dou um pulo de susto quando a professora aponta o braço para mim. Todo mundo gira para me olhar, e meu rosto pega fogo.

— Cadê seu parceiro? — ela grita.

Eu pisco de horror.

— Eu... — gaguejo —, eu não tenho...

— Para a frente! — ela grita, girando no lugar de frente para os espelhos. — Você vai demonstrar comigo!

Paraliso.

O quê? Demonstrar? Eu não posso ir com a professora! Eu sou uma principiante!

Posso ir embora? Se eu corresse porta afora, alguém ia notar? Eu poderia fingir que de repente estou morrendo de vontade de fazer xixi e depois não voltar mais. Ou poderia...

— Agora! — ela ordena.

Dou um pulo e vou correndo para a frente da sala.

Ai, meu Deus. Como se já não fosse humilhante o suficiente, agora vou ter que tentar ser sexy, dançando com uma mulher que me aterroriza. O que vai acontecer se eu pisar acidentalmente no pé dela? Olho para os meus tênis desajeitados e estremeço. Tudo a respeito dessa situação é horrível.

— Agora! — Ela liga a música e caminha na minha direção, seus olhos estreitos colados aos meus.

Meu Deus, como ela é intensa. Sinto como se ela estivesse tentando me possuir. Pisco algumas vezes para ela, desesperada para desviar o olhar, porém preocupada pensando que, se eu fizer isso, vou acabar sendo repreendida.

Isso é ridículo, eu sou uma mulher de 26 anos! Por que estou com tanto medo da professora?

— Mãos! — ela grita, levantando as mãos.

Todo mundo vira de frente para seus parceiros e entrelaça os dedos. Ansiosa, dobro meus dedos nos dela.

Urgh, Deus. Eu nem a conheço e agora estamos de mãos dadas. Não gosto de ficar de mãos dadas nem com a minha mãe.

— Pés! — ela comanda. — Com a música. Eu vou liderar.

Como assim? O que ela disse? O que devo fazer com os meus pés? Ela não vê que eu sou iniciante? Estou usando tênis!

Ela me empurra para trás e começa a bater a sola do pé no chão em um movimento rítmico. Com o maior cuidado possível, copio e, para meu constrangimento, sem querer me vejo no espelho. Estremeço.

Ah, que maravilha. Pareço um pinguim precisando desesperadamente fazer xixi.

— E isso — Gabriella grita, finalmente soltando minhas mãos úmidas —, é assim que dançamos a salsa!

Ela bate palmas no ar e todo mundo aplaude um ao outro, batendo as pestanas provocativamente para os parceiros de dança e afastando os quadris.

Graças a Deus que a hora acabou.

Cambaleio para trás e rapidamente caminho para o fundo da sala, desesperada para afundar novamente na multidão e parar de ser o centro das atenções.

Deus, isso foi horrível. Nada a respeito disso foi agradável. O que Amy estava pensando?

Pego minha garrafa de água e fico invisível no fundo da sala, meu lábio superior úmido e trêmulo. Pelo menos agora eu posso voltar para o apartamento, lavar a roupa e assistir *Gilmore Girls*.

Limpo minha testa com as costas da mão e sinto minha franja úmida despontar em ângulos estranhos. Olho para a mulher ao meu lado, cujo cabelo ainda está esculpido em seu rosto como se o tivesse pintado assim hoje de manhã.

Como todos eles ainda parecem tão perfeitos? Ninguém parece sem fôlego. Embora eu suponha que ninguém tenha passado a maior parte de uma hora tentando conter um ataque de pânico resultante de ser usada como exemplo para a classe. Devagar, saímos da sala e vamos rumo às escadas para descer.

— Por favor! — Gabriella chama enquanto nos organizamos em uma fila para sair. — Inscreva-se aqui para a minha próxima aula.

Chego ao início da fila e sorrio para Gabriella sem jeito quando ela enfia a prancheta debaixo do meu nariz. Meus olhos voam para baixo.

Ela quer que eu me inscreva para outra aula? Ela está brincando? Até parece que vou voltar para qualquer coisa parecida com isso. Nem mesmo se...

Paro de repente quando meus olhos pousam em um nome anotado na prancheta. Sem querer, na verdade, pego a prancheta das mãos de Gabriella.

Jack Lemon.

— Gostaria de uma caneta? — Gabriella pergunta, espiando por cima do meu ombro.

Dou um pulo.

— Er... não — respondo com a voz fraca, voltando-me para ela. — Obrigada.

Esse é o Jack. Esse é o nome do Jack.

Por que o nome de Jack está na lista dela? Ele se matriculou em uma aula de salsa? Por quê? Por minha causa? Deve ser!

Saio da sala e sinto uma nova onda de calor percorrer meu corpo.

O que ele pretende fazer?

CAPÍTULO DOZE

LIOTA DA GEORGIE

1. Comer em um restaurante 5 estrelas.
2. Fazer uma aula de salsa. ✔
3. Pular de paraquedas.
4. Marcar um encontro pelo Tinder. ✔
5. Pedalar em um parque.
6. Correr dez quilômetros.
7. Fazer um bolo perfeito.
8. Mergulhar pelada no mar.
9. Tentar andar de skate.
10. Mostrar seus projetos para a Bianca!

— Por que você vai fazer uma aula de salsa? A minha aula de salsa. Por que você vai fazer a minha aula de salsa?

As palavras se atropelam para fora da minha boca e eu olho para Jack com o rosto vermelho e queimando. Eu sabia que ele estaria na copa. Ele sempre faz um chá assim que chega.

Jack continua a derramar a água fumegante em sua caneca e olha para mim, franzindo a testa.

— A sua aula de salsa? — repete Jack, olhando de volta para o chá. — Eu não sabia que você era professora de salsa. Quer um chá?

Um raio de aborrecimento é descarregado em mim.

Oh, ha ha! Como se alguma vez na minha vida eu fosse ser capaz de *ensinar* salsa. Depois de sábado, mal consigo subir as escadas.

— A aula que eu frequento — retruco. — Você também vai. Por quê? Para me ver?

Fico olhando para ele, o calor se espalhando pelo meu pescoço como uma lambida. Para minha irritação, seu rosto não muda.

Deus, como ele é *enfurecedor*! Por que ele não está respondendo? Ele está agindo como se eu estivesse perguntando sobre a previsão do tempo. Ele nem parece me ouvir!

Tentei deixar passar. Tentei de verdade. Tentei ficar sentada na minha mesa, continuar o meu trabalho e esquecer tudo sobre o fato de ele magicamente estar inscrito na mesma aula de salsa que eu. A minha aula de salsa.

Mas desculpe, agora são 9h07 e minha força de vontade não vai aguentar mais. Preciso de respostas.

— Pra te ver? — ele repete.

— Pare de repetir tudo o que eu falo! — explodo. — Por que você vai também?

Jack coloca seu saquinho de chá na lixeira e sorri.

— Como você sabe que eu vou?

— Porque eu vi o seu nome na lista — afirmo, mordaz. — Então, seja qual for o seu plano, continuar me vendo, você pode simplesmente largar mão disso. Eu te disse que não estamos juntos e nós não estamos.

Eu me viro para sair da cozinha quando Jack ri.

— Espere — ele diz —, foi você quem supôs que eu iria, e foi você que veio me procurar no trabalho para perguntar sobre isso. Tem certeza de que você não quer me ver?

O quê?

Fico olhando para ele pasma, minha boca abrindo e fechando furiosamente.

— Eu... — resmungo sem pensar —, eu não... eu não quero te ver... *não*! — consigo gaguejar finalmente, meu rosto em chamas.

Um pequeno sorriso puxa os cantos da boca de Jack quando ele finalmente termina de fazer seu chá e inclina todo o seu corpo em minha direção. Para meu aborrecimento, meus olhos se movem para o peito dele.

— Tudo bem — ele diz algum tempo depois —, bem, que bom. Fico feliz por termos resolvido essa questão.

Eu o encaro, meu cérebro zumbindo.

— Eu preciso voltar ao trabalho — digo com firmeza. — Eu estou muito ocupada.

Antes que Jack possa dizer outra palavra, dou meia-volta e retorno com as pernas frouxas para a minha mesa.

Argh. Isso não foi como eu esperava

* * *

Estreito os olhos para o meu computador enquanto seleciono um tom de amarelo e o jogo na tela. Com os olhos ainda fixos no meu projeto, curvo os dedos ao redor da minha caneca morna e tomo um gole grande de chá. Bianca ficou em reuniões a manhã toda, o que significa que, pela primeira vez, fui autorizada a continuar desenvolvendo meu projeto sem ser interrompida. Nossa *grande apresentação* é para um varejista de roupas, para criar o novo *branding* de verão. Tenho trabalhado em uma coleção de marcas há meses. Vou mostrá-los para a Bianca; eu só tenho que esperar ela estar de bom humor e não tão obcecada e estressada com o casamento. Se bem que está começando a parecer que esse momento nunca vai chegar.

Olho para cima, distraída momentaneamente por Sally, que está amassando os cabelos em cima da cabeça e batendo com a caneta na mesa.

Sally é uma ótima *designer*. Na verdade, ela pode ser melhor até mesmo do que Bianca. Tudo o que ela cria é perfeito, e ela não finaliza um trabalho até que seja exatamente aquilo, o que a torna uma funcionária excepcional em uma agência de *design*, mas isso não lhe rende muitos pontos positivos no planejamento do casamento de Bianca.

Coloco minha caneca na mesa e a observo com atenção. Ela está murmurando para seu caderno.

— Sally — digo baixinho. — Sally?

A cabeça de Sally se levanta e ela pisca para mim como se tivesse acabado de acordar de um transe profundo.

Eu me encolho e pergunto:

— Você está bem?

Por um segundo, os ombros de Sally se curvam com a minha pergunta, como se ela estivesse esperando que eu pedisse a ela para recitar os votos de casamento de Bianca em latim.

Ela balança a cabeça de leve em afirmativa e eu me inclino para a frente.

— Você precisa de alguma ajuda? — pergunto. — Estou só trabalhando em algumas ideias para projetos, se você quiser um par extra de mãos com o planejamento do casamento.

Os olhos de Sally se enchem e, por um momento terrível, temo que ela possa chorar.

— Você poderia? — ela diz. — Estou tentando descobrir quem confirmou a presença. Se eu os ler em voz alta, você poderia anotá-los?

— Claro! — digo animada, pegando meu bloco de notas e uma caneta.

Um sorriso surge no rosto tenso de Sally.

— Certo — ela diz —, essas são as pessoas que vêm.

— Ótimo.

— Flementine Darlington.

Eu me detenho com a caneta parada.

O quê? Certamente esse não é o nome verdadeiro de alguém.

— E o marido dela, Felix.

Olho para cima, esperando Sally abrir um sorriso, quando me lembro que ela não tem senso de humor.

Flementine e Felix?

Escrevo os nomes freneticamente, escrevendo "Flementine" do jeito que eu acho que é. Que diminutivo será que eles usam para o nome dela? Flemy?

— Sr. e sra. Boikskin-Chester.

Forço meu rosto a ficar composto quando uma risada começa a rastejar pela minha garganta. Quem são essas pessoas?

— Vovó Porpington.

Com esse, uma risada explode de dentro de mim. Aperto a mão sobre a boca e olho para Sally, que está piscando para mim, perplexa.

— Desculpe — digo, tentando me recompor, mas outra corrente de risos dispara de dentro de mim —, desculpe. Mas, vovó Porpington? Parece o nome de um personagem que saiu de *As aventuras de Paddington*.

O rosto de Sally se contrai quando seus olhos disparam acima da minha cabeça. Enrugo a testa para ela.

— Nossa avó na verdade ama *Paddington* — Jack comenta alegremente —, então acho que ela ficaria bastante satisfeita com isso.

Eu me viro assustada e vejo Jack parado na porta carregando uma pilha de papel. Sally volta ao modo atenção e consulta sua lista como uma paranoica.

— Estávamos apenas conferindo a lista de convidados — ela se explica com um ganido.

Olho de volta para Jack e abro o arquivo de projeto no meu computador, tentando controlar meu rosto ruborizado.

— Sally — diz Jack, olhando por cima do ombro —, posso pedir a Georgie emprestada por um minuto?

Sally abre a boca para responder, mas eu me adianto a ela.

— Não! — declaro antes que consiga me conter.

Sally pisca para mim.

— Quero dizer — eu emendo às pressas, tentando recuperar a compostura —, estamos muito ocupadas aqui, Jack. Desculpe. Talvez mais tarde.

Sally me lança um olhar severo.

— Georgia — ela diz com firmeza —, você pode ajudar o sr. Lemon. Vou ficar bem aqui.

Droga. Sr. Lemon.

— Ah, e... — Sally se levanta —, eu comprei isso para a Amy, é sobre ioga. — Ela me entrega um livro e dá um sorriso artificial. — Achei que poderia ajudá-la.

Eu me atrapalho, olhando pasma para Sally. Ela comprou um presente para Amy? Para ajudá-la?

— Obrigada — consigo dizer, colocando o livro na minha mesa. — Muito obrigada, Sally. Ela vai gostar muito.

Sally sorri rigidamente e cai de volta em seu assento.

— É só uma lembrancinha.

Olho de novo para o livro sentindo uma emoção quente puxar minha garganta. Acho que é a coisa mais legal que Sally já fez por mim. Ela se preocupa com Amy e nunca nem a conheceu.

Pego minha bolsa e sigo Jack para fora da sala. Assim que estamos sozinhos, a familiar irritação explode na boca do meu estômago.

— O que você quer? — questiono com frieza.

Jack se vira para mim, confuso.

— Preciso de ajuda para encontrar o formulário de pedido dos sapatos das madrinhas — ele diz. — A Bianca falou que você saberia onde está.

Olho para ele, envergonhada ao perceber que ele tem uma necessidade genuína de falar comigo.

— Ah — eu digo, empinando o queixo —, tudo bem. Está aqui.

Começo a andar pelo corredor e Jack segue, seus papéis enfiados debaixo do braço. Marchamos em silêncio até chegarmos à sala de arquivos. Empurro a porta e puxo uma gaveta do arquivo, que se abre à nossa frente com um sinal sonoro.

— Estará aqui dentro — digo em tom profissional —, provavelmente perto dos fundos.

Jack olha para mim por um segundo e depois se move em direção ao arquivo aberto. Ele solta seus papéis no chão e começa a procurar. Reviro os olhos e faço uma careta para sua nuca. Nesse momento, meu celular vibra. Eu puxo do meu bolso. Não me importo se Jack me vir mandando mensagens no trabalho. Meus olhos pousam em uma mensagem de Amy e meu corpo fica gelado.

Oi, fui dispensada do trabalho. Indo pra cama. Tamal no trabalho. Traga suas chaves mais tarde. Bj

Fico sem reação sobre o celular, meus olhos ardendo perigosamente. É a primeira vez que Amy é dispensada do trabalho. Ela sempre se recusou a tirar alguns dias de folga por questões de saúde. Ela deve estar se sentindo mesmo terrível.

Passo a mão sobre a minha testa sentindo a ansiedade colocar as garras na minha garganta. Preciso ajudá-la, mas não sei como. Sinto que não a estou ajudando de jeito nenhum.

— É este?

Olho para Jack e, para meu horror, o movimento repentino dos meus olhos faz com que lágrimas caiam pelo meu rosto.

Jack dá um pulo para trás, alarmado, e pergunta:

— Você está bem?

Rapidamente deslizo meu celular de volta no bolso e esfrego o rosto com as costas da mão, furiosa comigo mesma por chorar na frente dele.

— Sim — digo depressa —, tudo bem. Sim, esse é o documento, agora vamos?

Eu me viro para sair da sala, mas Jack não se move.

— Qual é o problema? — ele pergunta.

— Nada — insisto com firmeza, respirando fundo —, nadinha. Só estou cansada.

Jack fecha o armário e levanta as sobrancelhas de modo interrogativo.

— É algo com a Amy? Ela está bem?

Meus olhos ardem ao som do nome de Amy. Como ele sabe sobre ela?

— Isso não é da sua conta — digo concisa. Pego minha bolsa, desesperada para sair antes de começar a chorar. — Eu tenho muito trabalho a fazer. Até mais.

Empurro a porta para sair, meu rosto se contorcendo todo.

Eu preciso ajudá-la. Preciso fazer mais. Só não sei como.

* * *

Observo na dúvida os skatistas descolados, todos em pé sobre os skates com os joelhos flexionados, mergulhando e saltando sobre rampas. Olho para o meu próprio skate e sinto uma facada involuntária de medo.

Nada parece menos natural do que a ideia de ficar sobre uma placa frágil com rodas e deslizar em direção a qualquer uma dessas rampas. Especialmente aquela grandona ali, que parece a irmã menos confiável do Grand Canyon. Meus olhos examinam as rampas e eu franzo as sobrancelhas com determinação.

Vamos, Georgie. Se você fizer isso, poderá riscar outro item dessa lista e encerrar logo com isso. Amy não estipulou por quanto tempo eu precisava andar de skate; eu poderia descer pela rampa uma vez e encerrar a brincadeira. Eu poderia até...

Hesito quando meus olhos se fixam em um sujeito, pulando sobre as rampas com facilidade. Sinto minhas pálpebras tremerem.

Aquele é o Jack?

Dou um passo à frente e estreito os olhos como se tivesse uma opção de *zoom* interno.

Meu Deus, é! O que ele está fazendo aqui? Surpresa, eu o observo saltar sobre outra rampa.

Uau, ele é realmente muito bom. Como ele sabe andar de skate?

Aperto meu skate comprado no eBay, seguro-o debaixo do braço e volto minha atenção para uma pequena rampa inofensiva no canto. Parece a rampa das crianças. Deve ser para iniciantes. Beleza, vou descer por uma rampinha suave e sair antes que Jack me veja. Eu consigo.

Inspiro um grande bocado de ar e estufo o peito. Ando em direção à rampa, tentando ignorar o som das minhas botas estalando na pista e reverberando pelo parque de skate. Alguns dos skatistas me olham, como se eu fosse a adulta que está prestes a dar um sermão em todos sobre por que uma boa educação é mais importante do que pular de uma rampa, e eu lhes dou um sorriso nervoso.

Chego à rampa e largo o skate no chão. Meu estômago se contorce.

Uau. Agora que estou aqui, na verdade parece muito mais alto do que eu pensava. Na verdade, é bem íngreme. Dou uma espiada devagar do declive. Será que é íngreme demais?

Tenho certeza de que a gente não deve andar de skate com uma bolsa debaixo do braço, mas não vou colocá-la no chão no meio de um parque de skate.

Não acredito que estou prestes a fazer isso. Por que Amy colocou isso na lista? Com que objetivo?

Seguro minha bolsa debaixo do braço e subo no skate devagar.

Ninguém mais aqui está de bolsa, como eles fazem? Acho que todos usam os bolsos, o que realmente é bem...

vuuush!

Sem aviso, o skate balança para a frente e dispara. Desço a rampa loucamente e caio no chão, minhas pernas torcendo debaixo do meu corpo.

Arghhhhhhhhhhh!

Meu coração treme de pânico quando estou amontoada no chão. Dor quente escoa pelo meu corpo e eu estremeço.

O que aconteceu? Como isso aconteceu?

Tento me levantar, mas minha cabeça estremece de dor.

Não sei se posso ficar de pé.

— Georgie? — Ouço uma voz. — Georgie, você está bem?

* * *

Eu me inclino para trás no meu assento e olho meu tornozelo, um latejamento angustiante se propagando pela minha perna. Fecho os olhos e tento combater as lágrimas me ameaçando atrás das pálpebras. Abro um olho quando Jack reaparece, segurando dois copos de isopor. Ele me entrega um.

— Obrigada — respondo baixinho.

— Sem problemas — ele responde.

Jack me levou para o hospital e ficamos sentados na emergência pelo que pareceram horas.

Eu nem conseguia ficar em pé — ele teve que me carregar para o táxi. Enterro o rosto no meu copo sentindo o constrangimento tomar conta de mim. Eu não queria que ele me carregasse, obviamente, mas não estava em posição de discutir. Se ele não estivesse lá, não sei o que eu teria feito.

— Você não precisa ficar — eu murmuro. — Tenho certeza de que meus resultados vão sair em breve.

Jack coloca o café no chão e balança a cabeça.

— Está tudo bem — diz ele.

Ele é louco. Só pode ser. Eu não fui nada além de mal-educada com ele desde que percebi quem ele era. Ele só foi legal comigo: não contou à Bianca quem eu era e me ajudou hoje. Mas então ele, de fato, leu meu diário.

Eu olho de volta para ele.

— Por que você estava no parque de skate? — pergunto.

Jack se recosta na cadeira.

— Eu estava andando de skate — ele diz sem titubear.

Hum.

Ele devia saber que eu estaria lá.

Faço que sim, tomando um gole do meu chá e recuo quando a lava líquida queima minha língua.

— Merda! — grito, afastando o copo da minha boca.

Os olhos de Jack voam para mim, então ele pega seu celular.

— Está quente — digo baixinho, com a mão na frente da boca. — Tome cuidado.

Seus lábios se curvam um pouco.

— Obrigado — ele responde.

— Georgia Miller?

Dou um pulo quando uma enfermeira aparece, segurando uma prancheta.

— Oi — consigo dizer —, sou eu.

Seus olhos examinam a sala e sorriem quando pousam em mim. Ela se aproxima.

Ela se senta ao meu lado e meu estômago tem um espasmo.

Por favor, não diga que meu pé está quebrado. Por favor. Não pode estar quebrado. Não pode.

— Então — ela diz, consultando o resultado —, é apenas uma entorse. Você precisará usar uma tala. Pode escolher qualquer uma na maioria dos supermercados e é só não forçar. Está bem?

Seu sorriso gentil se estende pelo rosto e, para meu alarme, meus olhos começam a se encher de lágrimas.

— Obrigada! — exclamo, fracassando em controlar as lágrimas que escorrem dos cantos dos olhos. — Desculpe — murmuro, esfregando os lados do meu rosto com a parte de trás da manga —, eu só... eu tenho uma prova de dez quilômetros e preciso ser capaz de correr. É importante. Eu só... — Eu paro, finalmente me recompondo. — Obrigada.

A enfermeira sorri e se levanta.

— Que bom que você está bem, mas recomendo ficar longe da corrida por uma semana ou duas — ela diz gentilmente. — E você precisa que alguém a leve de volta para casa — ela acrescenta —, tudo bem?

Concordo e levanto minha perna da cadeira quando ela sai de perto de mim. Olho para Jack e noto que ele está me encarando.

— Obrigada — digo com algum esforço —, obrigada por me trazer e ajudar.

Jack não diz nada, seus olhos verdes arregalados de preocupação.

— Você vai fazer essa corrida para a Amy? — ele pergunta.

Olho de novo para ele. Minha antiga raiva dele por saber a respeito de Amy é substituída por uma onda de alívio.

Confirmo balançando a cabeça.

— É — respondo. — Ela não está bem.

Ele parece afundar mais na cadeira.

— Eu sei — diz ele.

— É. — Dou uma risadinha. — Você leu no meu diário, não leu?

Jack suspira e responde:

— Eu já te falei, não li seu diário.

— Bem, então como você...?

— Você me contou no nosso encontro — ele diz. — Você me falou sobre a esclerose múltipla.

Não respondo nada por um momento, meu estômago dando um aperto de náusea. Desvio o olhar, meu rosto formigando de vergonha.

Ah. Eu não tinha pensado nisso.

— Como ela está? — pergunta Jack.

Sustento seu olhar, a verdade coçando no fundo da minha garganta.

Aperto meus dedos úmidos.

— Não muito bem — comento. — Ela fica muito cansada. Não sei o que fazer. Ela está se perdendo. Isso a está consumindo.

— Com licença?

Nós dois nos viramos quando uma moça de cachos ruivos e um busto farto aparece, balançando um baldinho.

— Estamos arrecadando dinheiro para a Cruz Vermelha. Vocês têm uma moedinha?

Enfio a mão no bolso, pego algumas moedas e observo Jack passar uma nota pela abertura. A mulher acena com a cabeça, agradecida, e segue pela sala.

— Ela costumava ser supermotivada — continuo, vendo a mulher se aproximar de outro grupo de pessoas. — Não sei como instilar isso nela novamente. Isso é o que ela sempre fez por mim.

— Bem — diz Jack, olhando para o folheto da Cruz Vermelha —, talvez precisemos encontrar algo para motivá-la.

CAPÍTULO TREZE

LISTA DA GEORGIE

1. Comer em um restaurante 5 estrelas.
2. Fazer uma aula de salsa. ✔
3. Pular de paraquedas.
4. Marcar um encontro pelo Tinder. ✔
5. Pedalar em um parque.
6. Correr dez quilômetros.
7. Fazer um bolo perfeito.
8. Mergulhar pelada no mar.
9. Tentar andar de skate. ✔
10. Mostrar seus projetos para a Bianca!

Enfio os pés nos tênis e pego minha garrafa de água com determinação. Duas semanas após minha lesão no tornozelo, estou pronta para entrar no campo de batalha novamente.

Certo, terceira corrida. Eu consigo. Consigo correr por vinte minutos. Estou até mesmo usando dois tops esportivos — que me custaram dez minutos só para conseguir vestir. Sério, entrar e sair de um top esportivo deveria ser considerado um esporte em si. Cristo.

Dou uma olhada para fora e me forço a sair do apartamento, fazendo uma nota mental de tudo o que preciso.

Certo, então. Celular, água, chaves…

Vou apalpando meu corpo como uma louca.

Meu Deus, onde estão as minhas chaves? Será que deixei no apartamento. Deus, como eu sou idiota! Como vou entrar de novo? Estou trancada...

Ah, espera, estão no meu bolso. Legal.

Eu me posiciono levantando os calcanhares, apoiando-me com pulinhos na parte da frente do pé e me impulsiono pela rua correndo de leve, avistando meu reflexo na vitrine de uma loja. Estou realmente dominando todo esse visual de "corredora casual" e, como esta é minha terceira corrida, estou oficialmente me classificando como uma corredora. Até comprei uma braçadeira útil para guardar meu celular.

Olho no celular com orgulho e percebo que está piscando. Faço uma careta.

Por que está piscando? Quem está me mandando mensagens às 7h30?

Eu me concentro na rua e tento ignorar a curiosidade repuxando minha mente.

Não pode ser importante. Eu só vou correr por vinte minutos, posso olhar quando eu voltar. Pode esperar vinte minutos.

E se for Amy? Talvez algo tenha acontecido com ela. Embora ninguém fosse me mandar uma mensagem para me avisar. Eles ligariam. Sei perfeitamente que minha mãe mal consegue ligar o celular dela.

Viro em uma esquina. O ar frio preenche meus pulmões como se eu tivesse inalado um tubo de creme dental.

Pode ser Jack. Mas, então, por que ele estaria me mandando mensagens às 7h30 da manhã? Ele raramente me manda mensagens, e é assim que deve continuar. Amigos não trocam mensagens de texto casualmente logo de manhã, isso seria estranho. Mas quem mais poderia ser? Deve ser o Jack. Desde que deletei o Tinder, ele é a única pessoa que me envia mensagens.

Por que ele está me mandando mensagem de manhã tão cedo?

Ah, Deus, e se ele me enviou uma mensagem totalmente inapropriada? Na verdade, é totalmente inapropriado que o irmão da minha chefe me mande mensagens. Ponto final. Droga. Eu gostaria que ele não tivesse meu número. E se ele estiver me mandando mensagem com a Bianca do lado? E se eles estiverem tomando café juntos — totalmente plausível — e ele estiver teclando de leve no celular? Ela poderia ver! E então ela diria: "Pra quem você está mandando mensagem?". E ele responderia: "Georgie", e então ela diria: "Georgie? A minha assistente? Por que ela está mandando mensagens para o meu irmão? Isso é tão estranho que eles devem estar transando. Vou demiti-la".

Sinto meu interior revirar e meu estômago dar cambalhotas.

Argh! Preciso olhar. Eu tenho que olhar. Eu preciso dizer ao Jack para parar de me mandar mensagens imediatamente. O idiota. Por que diabos ele está me mandando mensagem? Ele está tentando fazer com que eu seja demitida?

Sem verificar meus arredores, ponho os pés no chão e paro. Meu peito queima com a súbita chance de recuperar o fôlego e eu dobro o corpo, minhas mãos agarrando o celular.

Franzo a testa. É um e-mail. O quê? Quem está me mandando e-mail a essa hora?

Clico no aplicativo e luto contra o desejo de jogar meu celular na lixeira quando uma mensagem de Bianca aparece.

Ontem, Bianca teve a terrível ideia de instalar nossos e-mails de trabalho nos nossos celulares, depois que Sally pediu para sair mais cedo por causa de uma consulta médica. Por que ela está me escrevendo a essa hora? Isso tinha que ser ilegal. Furiosamente, abro o e-mail e faço uma careta para a mensagem que aparece na tela.

Georgie. Preciso que você visite o Zoológico de Londres antes da reunião às 10h30. Tenho um palpite sobre o urso. Peça para falar com Charlie. Bj. B.

Olho para a tela, horrorizada.

Tenho um palpite sobre o urso? Zoológico de Londres? Ela quer que eu vá passear no Zoológico de Londres? Era para eu ser uma *designer*!

Enfio meu celular de volta na braçadeira e continuo a correr, alimentada por uma nova injeção de irritação que vem subindo pelo meu corpo.

E antes das 10h30? São quase oito da manhã agora!

Eu bato com as pernas furiosamente no chão ao subir em um trecho de grama.

Talvez eu apenas finja que não recebi o e-mail. Ou que meu celular está quebrado. Se bem que... o que é esse palpite sobre o urso? Talvez ir ao zoológico resolva esse problema ridículo e eu possa parar de fingir que preciso fazer xixi toda vez que Bianca traz esse assunto à tona.

Sinto outro zumbido de irritação quando meu celular vibra novamente. Meus olhos voam para a braçadeira e meu celular piscando.

O que é agora? É outro e-mail dela? Esse e-mail é uma checagem do anterior? Eu poderia estar dormindo! Até onde ela sabe, eu poderia estar fazendo algo realmente importante.

Arranco o celular da braçadeira.

Minhas pernas diminuem gradualmente enquanto meus olhos se concentram no celular, e o nome da minha mãe pisca na tela.

Mãe? Por que minha mãe está me ligando?

— Alô? — Pressiono o celular ao ouvido, a ansiedade me inundando.

— Alô? — a voz da minha mãe sai animada do celular. — Alô? Ah, Ian, olha! Está funcionando!

Faço uma careta para a tela.

Sobre o que ela está falando?

— Continue correndo, querida! — minha mãe diz. — Continue!

Começo a correr obediente e depois paro de novo.

— Espere — eu digo —, o quê? Como você sabe que estou correndo?

Meus olhos disparam ao redor do parque com expectativa. Ela está aqui?

— A Amy configurou um aplicativo incrível! — minha mãe exclama, animada. — Significa que podemos correr junto com você!

Olho em volta, confusa.

— Correr comigo? — eu repito. — Como assim? Você está aqui?

Uma risada de cavalo enche meu ouvido quando mamãe e papai começam a rir em uníssono.

— Não, querida! — mamãe grita. — Claro que não. É terça-feira!

Eu continuo olhando para o meu celular. O que isso tem a ver com alguma coisa?

Estou sonhando?

— Nós pensamos... — Ouço quando meu pai pega o telefone. — Pensamos em acessar o aplicativo.

Tento esmagar a explosão de irritação que se contorce dentro de mim.

Aplicativo. É chamada de um aplicativo. Argh.

— E nos juntarmos a você na sua corrida — meu pai continua. — Nós podemos ver você! Você está bem no parque, não está?

Com isso, faço um giro completo no lugar.

Onde diabos eles estão? Como eles estão fazendo isso?

— Alguma coisa a ver com sua configuração de localização — meu pai finaliza.

Olho para o celular e sinto meus olhos revirarem até a parte de trás da minha cabeça.

— Ah, e Georgia! — meu pai graceja. — Recebi seu e-mail hoje de manhã com o desenho. Muito engraçado! Olha, eu o coloquei na geladeira.

Ouço um barulho de movimento e depois um silêncio crescente.

Deus do céu. Ele acha que estamos no FaceTime.

Por que a tecnologia é sempre tão difícil para os pais e mães entenderem?

— Muito bem, querida — mamãe fala no fundo —, você já correu um quilômetro. Você está indo bem.

— Obrigada — eu digo, acelerando meu ritmo e começando a correr.

— Isto é fantástico! — exclama meu pai. — Podemos ver exatamente onde você está!

Ah, Deus. Espero que eles não acessem esse aplicativo aleatoriamente para ver o que estou fazendo como motivo de diversão. Não quero que mamãe descubra quanto tempo passo no McDonald's.

Corro para outro canto e tento me desconectar do meu pai. Isso é um maldito pesadelo. Como vou correr com aqueles dois no meu ouvido, agindo como se tivessem descoberto a primeira forma de vida em Marte?

— É realmente incrível! — ele continua. — Tecnologia moderna. Não sei como eu...

— Ah! — minha mãe exclama ao fundo.

Enrugo o rosto quando seu grito comprimido dispara no meu ouvido. Ouço outro som abafado no momento em que minha mãe pega o telefone do meu pai.

— Georgia! — minha mãe chama. — Acabei de notar que há uma loja de congelados bem perto de você! Você está a uma distância de cinco minutos correndo!

Estreito os olhos. Espero não saber para onde isso está caminhando.

— Certo... — eu digo devagar.

— Você pode dar uma passada lá no seu caminho de volta? — ela pergunta. — Tenho certeza de que abre às oito. Vou fazer um jantar neste fim de semana e adoraria usar um pouco de Frango Alexander.

Enrugo a testa.

— Quem é Alexander?

— É um prato pronto! — mamãe ri. — Você pode passar lá e pegar um pouco para mim? Ah! E alguns tagines.

— Mãe — reclamo —, eu estou no meio de uma corrida! Eu não tenho tempo!

A mãe bufa pelo telefone.

— Bem! — ela exclama. — Você acha que eu tenho tempo para fazer doze miniquiches? É claro que não. E se houvesse alguma coisinha que pudesse facilitar a minha vida, então eu teria pensado que você, como minha filha, poderia...

— Grr! — grito. — Tá bom! Tá bom! Eu vou e busco, que merda!

— Que bom. Obrigada, querida. Ah, você também poderia pegar doze bolinhos de uva-passa? Seu pai adora esses.

Olho para o celular boquiaberta.

Se isso é alguma forma de indireta, estou me colocando para adoção.

* * *

Olho o grande e largo cartaz na dúvida e suspiro. Não acredito que estou prestes a entrar no Zoológico de Londres vestida com uma saia lápis.

Puxo minha saia para baixo e deslizo, como um pinguim ansioso, sentindo os nervos dançarem em volta do meu peito. Olho no celular: 9h55. Certo. Eu tenho meia hora para falar com Charlie. Seja lá quem diabos for. Espero que seja uma pessoa de verdade e não algum tipo de código. Talvez Bianca realmente não queira ursos de forma alguma e esteja falando em alguma gíria londrina. O que "urso" poderia significar na gíria rimada?

Curso?

Na verdade, seria totalmente possível. Ela poderia facilmente estar me pedindo para pesquisar um curso para as madrinhas e padrinhos. Merda. Por acaso estou sendo uma completa idiota? Mas, então, por que ela me mandaria para o Zoológico de Londres? Não tem nada a ver com curso aqui, tem?

Ando até a recepção e olho para uma mulher vestida da cabeça aos pés em um macacão grande e manchado. Seu cabelo está preso, expondo o rosto, e ela tem um *piercing* pesado na narina esquerda. Seus braços grossos estão caídos para a frente, forçando-a a arquear as costas, e há uma mancha de lama na lateral de seu pescoço.

Ou, pelo menos, acho que é lama.

— Olá — digo sem jeito —, estou aqui para ver Charlie.

A garota olha para cima e sua testa se vinca.

— Eu sou Charlie — ela diz com uma voz hostil. Seus olhos voam para cima e para baixo no meu corpo e os vincos na sua fronte se aprofundam.

Ah, certo. Bem, isso foi fácil. Eu acho.

— Ah — digo —, olá. Estou aqui em nome da Bianca.

A menina olha para mim, sua expressão preguiçosa se detém por um instante.

Fico sem saber o que fazer.

— Bianca Lemon? — esclareço.

Os olhos da garota não mostram nenhum lampejo de reconhecimento diante da minha pergunta. Alguns instantes depois, ela fala:

— Quem? — ela resmunga.

Estremeço, uma sensação fria de pavor tomando conta de mim.

— Eu... — titubeio, meu rosto quente. — Eu estou aqui em nome de Bianca Lemon — começo de novo. — Ela disse para perguntar por Charlie... — Olho em volta. — Talvez um Charlie diferente.

— Eu sou a única Charlie aqui — ela rosna, como se eu tivesse questionado sua própria existência.

Pisco de volta para ela. Será que entendi isso totalmente errado? Isso por acaso era alguma forma de piada de escritório à minha custa?

Pego meu celular e digito rapidamente o número de Bianca.

— Desculpe — digo para Charlie, segurando o celular no ouvido —, só um segundo.

Eu me afasto, o celular chamando no meu ouvido e meu rosto esquentando de vergonha. Estou ficando louca? Só existe um Zoológico de Londres, certo? Será que eu completamente...?

— Alô?

Dou um pulinho de susto quando a voz florida de Bianca surge na linha.

— Oi — digo, tentando manter a calma —, Bianca, é a Georgia.

— Olá, querida Georgie — Bianca cumprimenta. — Como você está? Recebeu meu e-mail?

Eu faço careta no telefone.

— Sim — respondo —, estou aqui agora. Estou com Charlie, ela diz que... err... não conhece você.

A última parte cai da minha boca de forma constrangedora e eu vacilo, esperando que ela não se ofenda.

— Ah, sim — Bianca diz casualmente —, eu não conheço Charlie... Ah, não, não está bom, eu preciso disso com muito mais espuma, por favor — ela instrui. — Obrigada.

O quê?

— Você — digo devagar —, você não conhece a Charlie?

— Ah, não, querida — Bianca responde, uma risada dançando ao telefone.

Eu sinto meu rosto queimar.

Bem, então por que diabos ela me mandou vir aqui?

— Minha amiga é que conhece — Bianca continua. — A Charlie é prima de segundo grau da minha amiga. Ela disse que ela trabalhava no Zoológico de Londres e pensei: agora há uma ideia. Eu pensei que você poderia perguntar a ela sobre os ursos. Como um início de conversa, sabe.

Luto contra o desejo de arremessar meu celular na parede.

— Você está com ela agora? — Bianca questiona.

Olho de volta para Charlie, que ainda está me olhando com expectativa.

— Err — murmuro —, estou.

— Ah, que bom! Pergunte agora. Enquanto estou na linha.

Eu pisco de volta para o aparelho.

O quê? Não! Não posso perguntar a essa mulher incrivelmente séria se ela tem uma tropa de ursos cantores!

Como posso me sair dessa? Desligar na cara da Bianca? Fingir que meu celular está quebrado?

— Georgie? — Bianca persiste, sua voz aguda perfurando meu ouvido. Fico parada no local, acuada.

Lentamente, dou um passo em direção a Charlie, que deixa a cabeça cair nas mãos. Eu forço meus olhos a encontrarem os dela.

— Oi — digo de novo —, estou com a minha chefe no telefone. Bianca Lemon.

— Olá! — Bianca grita do telefone, e eu pulo quando sua voz comprimida troveja no meu tímpano.

Um sorriso puxa a boca de Charlie, e meu rosto começa a esquentar.

— Pergunte a ela sobre os ursos — Bianca ordena.

Ai... Este vai ser o pior momento da minha vida. Eu realmente espero que eles não tenham circuito interno de TV. Não quero terminar no noticiário como uma piada histérica.

Olho para Charlie, rezando para que ela possa ler os subtons de desculpas da minha pergunta. Eu nem sei como falar isso, de tão ridículo que é.

— Ela — eu começo —, ela, bem... ela vai se casar e gostaria de alguns ursos no casamento...

Faço uma pausa, minha testa salpicada de gotas de suor que fazem minha franja grudar. As sobrancelhas de Charlie vão se levantando aos poucos. Ela se endireita em toda a sua altura e se eleva sobre mim, como um gorila grande e ameaçador.

— Ursos? — ela repete.

Confirmo balançando a cabeça solenemente.

Os olhos de Charlie voam para o celular e depois para mim.

— Ursos de verdade? — ela diz devagar.

Balanço a cabeça de novo.

Deus, quanta humilhação.

— Diga a ela que eu pago! — Bianca grita no telefone. — Não vou economizar pra isso!

Charlie olha de novo para o celular quando a voz nítida de Bianca se propaga pela sala. Ela passa as mãos pelos cabelos grossos e balança a cabeça.

— Não — ela diz, sua boca se abrindo em um sorriso irônico —, não, não podemos fazer isso. Você não pode alugar os ursos. Desculpe.

— Tudo bem — eu falo rapidamente, desesperada para sair antes que Bianca possa falar alguma outra coisa. — Obrigada pelo seu tempo. Adeus.

Giro no local e saio do zoológico o mais rápido possível.

Bianca suspira do outro lado da linha.

— Sabe de uma coisa — ela diz, cansada —, realmente precisamos trabalhar nas suas habilidades de negociação.

CAPÍTULO CATORZE

> **ROTINA DE CORRIDA:**
>
> 04/08 1 km ✔ (Agosto não é época de começar a correr. Manchas de suor são incontroláveis.)
> 10/09 2 km ✔ (Na verdade, não é tão longe assim. Quem diria?)

— Você está de bom humor.

Inclino a cabeça para encarar Amy enquanto nos inclinamos na posição cão descendente da ioga.

Ah, Deus, eu odeio essa posição. Quem diabos foi que inventou isso? Como foi descoberta? Certamente essa posição foi descoberta por acaso durante o sexo. Se bem que, como alguém poderia fazer sexo assim? Eu só estou assim há cerca de trinta segundos e sinto que minha cabeça está prestes a explodir, e não de um jeito bom.

— Estou? — pergunto.

— Está — Amy responde, enquanto nos curvamos na posição de cobra —, você está toda cintilante. E está usando maquiagem.

Olho para o livro de Sally, aberto no sofá. Sorrio para Amy.

— Só estou contente — afirmo com dificuldade, todo o ar do meu corpo esmagado dentro do meu estômago — por passar um tempo com você. É bom ver você fazendo as coisas.

Amy olha interrogativamente para mim, mas não diz nada.

Deus do céu, como isso é desconfortável. Achei que ioga era pra ser relaxante.

— Como você está se sentindo? — eu pergunto, tentando olhar para Amy sem mover a cabeça. Se mexer muito o corpo, certamente vou tombar.

Amy mantém os olhos em mim. Fico tensa. Essa é a pergunta que Amy parece mais odiar. Este seria o momento em que Amy soltaria uma patada. Para meu alívio, seu rosto se curva em um sorriso.

— Tudo bem — ela diz calmamente. — Na verdade, estou me sentindo bem esta semana — ela diz. — Estou me sentindo melhor no trabalho e é muito bom fazer ioga de novo. Eu tinha esquecido o quanto eu gosto.

Sorrio sentindo uma onda de carinho por Sally se espalhar pelo meu peito.

— Tudo bem — diz Amy —, agora precisamos nos inclinar para um lado e colocar um braço no ar. É muito difícil, se chama "coisa selvagem".

Abafo uma risada e Amy me lança um olhar.

— Por que é que isso é engraçado?

— Ah, fala sério — digo, firmemente presa na minha posição de cobra. — Coisa selvagem? O que há de selvagem na ioga? — Meus olhos se voltam para a foto e vejo a pose. — Ah, meu Deus, como é que você consegue fazer isso? Parece impossível!

Amy sorri.

— Você consegue. Vem, me imita.

Em caráter de teste, eu me levanto e viro as costas para copiar Amy. Enrugo a testa para a foto. Definitivamente, estou fazendo isso errado.

— Então — Amy diz —, aquele cara anda aparecendo no seu escritório?

Curvo o braço para trás. Ok, uau, isso é realmente difícil.

— Cara? — repito, sabendo muito bem que ela está falando do Jack. — Que cara?

— O Jack — Amy diz, sem perder o ritmo.

Sinto minhas bochechas corarem.

— Sim, ele anda, na verdade. Ele está meio que trabalhando com a gente. Ele até que é legal, sabe. Foi ele quem me ajudou com o tornozelo.

Amy vira a cabeça de frente para mim.

— Foi ele, é? — ela diz sugestivamente.

Eu faço uma careta para ela.

— Somos só amigos — digo, movendo a cabeça —, simplesmente, eu...

Vou virar minha cabeça de frente para ela, mas de repente perco o equilíbrio e caio toda amontoada.

— Sua idiota — Amy ri.

— Não é engraçado — resmungo, rindo de mim mesma. — Isso realmente doeu. Ei — digo, subitamente capaz de olhar para Amy do jeito certo —, você está conseguindo!

Amy curva as costas, perfeitamente esculpidas na pose como se tivesse sido tirada de um livro. Ela balança a cabeça e seus cabelos castanhos caem em direção ao chão, suas bochechas rosadas ficam vermelhas.

Ela me dá um sorriso.

— Estou, sim.

* * *

Olho meu tornozelo gordo, enfiado na minha bota, e franzo as sobrancelhas. Eu realmente espero que isso seja apenas um inchaço e que não tenha um tornozelo permanentemente gordo. Seria lamentável, para dizer o mínimo.

Eu olho lentamente quando Sally aparece ao lado da minha mesa.

— O que você está fazendo? — ela diz de seu jeito austero.

Dou um pulinho, alarmada.

— Avaliando a planilha — digo com cuidado.

Por que ela está me perguntando isso? Estou fazendo exatamente o que ela me pediu para fazer. Isso é um teste? Eu deveria estar fazendo outra coisa? O rosto de Sally não se move.

— Na próxima quarta-feira — ela diz de seu jeito contrito —, o que você vai fazer na próxima quarta-feira? À noite.

Eu pisco para ela, confusa.

— Err ... — eu digo —, nada, na verdade. Digo, eu...

— Que bom — Sally faz que sim e caminha de volta para a mesa. — Acho que a gente deveria ir correr juntas. Você precisa ter cuidado com esse tornozelo, e eu vou te ajudar.

Olho-a boquiaberta quando ela se senta em sua cadeira e começa a digitar no teclado.

Ah, que maravilha. Caí direitinho nessa.

— Tudo bem — digo rapidamente. — Acho que na verdade eu...

Minhas palavras se perdem quando os nós dos dedos de Jack batem na porta do escritório. Olho para cima e ele lança um sorriso para mim.

— Oi — ele diz. — Tem um minutinho?

Encaro Jack e depois inclino minha cabeça significativamente na direção de Sally. Ele não pode simplesmente passear aqui no meio de um dia de trabalho, quando Sally está sentada bem ali!

Felizmente, Sally não levanta os olhos do computador.

— É para discutir planilhas — acrescenta Jack, sorrindo para Sally.

— Você vai me causar problemas — sibilo, fechando a porta do escritório atrás de mim.

— Pelo quê? — diz Jack, ofendido. — As pessoas conversam entre si no trabalho. Somos apenas colegas. Quero te perguntar sobre o lucro líquido da empresa.

Levanto minhas sobrancelhas para ele e me inclino contra a porta do escritório.

Ah, por favor, como se eu tivesse alguma ideia do que é isso. Eu nem sei o que significa lucro líquido. É a quantia que Bianca gasta na conta de água?

Por que Bianca ficaria pensando na conta de água?

— O que você quer? — eu pergunto, um sorriso puxando meu rosto.

Os olhos de Jack brilham.

— Eu tive uma ideia...

— Ah, é?

— Sobre a Amy — ele completa. — Sobre como fazê-la se sentir melhor.

O sorriso é lavado abruptamente do meu rosto. Sobre a Amy? Ele está pensando na Amy?

— Como assim? — pergunto, confusa.

Jack segura meu braço e me puxa para uma cadeira do corredor. Ele cai na cadeira ao meu lado e se inclina para a frente.

— Sabe a sua lista? — ele diz. — A lista da Amy. A lista que ela fez pra você?

Confirmo balançando a cabeça.

— Por que não transformamos uma das tarefas lá em caridade? — ele olha para mim. — Poderíamos arrecadar muito dinheiro para a EM. Ela poderia se envolver. Isso pode fazê-la se sentir melhor, dar a ela algo em que se concentrar e também será por uma boa causa.

Olho para ele, meu corpo inflando como um balão de ar quente.

— Eu pensei que talvez — ele diz — pudéssemos fazer uma corrida de dez quilômetros patrocinada ou algo assim.

Nós. Ele pensou em *nós.*

— Amy adora correr — eu digo.

— Exato! — Jack diz animado. — O que você acha?

Olho para as minhas mãos, um brilho quente enchendo meu peito. Eu sorrio.

— Acho que é realmente uma boa ideia — digo. — Acho que ela vai adorar.

Jack sorri e passa as mãos pelos cabelos.

— Ótimo — ele diz —, poderíamos fazer por volta do mês de dezembro, aí teremos tempo de sobra para planejar. Como o último item para completar a sua lista. Sabe, para comemorar.

Olho de novo para ele. Ele realmente pensou sobre isso. Ele realmente quer ajudar.

— Vou te ajudar a planejar — ele diz, levantando-se. — Precisamos levantar um monte de dinheiro.

Eu também me levanto e, antes que possa me conter, meus braços o envolvem no pescoço e eu o aperto em um abraço.

Jack está um pouco ruborizado quando eu o solto.

— Vamos sair pra jantar hoje à noite — ele diz, puxando o celular do bolso — para discutir isso tudo.

Faço uma careta e ele levanta as sobrancelhas.

— Não é um encontro — diz ele, revirando os olhos —, não entre em pânico. Encontro você lá embaixo às cinco. Vou fazer valer a pena.

Com isso, ele caminha de volta pelo corredor e eu fico em pé, com as pernas moles.

Bem, se isso não parece uma oferta sexual, não sei mais o que parece.

* * *

— Bem aqui — Jack diz, deslizando em uma cadeira —, esse lugar é perfeito. — Ele olha para o garçom. — Obrigado.

Eu afundo no meu assento e olho em volta ansiosamente para as paredes vermelho-escuras. Tento não roçar nos casais sentados de cada lado de nós, nossos ombros quase se tocando.

— Se você quiser um restaurante chique — Jack diz, enganchando o blazer na parte de trás de sua cadeira —, realmente precisa comer aqui. Amy estava certa em mandar você fazer isso.

— Este lugar em particular é realmente ótimo — ele prossegue. — Eu costumava vir aqui o tempo todo.

Inclino a cabeça.

— Você não mora mais em Londres? — pergunto.

Jack balança a cabeça.

— Não — ele diz. — Faz anos que não moro mais. Mas adoro.

— Por que você se mudou?

Jack olha acima da minha cabeça.

— Eu tive que mudar — ele diz, distraído. — Oi — ele diz quando o garçom aparece.

— Uma cerveja. — Ele se inclina em minha direção. — Vou tomar uma cerveja, você quer uma?

— Não. — Eu me viro para o garçom. — Obrigada, só água. Obrigada.

O garçom volta para a cozinha.

— Estive pensando no que você disse — comento com Jack. — A Amy trabalha em uma escola, como professora de educação física. Ela lidera um clube de corrida com algumas das crianças. Talvez elas pudessem estar envolvidas.

Jack sorri, a faísca em seus olhos brilhando.

— Ótima ideia! — diz ele. — Nós poderíamos fazer uma corrida patrocinada, e talvez, tipo, uma venda de bolos. Ei — ele olha para mim —, talvez seu bolo possa ser a estrela.

Ele sorri ironicamente, e eu faço uma careta.

— Você leu toda a minha lista ou apenas o diário? — pergunto.

— Você sabe que isso é uma enorme invasão da minha privacidade. Você tem sorte de eu ainda estar falando com você.

O garçom coloca nossas bebidas na mesa e Jack pega sua cerveja.

— Eu já te falei, não li seu diário — ele responde. — E para ser justo — acrescenta ele —, não tive a intenção de ler sua lista. Ela caiu do seu caderno quando o peguei. — Jack encolhe os ombros, se desculpando. — A curiosidade tomou conta de mim. — Ele bebe sua cerveja e continua: — Eu não percebi o que era a princípio. Apenas imaginei que fosse uma lista de desejos comum. Achei que era uma boa ideia.

Curvo os dedos ao redor do meu copo quando a consciência vai se fazendo na minha cabeça.

— Foi por isso que você estava no parque de skate? — eu digo. — E por que você fez a aula de salsa?

Jack dá de ombros.

— Achei que parecia uma boa lista.

Abro a boca para responder quando nossos pratos são trazidos.

— Então — Jack diz —, quando devemos começar a planejar? É quase outubro, então temos, tipo, alguns meses.

— Deixe-me falar com a Amy — digo —, e ver quais datas funcionam para ela. Quero ver o que ela acha.

Jack concorda.

— É muito legal — eu digo, meus olhos se voltando para Jack — da sua parte me ajudar com isso.

Jack encolhe os ombros, os olhos fixos no prato.

— Bem — ele diz —, eu sei como é ter uma irmã que precisa da gente.

Eu sorrio.

— Verdade. É gentileza sua ajudar a Bianca com o casamento maluco dela.

O rosto de Jack se contrai com a palavra "maluco".

— Ela merece — ele diz. — Ela realmente merece o dia perfeito.

Começo a relaxar. Uau, estou realmente gostando disso. Estou comendo em um restaurante chique, com um cara e estou me divertindo! Nunca pensei que...

Faço uma pausa sentindo um pouco de calor apertar minha garganta. Meus olhos se arregalam em alarme.

Ah, não. Ah, *não*. O que está acontecendo? O que foi isso?

Engulo devagar sentindo uma explosão de calor, remexendo na boca do meu estômago.

Certo. O que é isso? O que é *isso*?

Ah, meu Deus. Eu acho que isso é muito apimentado.

Abro e fecho a boca, desesperada, e toda a umidade que antes havia na minha boca se evapora.

Tem pimenta no prato! Ah, meu Deus. Ah, meu Deus.

Afasto meus olhos de Jack e tento me distrair quando sinto o calor subir pelo meu corpo como um incêndio na floresta. Quando chega à minha garganta, punhais quentes de pimenta apunhalam meu interior e sinto um calor abrasador rasgar através de mim como fogo.

Minha mão voa para a frente, pego meu copo de água e engulo em um gole só. O fogo dentro da minha garganta se acalma por um segundo e depois se espalha pelo meu peito, mais furioso do que antes.

Preciso de mais água! Por que ele me deu um copo tão pequeno? Qual o sentido disso? Quem quer copos tão ridiculamente pequenos?

Arghhhhhhh!

Jack olha para mim.

— Você está bem?

— Ótima — eu solto, girando meu corpo e procurando desesperadamente pelo garçom.

Outra onda de calor insuportável se propaga pelo meu corpo. Ai, meu Deus, como isso pode ser tão apimentado? Preciso de líquido. Sinto como se alguém tivesse colocado fogo em mim!

— Você tem certeza? — Jack pergunta.

Viro a cabeça de volta e encontro Jack, e então, antes que eu possa pensar em outra coisa, agarro sua cerveja e a engulo, desesperada para ele aplacar o fogo que invade minha garganta. Bato a garrafa de cerveja vazia na mesa e fixo os olhos em Jack, ofegando.

— Isso é muito — eu ofego —, é muito... apimentado.

Jack arregala os olhos para mim, sua boca aberta, e eu olho fixo para ele.

De repente, ele joga a cabeça para trás e ri, uma verdadeira risada saindo do fundo do estômago. Uma risada que eu nunca ouvi antes.

— Não é engraçado — digo com dificuldade, embora eu sinta uma reação em cadeia de risadinhas crescendo dentro também. — Pare de rir.

Jack segura a barriga. Linhas se formam nos cantos de seus olhos e seu sorriso se alarga.

— Desculpe — acrescento —, vou comprar outra cerveja pra você.

— Pare — Jack suspira, agitando o braço sobre o peito. — Pare.

Uma risada cheia irrompe do meu peito agora, e eu me inclino para a frente e seguro a cabeça nas mãos. Meu peito dói quando o riso vai fazendo cócegas em todas as partes do meu corpo e sai da minha boca em explosões altas e vibrantes. Minha risada parece fazer Jack rir ainda mais e o casal ao nosso lado nos lança um olhar de desaprovação. Eu pego o garçom quando ele passa:

— Por favor, mais uma cerveja.

Jack levanta dois dedos.

— Duas — ele consegue dizer, entre risos. — Traga duas, por favor. Eu não confio mais em você. Você vai tomar a sua.

* * *

— Amy? — Corro pela casa, minhas sacolas batendo atrás de mim. — Amy? — eu grito de novo. — Você está acordada?

Fecho a porta com o pé atrás de mim. Não há resposta. São quase oito horas, ela não deveria estar na cama ainda.

— Amy? — eu chamo de novo.

— Oi, Georgia... — Olho para cima e vejo meu pai, descendo as escadas. — A Amy está na sala de estar. Ela não está se sentindo muito bem hoje.

Meus olhos se desviam para a porta da sala. Ela definitivamente é capaz de me ouvir daqui. Por que ela está me ignorando?

— Ela vai se sentir — enfatizo. — Tenho boas notícias.

Entro com tudo na sala de estar e meu pai vem atrás. Amy está enrolada debaixo de um cobertor no sofá, as pernas magras aparecendo em ângulos estranhos e a cabeça descansando frouxamente nas mãos enquanto olha para a TV. Seu cabelo geralmente brilhante está pendurado e sua pele pálida está manchada de verde.

— Oi, Amy — digo, largando as sacolas no chão.

Amy afasta os olhos da TV, mas não fala nada.

— Como foi no trabalho? — eu persisto.

Amy não responde, seus olhos se colando de volta à tela. Tento silenciar a irritação que percorre meu corpo.

— Está bem — digo com calma.

Dou um passo à frente, pego o controle remoto e desligo a TV. Amy finalmente levanta os olhos meio opacos e encontra os meus. Eu sorrio, a emoção zumbindo na boca do meu estômago.

— Eu preciso falar com você — digo sorrindo.

Sento no chão, de pernas cruzadas, e papai se senta ao lado de Amy no sofá, passando o braço em volta dos ombros dela. Ele puxa Amy para cima e a apoia em seu peito. Amy cai para a frente como uma marionete sem cordões.

— O que foi, Georgia? — papai diz alegremente.

Olho com gratidão para o rosto dele. Pelo menos um deles está feliz em me ver.

— Onde você esteve? — Amy olha feio para mim debaixo dos punhos da blusa, mascarando seu rosto. — São quase oito.

— Eu saí com o Jack — eu digo. — Comemos em um restaurante chique.

Meu pai sorri.

— Ah! — Ele cutuca Amy. — Outro item completo da lista! Parabéns, Georgie.

Eu sorrio.

— Então — digo —, tivemos uma ideia para a sua lista, Ames. Pensamos que poderíamos fazer da corrida de dez quilômetros um evento de caridade para você. — Olho para Amy, que está olhando para mim, seu rosto imutável. — E, tipo, arrecadar dinheiro para a EM.

Olho para Amy, esperançosa, e ela olha para mim inexpressiva. Ela não diz nada. Papai olha para ela e depois para mim.

— Eu acho que é uma ótima ideia — ele afirma.

Sorrio com a emoção disparando através de mim.

— Nós pensamos — continuo — em organizar a corrida com a sua escola. Talvez envolver as crianças. Poderíamos levantar um monte de...

— O quê? — Amy me interrompe, sua voz fria.

Vacilo.

— Fazer a corrida na sua... — Eu paro diante da expressão carrancuda de Amy. — O quê? — questiono, na defensiva. — O que foi?

Por que ela está tão brava?

Amy se afasta de papai bruscamente.

— Por que eu gostaria de realizar um evento na minha escola comemorando o quanto estou doente? Como... tipo, todo mundo lá está me vigiando? Amy doente e coitadinha. Como a vida dela é triste, né?

Pisco para ela, ofegante por sua reação.

— Não é — eu me atrapalho —, isso não é...

— Estou bem — ela retruca. — Eu não preciso de caridade. Estou ótima.

— Amy, eu não...

— Você deveria ir embora — ela me interrompe, se levantando. — Eu preciso ir deitar. Estou doente, esqueceu?

Fico olhando quando ela se vai e pisco, sentindo as lágrimas se formando nos meus olhos. Apoio a cabeça nas mãos e puxo os cabelos. Não era assim que deveria acontecer, de jeito nenhum.

— Ei...

Olho para o meu pai, que reapareceu depois de ter ido atrás da Amy.

— ... você está bem?

Dou de ombros.

— Eu só — digo com a voz embargada —, só quero ajudá-la. Ela não me deixa ajudar.

Papai fecha a porta atrás de si e se senta no sofá.

— Apenas dê um tempo pra ela — ele diz gentilmente. — Hoje foi um dia ruim. Não desista. — Ele sorri para mim. — Ela vai mudar de ideia.

CAPÍTULO QUINZE

RAZÕES PARA NÃO FAZER PARAQUEDISMO:

1. Terror de alturas. Medo genuíno. Não deve ser ridicularizado ou levado na brincadeira.
2. Não é natural. Os seres humanos não foram feitos para cair do céu e sobreviver. "It's Raining Men" é uma música, não algo que foi observado.
3. Peso. Existe um limite de peso? Eu + outra pessoa = caindo no chão rapidamente.
4. Desajeitada. Certamente vou cair errado e quebrar o crânio e/ou a cara.
5. Cara. O vento vai me fazer um botox estranho?
6. PEITOS. O que o vento fará com eles?!
7. O que vai acontecer se eu vomitar? Para onde vai?
8. E se eu vomitar e alguém pegar isso na câmera e eu me tornar um motivo nacional de riso?
9. E se eu encontrar um pássaro zangado no caminho?
10. E SE EU ENCONTRAR UM AVIÃO NO CAMINHO?
11. E se eu fizer xixi?

Fixo meus olhos na parte de trás do cabelo de Sally, balançando perfeitamente de um lado para o outro enquanto ela salta ao longo do caminho como um gafanhoto elegante. Enquanto eu tento não hiperventilar atrás dela como uma minhoca congestionada.

Isso é realmente injusto. É claro que correr é fácil para Sally. Suas pernas chegam às minhas axilas.

Estamos correndo há mil e duzentas horas. Ok, não estamos. Mas parece que sim. Tenho certeza de que definitivamente estamos correndo por mais de vinte e três minutos (que é o meu limite absoluto), e Sally não tem intenção de parar. Ela não perguntou se eu estou bem nem uma vez! Nem sequer passou pela sua cabeça que sua única assistente pudesse estar morrendo lenta e dolorosamente, a três metros de distância. Bem, pior pra você, Sally, porque se eu morrer graças a essa corrida ridícula, você terá que lidar com Bianca sozinha.

Exceto, obviamente, que será muito pior para mim, porque estarei morta. Graças a uma corrida, dentre todas as coisas.

Empurro minhas pernas queimando no chão, na tentativa de alcançá-la. Como ela está fazendo isso com tanta facilidade? Ela não parece estar nem um pouco sem fôlego. E aposto que ela está usando apenas um top esportivo. Os olhos de Sally voam para mim, ofegando ao lado dela como um trem a vapor patético, felizmente alcançando-a com as pernas trêmulas debaixo de mim.

— Como está seu tornozelo? — ela pergunta de modo cortês.

Olho boquiaberta para ela. Como diabos ela fala tão normalmente enquanto corre?

— Bem — respondo com dificuldade, usando todo o meu oxigênio interno e energia do núcleo para forçar a única palavra a sair. Se ela tentar iniciar uma conversa geral comigo, certamente vou morrer, sem dúvida.

Os olhos de Sally se acertam em minha direção e depois voltam para a rua à frente.

— Estamos quase no início — ela diz. — Você está indo bem.

Olho para ela perplexa. Estou? Não parece que estou indo bem. Parece que estou prestes a morrer.

Cambaleio atrás dela, desesperada para manter minha velocidade com meus pés se arrastando pelo chão. Afasto meus olhos da pele imaculada de Sally e noto a entrada do parque, que foi onde começamos a corrida mil anos atrás. Meu peito afunda de alívio. Ah! Graças a Deus. Ela não estava brincando. Nós realmente estamos quase lá.

Eu mal podia recusar correr com Sally, mesmo que fosse contra todo o meu ser correr com alguém que toma quatro cafés antes das onze da manhã e gosta de comer aipo (sem *homus*).

Sally dá uma corridinha até uma árvore e eu vou aos tropeções atrás dela, agarrando-me à árvore como se minha vida dependesse disso, meu peito convulsionando sob a pressão. Sally levanta um dos pés e o puxa para um alongamento.

— Gostei disso — ela declara, com uma voz que sugere que ela não gostou nadinha. — Foi divertido.

— Eu também — minto.

Se essa é a ideia de Sally de diversão, preciso levá-la à sorveteria.

Sally tira as chaves do bolso e gesticula para o carro dela, estacionado ao lado do portão.

— Quer uma carona até em casa? — ela pergunta.

Fico em silêncio por alguns instantes. Sally nunca me ofereceu uma carona para casa antes.

— Vou aceitar, sim — respondo, um tanto surpresa. — Obrigada.

Sally faz que sim e abre o carro pelo controle. Deslizo no banco da frente, meus olhos examinando todos os detalhes do interior perfeitamente bem cuidado. Sally coloca a chave na ignição e o carro avança educadamente. Eu me inclino para trás no assento quente enquanto minha frequência cardíaca volta ao normal.

— Gosto de correr — diz Sally, ao pegar a rua. — Correr me relaxa...

Certo. É oficial. Sally é louca.

— Eu sempre corri — ela termina.

Faço um sinal afirmativo com a cabeça.

— Esta vai ser a minha primeira corrida — digo —, a de dez quilômetros.

— Ah, sim — diz Sally. — Quando é?

Eu me mexo no banco.

— Não tenho certeza — eu digo. — Acho que vamos fazer um evento de caridade para arrecadar dinheiro para a Sociedade de Esclerose Múltipla. Uma corrida patrocinada ou algo assim.

O rosto de Sally se contrai.

— Eu gostaria de me voluntariar — ela diz. — Vou ajudar.

Olho para ela, meu peito inflando.

— Sério? — eu digo. — Nossa, é muita gentileza sua, Sally. Obrigada.

Sally faz um gesto abrupto afirmativo e vira o carro em outra esquina.

— Qualquer coisa que eu possa fazer para ajudar.

* * *

Empurro a porta da frente da casa dos meus pais com o cotovelo dobrado, minha bolsa grande caindo do ombro.

— Olá! — eu grito quando atravesso a porta. — Tem alguém em casa?

— Estamos aqui, amor!

Chuto a porta da frente e largo minha bolsa no chão, o calor queimando meus ombros e arranhando meus músculos.

Acho que sou o oposto de Mary Poppins. Não importa o quanto eu tente colocar poucas coisas, minha mala sempre parece que contém meu quarto inteiro.

Sigo a voz de mamãe pela cozinha, e vejo ela e meu pai na sala de estar. Olho pela segunda vez ao ver que minha mãe está segurando as mãos do meu pai no ar.

Ambos viram a cabeça para me ver, seus rostos animados.

— Err... — começo, sem entender —, oi?

O que diabos eles estão fazendo?

— Olá! — eles gritam em uníssono.

— Você chegou bem na hora! — diz mamãe com uma voz alegre.

Afundo no sofá e sinto minhas sobrancelhas se erguerem em alerta. Ah, Deus. Bem a tempo de quê?

— O que vocês estão fazendo? — pergunto, na dúvida.

Mamãe e papai se entreolham, sorrisos empolgados se espalhando pelo rosto deles.

— Bem — papai ri —, eu e sua mãe tiramos uma folha do seu livro.

— Bem — mamãe emenda —, o seu e o livro de Amy.

Faço uma careta para eles. Sobre o que eles estão falando? Livro? Eu e Amy não temos um livro.

— Do que vocês estão falando? — pergunto.

Minha mãe solta as mãos do meu pai e me dispara um olhar exasperado.

— Não é óbvio? — ela exclama. — Nós fizemos aulas de dança!

— Não salsa — papai se apressa em dizer, lendo a expressão de horror no meu rosto.

— Ah, não! — mamãe ri. — Estamos fazendo dança de salão. Como na *Dança dos famosos*! Olha, vamos te mostrar.

Minha mãe levanta as mãos no ar como uma marionete bem manipulada e meu pai encaixa as mãos nas dela.

Mesmo sem querer, sinto minha expressão de horror se abrir em um sorriso.

— Certo — mamãe diz, com os olhos fixos nos de papai —, cante uma melodia pra gente, Georgie.

O quê?

— Como assim? — pergunto sem entender, meu rosto esquentando. — Não vou cantar nada. Não posso.

Como se eu fosse sentar aqui e fazer uma serenata casualmente pra eles. Quem eles pensam que eu sou?

(Uma pergunta que nunca vou expressar em voz alta.)

— Ah, Georgia! — mamãe exclama, os olhos ainda colados firmemente no rosto do meu pai. — Só nos cante qualquer coisa. Não seja difícil.

Olho de volta para eles. Ambos estão parados, congelados no tempo, como se fossem a peça central de uma caixa de música.

Ah, que maravilha. O que diabos ela espera que eu cante?

Afundo no sofá, sem jeito, pois todas as músicas, exceto "Hips Don't Lie", desaparecem da minha mente.

Não vou fazê-los dançar com uma música da Shakira. De jeito nenhum.

— Ok — papai diz no silêncio —, eu vou cantar alguma coisa.

Meu corpo estremece de novo.

Ele vai cantar? Meu pai não sabe cantar! Sabe?

Olho para meu pai enquanto ele olha nos olhos da minha mãe e começa a cantarolar uma música. Juntos, eles movem os pés no ritmo da música de papai e giram lentamente pela sala. No terceiro giro, minha mãe inclina a cabeça para trás e ri.

— O que você acha? — ela chama por cima do ombro, enquanto meu pai a gira pelo espaço da sala.

Um calorzinho se espalha através de mim e eu sorrio.

— Vocês são ótimos! — digo sinceramente, sentando na ponta do sofá e apoiando o queixo nas mãos.

— Viu? — Papai pisca para mim quando para de cantar. — A lista da Amy está beneficiando todos nós.

Olho para eles quando meu pai mergulha minha mãe na posição final e os dois sorriem um para o outro.

— Acho que sim.

* * *

Faço uma careta para o meu laptop, apoiado no balcão da cozinha.

A maneira rápida e fácil de fazer um bolo perfeito!

Eu tenho uma forte suspeita de que quem escreveu isso não entendia completamente as palavras "rápido" ou "fácil". Olho para a mistura cheia de calombos na minha tigela e sinto uma pontada de consternação.

Por que não consigo fazer isso? As crianças fazem bolos! Gente muito idosa faz bolos! Por que eu não consigo? Qual é o meu problema?

Limpo a testa com as costas da mão enfarinhada. Sério, eles não fazem parecer que é tão difícil assim no *MasterChef*. Eles apenas jogam os ingredientes, batem e pronto! Aí está, o bolo perfeito. Eu, por outro lado, estou mexendo há quatro anos e estou sendo desafiada por vários pedaços de manteiga teimosos. Pelo menos esta receita não requer claras de ovo.

Brinquei com a ideia de assar no meu apartamento. Então percebi que a gente não podia assar um bolo apenas com uma frigideira e uma faca de pão, então desisti rapidamente.

Olho para os pedaços despontando da mistura com arrogância.

Derrete! Por que você não derrete? Que merda, por que você não derrete, seu negócio idiota?

Meus olhos examinam a receita.

Despeje a mistura lisa em duas formas e asse por vinte minutos.

Certo. Bem, minha mistura definitivamente não ficou lisa, mas não posso gastar mais tempo nisso. Com decisão, coloco a mistura nas formas e as enfio no forno quente. A manteiga pode derreter no forno. Supondo que esses calombos sejam manteiga — não alguma outra coisa terrível que eu tenha criado por acidente. Isso é possível?

Levanto os olhos quando Amy entra na cozinha. Ela liga a chaleira elétrica e me olha.

— Chá? — ela pergunta.

Eu sorrio e confirmo. Esta é a primeira vez que ela fala comigo desde a nossa briga. Bem, a briga dela. Eu nem briguei com ela. Só fiquei lá sentada.

— Como está indo? — ela pergunta, gesticulando para o forno quando eu o fecho com meu pé no chinelo.

— Ah, você sabe — ironizo. — Tão bem quanto todo o resto que você colocou naquela lista impossível. — Estico o pé direito, enfática, e para meu alívio Amy sorri. Ela coloca a água fervente em duas canecas e nos sentamos nas cadeiras da cozinha. Há um silêncio enquanto nós duas envolvemos as mãos em torno das canecas pelando e a onda familiar de ansiedade surge em mim, como acontece toda vez que penso em Amy.

Alguns instantes depois, ela fala.

— Sinto muito pelo outro dia — Amy começa, falando baixo. — Estou feliz que você esteja fazendo a lista. — Ela levanta os olhos inchados para mim. — Muito feliz.

Estendo a mão e enrolo meus dedos sobre os dela.

— Estou preocupada com você — digo.

Uma pequena risada escapa pelo canto da boca de Amy enquanto ela olha para as nossas mãos. Ela ergue os olhos molhados de volta para encontrar os meus e meu coração se aperta.

— Também estou preocupada comigo — ela diz algum tempo depois, com a voz embargada. — Não estou me sentindo bem. Estou com medo de que isso vá me derrotar. Está levando a minha vida.

Aperto as mãos firmemente em torno das dela quando lágrimas caem por seu rosto, uma dor surda de tristeza se expandindo no fundo do meu peito. Amy está sempre bem. Ela nunca não está bem. Ela está sempre bem.

— Você não pode deixar — digo, desesperada para manter minha voz firme. — Você tem que olhar pelo lado positivo. A mente controla a matéria, como você sempre me diz.

— E se eu acabar em uma cadeira de rodas?

As palavras carregadas disparam da boca de Amy e elas me atingem no estômago como um golpe físico. Respiro fundo e tento combater a emoção quente rasgando minha garganta e arranhando no fundo dos meus olhos.

— Você não vai acabar — digo firmemente, apertando as mãos dela —, você não vai.

Com minhas palavras, Amy afunda e seu corpo parece esvaziar como um balão perfurado. Olho para ela. Eu gostaria de ter o poder de fazer Amy ficar boa.

Amy afasta as mãos das minhas e levanta a cabeça. Ela enxuga os olhos com as costas da mão e respira fundo, desenrolando a coluna, como se estivesse sendo puxada por uma corda invisível até ficar sentada na minha frente, a confiante Amy que eu conheço. Ela me encara, seus olhos repentinamente brilhantes e seu rosto molhado brilhando.

— Obrigada — ela diz —, eu precisava ouvir isso. Tenho enlouquecido, dentro da minha cabeça.

Aperto a mão dela.

— Aconteça o que acontecer, Ames — afirmo —, nós vamos dar um jeito. Nós sempre vamos dar um jeito.

Ela faz que sim, e eu mexo minha caneca entre as mãos.

— Eu acho — continuo —, que você precisa de algo em que se concentrar. Você me deu essa lista para me desafiar, por que não me deixa te dar algo para te desafiar?

Amy toma um gole de chá.

— A corrida? — ela pergunta.

Faço um sinal afirmativo com a cabeça.

Amy coloca sua caneca de volta na mesa e desvia os olhos em direção à janela.

— Eu acho que é uma boa ideia... — ela diz. — Qualquer coisa que possamos fazer para arrecadar dinheiro para ajudar as pessoas com essa coisa horrível é uma boa ideia. E — ela olha para mim — estou muito orgulhosa de você. Com tudo isso o que você está fazendo, você está realmente saindo da sua zona de conforto.

Encontro os olhos dela.

— É você, Amy — eu digo —, é sempre você.

* * *

Enfio a cabeça na porta do escritório de Natalie e a vejo fazendo uma careta para uma pilha de papéis.

— Chá? — pergunto, acenando minha caneca vazia em sua direção.

Natalie segura sua caneca na minha direção, os olhos ainda firmemente colados no papel. Ela deve estar contando. Pego a caneca dela, quando ouço uma onda alta de risadas femininas vindo da copa e paro no caminho, meu ouvido se inclinando em direção ao som.

A copa não é muito grande. Pode acomodar até três pessoas no máximo, e isso se todos ficarem completamente parados, o que leva a uma conversa de amenidades bem desconfortável e intensa.

Obviamente, sou sempre muito cautelosa em relação a com quem vou entrar nessa copa. (Geralmente apenas Natalie ou Jack. A menos que Sally me pegue de surpresa.)

Também estou loucamente evitando a Sharon do RH, depois de todo aquele desastre do café de Bianca. Sally tentou transferir a ligação dela para mim cinco vezes na última semana e não consegue entender por que a ligação "cai misteriosamente" toda vez que eu atendo o telefone.

Embora eu não possa sustentar essa conversa por muito mais tempo, ou ela vai acabar envolvendo o Derek da TI.

Cristo, é tudo que eu preciso. Mais uma pessoa no trabalho a evitar. Não faz nem um ano que estou nesse emprego e já criei dois inimigos.

Bem, três, se você contar com Shirley na recepção e todo o escândalo do Papai Noel Secreto.

(Não vou entrar nisso agora. Você pode adivinhar o que aconteceu. Digamos apenas que eu fui totalmente inapropriada com o seu "presente de piada" e Shirley não aprova calcinhas fio-dental de Papai Noel.)

A mulher grita novamente e eu pego meu celular, até ouvir a voz de Jack, tremendo de tanto rir.

— Continue! — ele exclama. — Faça de novo!

Fico de orelha em pé e me sinto inclinar para a cozinha como um girassol desnutrido.

Com quem ele está falando?

— Continue! — ele repete.

O riso da mulher dispara pela sala e ouço um suspiro, seguido por uma voz que de repente reconheço como a de Bianca.

— Não! — ela grita. — Não posso!

Essa é a risada dela? Eu nunca ouvi Bianca rir assim antes! Normalmente, a risada dela é toda delicada e florida, como se ela fosse feita de porcelana.

— Por favor! — Jack diz com dificuldade. — Mais uma vez! É a melhor coisa que você já fez na vida!

Hesito sem saber o que fazer. Sinto que eu não deveria estar ouvindo isso, mas não consigo me forçar a sair.

Ouço outra risada se propagar através de Bianca. Há um silêncio enquanto Bianca se acalma, então, em dado momento, ela fala, mas não em sua voz normal e composta.

— Diana está no banheiro, Billy! — Bianca rosna, com um sotaque profundo e gutural. — Você terá que usar seu cupom mais tarde!

Com isso, Jack solta gargalhadas e ouço o gritinho familiar surgir de Bianca.

— O que... é... isso! — Jack consegue dizer entre o riso. — O que é que isso significa? Isso não é um sotaque! Ele não falou nada parecido com isso!

A risada de Bianca se propaga no corredor.

— Ele falou! — ela guincha. — Ele falou!

Sinto uma pequena risada percorrer meu corpo e uma estranha sensação de calor preenche meu peito. Eu e Amy costumávamos rir o tempo todo. Tudo o que Amy tem que fazer é olhar para mim do jeito errado para me fazer irromper em gargalhadas. Foi assim que fui banida da aula de pilates dela. Foi assim também que ela foi expulsa da cerimônia de colação de grau no ensino médio. Ela nunca me perdoou por isso. Ela quase não me deixou ir à formatura dela.

Ouço Jack explodir em outra gargalhada e me viro para subir as escadas de novo. Vou fazer o chá mais tarde. Quando eu e Amy começamos com esse ataque de risos, leva horas para nos acalmarmos.

CAPÍTULO DEZESSEIS

ROTINA DE CORRIDA:

04/08 1 km ✔ (Agosto não é época de começar a correr. Manchas de suor são incontroláveis.)
10/09 2 km ✔ (Na verdade, não é tão longe assim. Quem diria?)
05/10 3 km ✔ (Estou indo muito bem. Parabéns pra mim. Eu sou superior a todos!)

— Isso é muito legal.

Pulo da cadeira e viro a cabeça quando Jack coloca o pescoço por cima do meu ombro, olhando para a minha tela iluminada.

Eu rapidamente minimizo meus projetos abertos, meu rosto pegando fogo.

— Obrigada — murmuro.

Pensei que tinha o escritório só pra mim. Eu nunca teria trabalhado nos meus projetos se achasse que havia uma chance de ser pega.

Ele franze a testa para mim.

— Por que você se livrou deles?

Olho em volta para verificar se Bianca e Sally estão fora de vista. Jack puxa uma cadeira ao meu lado. Disparo um olhar irritado de mentirinha para ele e coloco os projetos de novo na tela, um balão de orgulho inflando dentro de mim.

— Caramba — diz Jack —, estes são realmente bons.

Inclino a cabeça e deixo meus olhos afundarem no desenho, e meus dedos se curvam em volta do meu lápis.

— É a única coisa que eu realmente sei fazer. — Olho para Jack de relance. — Não preciso pensar nisso, sabe?

Ninguém mais olha meus projetos. Exceto a minha família, e eles não contam, porque acham que tudo o que eu faço é brilhante. Olho de soslaio para Jack, que se inclina para a tela.

Tenho particular orgulho deste. Estou trabalhando nisso há semanas.

— Para que é? — Jack pergunta.

Dou de ombros.

— Nada — eu digo. — Bem, estou seguindo o *briefing* do supermercado.

— Você está trabalhando naquilo? — ele pergunta. — A Bianca sabe?

Meu estômago dá um pulo e eu rapidamente escondo o projeto de novo.

— Não — eu digo, meu rosto queimando como se eu tivesse sido pega em flagrante fazendo algo imoral.

Jack olha de novo para mim, preocupação gravada em seus olhos.

— Por que não?

Clico para abrir meus e-mails e afasto meu ombro de Jack, tentando fingir grande importância.

Ele realmente não parece entender todo o cenário do local de trabalho. Estou começando a pensar que ele costumava trabalhar como algum tipo de celebridade socialite. Ou como um espião.

— Você deveria mostrar a ela — Jack diz, recostando-se na cadeira. Acho que ela ia gostar.

— Não posso.

Jack franze a testa.

— Por que não?

Encolho os ombros frouxos, meu rosto formigando de vergonha.

— Bem — eu me atrapalho —, ela está ocupada. Vou mostrar a ela um dia.

Jack pega o celular e se levanta.

— É justo — ele diz. — O que você vai fazer neste fim de semana?

Clico em um e-mail e digito uma resposta patética.

— Nada de mais — digo, meus olhos desviando entre a tela e o rosto dele. — Por quê?

Aperto enviar com um gesto extravagante, mas meus olhos voltam para a tela por reflexo.

Argh! De alguma forma, acrescentei dois beijos no final desse e-mail! Como algum funcionário maluco de escritório!

— Acho que deveríamos andar de bicicleta no parque — ele diz —, será divertido.

— Claro — respondo, tentando desesperadamente descobrir com quem acabei de flertar por acidente.

Ah, não. Era o Colin da contabilidade! Ele tem cerca de cinquenta anos, é casado e tem três filhos. Ótimo. Exatamente o que eu preciso. A festa de Natal do escritório será divertida para mim este ano.

— Ah! — Afasto meus olhos da tela e encaro Jack, que está fazendo menção de sair. — Eu falei com a Amy. Ela está feliz em seguir em frente com a corrida. Você sabe, de ser uma coisa patrocinada.

O rosto de Jack se ilumina.

— Bem, vamos planejar, então — ele diz. — Podemos começar no almoço. Você está livre para almoçar hoje, certo?

— Claro — digo suavemente enquanto Jack sai pela porta.

— Ótimo — ele responde —, te vejo ao meio-dia.

— Até lá.

* * *

Eu me inclino um pouco para a frente na bicicleta, que balança para os lados. Aperto a mandíbula e meus dedos apertam o guidão quando a bicicleta passa por cima de uma porção de folhas secas espalhadas no chão.

Então, sabe aquele ditado "a gente nunca esquece como se anda de bicicleta"? Esse ditado que todo mundo diz o tempo todo? O ditado que é praticamente um fato, tamanha a frequência com que as pessoas o falam?

Bem, e se eu tiver esquecido? E se eu não me lembrar como se faz?

Tento não olhar para os meus pés rígidos, fincados no chão, quando Jack vem pedalando até mim, sorrindo.

— Pronta? — ele diz, pedalando um pouco para a frente.

— Sim, espere! — grito como uma louca quando ele começa a se afastar pedalando. — Você sabe para onde está indo?

Jack para e sorri para mim.

— Sim — ele diz —, vamos dar uma volta pelo parque uma vez e depois paramos no bar da esquina.

— Certo — eu digo. — Espere! — grito de novo quando ele dispara em frente mais uma vez.

Jack vira a cabeça e levanta as sobrancelhas com expectativa.

— Só espere por mim — murmuro. — Não sei vou ser boa o sufic...

Jack dá risada.

— Ninguém é ruim em andar de bicicleta, Georgie — ele grita por cima do ombro e, com isso, sai pedalando pelo parque.

Desesperada para acompanhar, ponho os pés nos pedais e me impulsiono pelo parque com a bicicleta balançando perigosamente.

Ai, meu Deus. Estou conseguindo?

Jack olha por cima do ombro e me dá um sorriso. Meu estômago revira quando sinto uma risada subir pela minha espinha.

Olho para um mar de árvores vibrantes que se estendem no alto e balançam suavemente em diferentes tons de amarelo e laranja. Raios de sol penetram entre as folhas e fustigam minha pele. Balanço a cabeça com o vento fazendo cócegas nas minhas orelhas e brincando com meus cabelos, espiralando atrás de mim. Meu peito sobe e desce enquanto eu pedalo, e pela primeira vez em semanas o nó apertado ao redor do meu coração não está mais lá. Eu me sinto feliz.

Cruzo o olhar com Jack ao pedalar para tentar alcançá-lo.

Eu me sinto feliz por estar com ele.

— Ah, vamos, marcha lenta — ele diz sorrindo. — Achei que você fosse uma corredora.

Pedalo ao lado dele e sorrio.

— Eu só estava apreciando a vista — digo.

Jack me lança um olhar, seu rosto ainda gravado em um grande sorriso.

— Você sabe — ele diz —, nunca fiz isso antes. Morei em Londres por sete anos e nunca fiz isso.

Balanço a cabeça.

— Nem eu.

— É divertido! — ele acrescenta em voz alta, arqueando as costas enquanto descemos um pequeno morro. — Eu nunca fiz nada divertido.

Meus olhos se voltam para ele. Ele nunca fala sobre sua vida antes de nos conhecermos. Ele me pega olhando e de repente o sorrisinho está de volta.

— Vamos lá — ele diz —, o pub é lá em cima. Vamos apostar corrida.

Meu estômago revira.

— Corrida? — repito. — Não! Eu só estou pegando o jeito de pedalar!

Jack ri.

— Ah, não brinca! — ele diz. — Vou tornar isso interessante. Se eu vencer a corrida — ele diz —, você vai ter que mostrar os seus projetos à Bianca na segunda-feira.

Meu estômago dá um pulo.

— Se você vencer — ele continua —, eu te levo em um encontro como tem que ser.

— Ei! — eu digo sorrindo. — As duas coisas são para beneficiar você.

Ele ri e um frisson de emoção me atravessa.

— Preparar? — ele diz.

Eu estreito os olhos em competição.

— Já! — ele grita e dispara.

Olho para ele boquiaberta.

— Você não disse "apontar"! — grito para as costas dele. — Isso é trapaça!

Pedalo em movimentos pequenos e rápidos, impulsionando minha bicicleta para a frente pelo caminho de terra. A emoção pula no meu peito quando vejo o pub ao virarmos em outra esquina. Olho para Jack enquanto acelero para alcançá-lo, lado a lado.

— Rá! — grito, triunfante.

Bombeio minhas pernas com força quando um zumbido de determinação induz uma nova onda de energia, e eu passo por Jack. Giro a bicicleta quando chego ao pub e jogo meus braços no ar.

— Consegui! — ofego. — Eu venci!

Jack freia ao meu lado, sua boca se curvando em um sorriso.

— Então vai ser o encontro — ele declara. — Sorte sua.

Eu lanço um olhar para ele.

— Tá mais com cara de ser sorte *sua* — enfatizo.

Ele encontra meus olhos e meu coração dá um pulo de novo.

Um encontro com Jack. É uma boa ideia?

Ele olha para o pub.

— Eles já estão aqui?

Faço um sinal afirmativo com a cabeça. Depois de discutir a corrida de caridade com Amy e Tamal, decidimos nos encontrar para que possamos começar a planejar adequadamente. Foi ideia de Tamal. Ao caminharmos em direção à entrada do pub, sinto uma agitação nervosa. Por que estou nervosa por eles conhecerem Jack?

Ao empurrarmos a porta do pub para entrar, sou recebida com uma onda nova de calor, e um leve aroma de café me envolve. Vejo Tamal e Amy instantaneamente, empoleirados em um canto curvados em torno de um jogo de tabuleiro. O rosto de Amy está franzido em uma risada profunda e Tamal está com os braços em volta dos dela, como duas cobras entrelaçadas. Eu sorrio ao vê-los. Não vejo Amy rindo assim há semanas.

— Lá estão eles — eu agarro o braço de Jack e aponto na direção deles.

Jack sorri.

— Ela se parece com você — ele observa enquanto seguimos o caminho até eles.

Sinto um brilho quente se espalhar dentro de mim com isso. Adoro quando as pessoas dizem que eu me pareço com a Amy.

Tamal olha para cima quando chegamos à mesa deles e Amy enxuga os olhos cheios de lágrimas com a parte de trás da manga, ainda dobrada de tanto rir.

— Ei! — Tamal sorri, me envolvendo em um abraço. Ele se afasta e seus olhos pousam em Jack. — Você deve ser o Jack? — ele diz, estendendo a mão para ele.

Sorrio para Amy e noto que seus olhos estão firmemente fixos em Jack, um leve sorriso brincando com os cantos de sua boca. Jack aperta a mão de Tamal e se vira para Amy.

— Esta é Amy — Tamal gesticula, e Amy estende os braços para Jack se abaixar em um abraço.

Amy sorri.

— Oi — ela cumprimenta, quando ele a solta —, prazer em te conhecer.

Nós dois afundamos nas cadeiras macias do pub, ao lado de Tamal e Amy, que têm o rosto rosado; eles ainda estão dando risadinhas, como se fossem dois adolescentes pegos se beijando na escola.

— Vou pedir bebidas — diz Jack. — Vocês querem alguma coisa?

Amy e Tamal balançam a cabeça em negativa.

Jack se vira para mim.

— Gin e tônica?

Confirmo e Jack vai para o bar.

Amy me lança um olhar sugestivo.

— Pedindo sua bebida por você? — ela cantarola. — Isso é muito casalzinho.

Tamal bufa dentro da caneca de chope e Amy ri novamente, seus olhos voando para Tamal.

Reviro os olhos para ela.

— Qual é o problema de vocês dois? — questiono.

Tamal balança a cabeça, colocando a caneca de volta na mesa.

— Nada — ele diz. — Estávamos jogando *Palavras Cruzadas* e sendo infantis...

— *Você* estava sendo infantil! — Amy interrompe, cutucando Tamal nas costelas. — Ereção é uma palavra. Você pode erigir um edifício ou um...

As palavras de Amy se perdem em meio a outro ataque de risos. Tamal balança a cabeça, os olhos brilhando.

— Como foi o passeio de bicicleta? — ele pergunta. — Cadê a lista? Você precisa marcar.

Puxo minha bolsa no meu colo e pego a lista no momento em que Jack reaparece, carregando dois copos.

— Obrigada — digo para quando ele coloca minha bebida na minha frente. — Eu te devo uma.

Tamal olha para a lista, que está coberta por grandes sinais de "check" multicoloridos.

— Uau — ele diz —, você já fez bastante agora.

Sinto meu peito expandir de orgulho.

— Eu sei — digo, feliz. — Acho que vou completar tudo antes do meu aniversário.

Olho para Amy e ela faz que sim para mim.

— Eu sei que você vai — ela diz.

— Aliás — acrescenta Tamal —, acho que você merece algum crédito, cara. — E ele faz um aceno com a cabeça para Jack. — A Georgia disse que você a estava ajudando.

Jack toma um gole de sua bebida e sorri.

— Sim, tem sido divertido.

Eu sorrio para Jack e vejo Amy, que está brilhando de felicidade. Sinto meu rosto corar e volto minha atenção para a lista.

— Estávamos pensando — digo, alisando a lista sobre a mesa de madeira — sobre essa corrida de caridade. Talvez pudéssemos programar para logo antes do meu aniversário? Como quase o evento final da lista.

Tamal faz que sim.

— Pra mim parece uma boa ideia. Eu falei pra Amy que vou correr, assim como alguns dos meus colegas do trabalho. — Ele lança um olhar para Amy e ela sorri de novo para ele.

— Deveríamos começar a arrecadar dinheiro — continua Tamal. — Por que não monto uma vaquinha *on-line* e todos podemos divulgá-la?

Concordo alegremente.

— Acho que podemos arrecadar muito dinheiro.

— Isso significa — diz Amy, inclinando-se para olhar a lista — que você precisa se apressar com o pulo de paraquedas.

Meu estômago estremece com a lembrança de que já é outubro.

— Meu aniversário é daqui a dois meses — murmuro.

— Há um pulo de paraquedas aí? — pergunta Jack, espiando.

— Sim — eu digo, olhando para Amy —, a Amy quer me matar.

— Estávamos conversando — Tamal diz, ligando sua mão de volta à da Amy — e pensamos que talvez a corrida pudesse começar na escola da Amy.

Meus olhos disparam para Amy.

— Essa é uma excelente ideia!

Amy sorri, suas bochechas corando.

— Sim — ela diz —, a escola foi muito receptiva.

— Falamos com a diretoria — Tamal acrescenta sorrindo.

— Isso é tão emocionante! — exclamo.

Amy olha para mim, um sorriso largo iluminando seu rosto e transformando seus olhos em grandes estrelas cintilantes.

— Então! — Ela sorri. — Acho que vai ser incrível.

CAPÍTULO DEZESSETE

LISTA DA GEORGIE

1. Comer em um restaurante 5 estrelas. ✔
2. Fazer uma aula de salsa. ✔
3. Pular de paraquedas.
4. Marcar um encontro pelo Tinder. ✔
5. Pedalar em um parque. ✔
6. Correr dez quilômetros.
7. Fazer um bolo perfeito.
8. Mergulhar pelada no mar.
9. Tentar andar de skate. ✔
10. Mostrar seus projetos para a Bianca!

Minha visão periférica fica embaçada quando Natalie enfia a cabeça pela porta do escritório. Ela entra, segurando uma caneca grande de café preto. Seu cabelo está torcido em um nó e ela tem um lenço grosso e estampado enrolado na cabeça.

— Sally está em reunião? — ela pergunta, levando a cadeira vazia de Sally para a minha mesa.

Balanço a cabeça.

— Almoço — respondo. — Como você está?

Natalie senta em cima das pernas e sorri.

— Tudo bem — diz ela. — E você, como está? Como está a Amy?

Pego minha caneca e a acomodo no meu colo.

— Bem — respondo, uma sensação cálida de conforto se espalhando pelo meu corpo. — Ela está bem, na verdade. Ela está se sentindo bem.

Natalie sorri.

— Vim dizer que vou te patrocinar, para a corrida.

Franzo a testa sentindo uma inquietação confusa.

— É, tipo, daqui a dois meses, não é? — ela comenta, tomando um gole de seu café.

— É — respondo franzindo a testa. — Como você ficou sabendo?

Natalie faz um gesto por cima do ombro.

— Está no cartaz.

Eu pisco para ela.

Cartaz?

Eu me levanto e saio da sala; Natalie me segue. Olho ao redor e de repente vejo vários cartazes grandes e coloridos, colados por toda a empresa.

Natalie levanta a cabeça por cima do meu ombro.

— Não foi você que os colocou?

Nego com a cabeça, e meus olhos se arregalam quando reconheço os cartazes com mais detalhes.

São os meus projetos. Fui eu que criei, mas não os fiz.

— Oi, Georgie.

Olho em volta enquanto Jack caminha pelo corredor segurando uma pilha de cartazes. Pego um dos dele.

— Viu? — Natalie aponta. — Está escrito tudo aí.

— Como você...? — pergunto instantes depois, com a voz falhada. — Essa arte faz parte dos meus projetos.

Jack olha para os cartazes, sorrindo.

— Eu sei! — ele diz. — Não estão ótimos?

— Mas como... — Eu olho para ele. — Como você os conseguiu? Não fui eu que criei os cartazes.

Jack sorri.

— Peguei os projetos que você me mostrou no seu computador e os transformei em uma chamada para doações. Não ficaram lindos?

Um zumbido rápido de aborrecimento atinge meu peito, até eu ver Natalie olhando o cartaz com espanto.

— Uau! — Natalie exclama baixinho, olhando os pôsteres com mais detalhes. — Georgie, foi você que criou isso?

Sorrio. Nunca mostro minhas criações a ninguém.

— E olha só! — acrescenta Jack, apontando para o cartaz preso na parede. — Veja a lista de doações!

Passos os olhos pelo papel e fico espantada com as assinaturas rabiscadas e as quantias doadas.

— Isso é apenas cerca de um terço deste edifício — Jack diz, encostado na parede. — Eu estava descendo lá na contabilidade. Eles sempre têm muito dinheiro.

— Nem todos nós — Natalie ri.

— E eu montei o evento no Facebook — acrescenta ele —, então devemos receber mais algumas doações. Eu não verifiquei a página, mas se todas essas pessoas efetuarem mesmo essas doações marcadas aqui, já temos cerca de mil libras.

— Isso é incrível — murmuro, passando a mão sobre o cartaz.

Jack pega o celular e começa a andar pelo corredor.

— Que bom que você gostou — ele diz. — Vejo você depois do trabalho, para aquela reunião com a escola?

Confirmo balançando a cabeça para as costas dele.

— Certo — eu digo, vendo-o desaparecer pelo corredor.

Retorno meus olhos para a folha com as assinaturas e minha mente começa a contar as diferentes quantias. Mal posso esperar para contar à Amy. Ela vai ficar muito empolgada. Eu mal falei com algumas dessas pessoas.

— Então — diz Natalie, interrompendo minha concentração —, se encontrando depois do trabalho, hein?

Há uma pitada de divertimento em sua voz, e sua boca pequena se contrai em um sorriso sugestivo.

— É — respondo enquanto voltamos para a minha sala.

— Você já é capaz de admitir que está a fim dele?

Largo o corpo de volta na minha cadeira e lanço um olhar severo para ela, que quebra assim que eu olho nos seus olhos.

Natalie ri alto e me dá um tapa na perna.

— Eu sabia! — Ela ri. — Eu super já sabia. Você mente mal pra caramba. Graças a Deus você admitiu. Finalmente. A Bianca já sabe?

— Não! — grito de horror. — Claro que não.

Natalie dá um sorrisinho.

— Hmmm — ela diz —, bem, tenha cuidado. Transar com o irmão da chefe não é muito profissional, Georgia Miller.

— Não estamos transando — murmuro, meu rosto em chamas.

Natalie se endireita, seu sorriso ainda firme no lugar.

— Bem — ela encolhe os ombros —, só tenha cuidado.

— Eu nunca faria sexo com o irmão da minha chefe — digo incisivamente, e Natalie vai saindo do escritório.

Abro um e-mail e mordo meu lábio.

Eu nunca poderia dormir com o Jack, nem ter qualquer tipo de relacionamento verdadeiro com ele, obviamente. Ele é irmão da minha chefe. Mas, então, para onde eu espero que isso esteja caminhando? O que eu estou fazendo?

* * *

Da rua principal, olho para o meu banco, assomando ameaçadoramente na esquina da nossa via cinzenta e pairando sobre os outros edifícios como uma professora opressiva.

Respiro fundo e coloco a cabeça para dentro.

Eu odeio vir aqui. Mas fiz um pacto comigo mesma de que teria de entrar fisicamente no banco para acessar qualquer porção das minhas economias, para me impedir de mergulhar nelas toda vez que estivesse com vontade de comer um frango agridoce.

Ao entrar, sou recebida por um cobertor reconfortante de calor que me envolve e um delicioso cheiro de purificador de ar e pinhas. Desenrolo meu cachecol rapidamente enquanto o calor se espalha pelas minhas costas e me junto à fila sinuosa, reajustando minha bolsa no ombro.

Meu Deus, é mesmo lindo aqui. Se eu ficar sem poupança e não puder pagar meu aluguel (muito viável), então talvez eu possa morar aqui. Eu poderia caber debaixo da mesa facilmente. E olha só! Fica ao lado da máquina de café! Parece que estava escrito nas estrelas.

Eu realmente deveria pedir um aumento à Bianca. A quantia com que ela espera que eu viva é ridícula. Talvez eu peça quando lhe mostrar meus projetos. Se algum dia eu realmente fizer isso.

— Próximo.

Dou um passo à frente e entro em uma pequena cabine, com uma mulher posicionada atrás de seu computador. Ela tem cabelos loiros, enrolados acima da cabeça em um coque imaculado e um lenço no pescoço. Ela sorri quando me sento e eu sorrio para ela, agradecida.

Ela parece legal. Ela parece muito melhor do que a mulher que me atendeu da última vez e tentou me convencer a fazer um empréstimo da empresa quando brinquei que ia me tornar uma estátua de rua porque o homem do lado de fora parecia estar ganhando uma fortuna.

— Olá — ela diz —, eu sou Shannon.

— Oi.

— O que posso fazer por você hoje?

Eu me mexo no meu lugar, sentindo meu rosto ficar vermelho de culpa.

Pelo amor de Deus, por que me sinto culpada? O dinheiro é meu!

— Gostaria de movimentar um valor, por favor — digo, percebendo que pareço uma traficante de drogas. — Da minha poupança — eu me apresso em acrescentar.

— Coloque seu cartão — ela diz, gesticulando para a máquina de cartões posicionada orgulhosamente na mesa. Faço o que me diz e digito minha senha.

Argh. A qualquer momento agora ela vai ver meu saldo bancário. Eu me pergunto o que ela vai pensar. Provavelmente algo como: "Como diabos essa garota conseguiu reduzir seu saldo bancário a dez centavos negativos? Ela é uma imbecil?".

— Quanto você gostaria de transferir? — ela pergunta.

— Cem, por favor — digo rapidamente, desesperada para dizer apenas uma vez, caso o fantasma da minha avó esteja à espreita, pronta para me amaldiçoar por gastar minha herança em latas de feijão.

Shannon faz que sim e tecla no computador dela.

— Tudo bem — ela diz —, vai levar só um momento.

— Certo.

— Como está seu final de semana? — ela pergunta educadamente.

Eu sorrio de volta para ela.

— Bem, obrigada — respondo —, estou treinando para uma corrida.

— Ah! — ela fala em aprovação. — Para caridade?

Faço um sinal afirmativo.

— Sim — digo —, vamos correr uma prova patrocinada de dez quilômetros para arrecadar dinheiro para a Sociedade de Esclerose Múltipla. Minha irmã foi diagnosticada no início deste ano. Então, eu estou treinando para isso.

Shannon olha para mim.

— Lamento ouvir sobre sua irmã — ela diz baixinho —, minha tia tem esclerose múltipla.

Inclino a cabeça.

— Sério?

Ela digita no computador e se inclina na minha direção.

— Sabe — ela diz —, o banco tem um fundo de envolvimento na comunidade para fazer doações de caridade. Tenho certeza de que poderíamos doar algum valor para a corrida.

Olho para ela de olhos arregalados.

— Sério? — indago.

Ela confirma e me entrega uma caneta e papel.

— Anote aqui seu endereço de e-mail, amor — ela diz com seu jeito amigável —, e eu vou falar com meu gerente e ver o que podemos fazer.

Pego a caneta e escrevo meus dados, meu coração batendo forte.

— Obrigada — falo sinceramente —, muito obrigada.

CAPÍTULO DEZOITO

ROTINA DE CORRIDA:

04/08 1 km ✔ (Agosto não é época de começar a correr. Manchas de suor são incontroláveis.)
10/09 2 km ✔ (Na verdade, não é tão longe assim. Quem diria?)
05/10 3 km ✔ (Estou indo muito bem. Parabéns pra mim. Eu sou superior a todos!)
19/10 4 km ✔ (Termina bem no Burger King! Coincidência?!?!)

— Certo — Amy diz, apoiada no banquinho no canto da cozinha. — É o que está escrito aí, cremifique a...

— Com creme? — interrompo, perplexa. — Eu não tenho nenhum creme de leite pra passar nisso. Você não me disse que precisávamos de creme de leite. Não havia creme de leite nos ingredientes, tenho certeza.

— Pare de dizer creme de leite — Amy diz brincando. — Diz aqui para cremificar a manteiga com o açúcar. "Cremificar" é bater para virar creme.

Levanto as sobrancelhas para ela.

— Bem, isso é idiota — observo. — Por que eles usariam uma palavra esquisita dessa pra fazer comida em vez de "bater"? Isso é ridículo.

— Nós não estamos fazendo comida — Amy diz, convencida. — Lembre-se, vamos assar um bolo.

— Você não vai fazer nada! — respondo, apontando minha colher de pau na direção dela. — Você vai ficar olhando.

Amy ri e coloca a cabeça nas mãos. Olho para a minha tigela, na dúvida, e começo a empurrar a manteiga contra os lados enquanto o açúcar dança ao redor.

— Isso está certo? Não parece certo. Mas tenho certeza de que é isso que os confeiteiros fazem. Eu os vi fazerem isso na televisão.

— Então — digo, ofegando entre as batidas enquanto forço a colher nos pedaços grossos de manteiga —, como tem sido sua semana?

— Boa! — Amy gorjeia, balançando o cabelo comprido por cima do ombro e manipulando-o para formar uma trança. — Estou me sentindo bem esta semana. Estive na escola todos os dias. Algumas partes são mais difíceis do que outras, mas em geral estou me sentindo bem.

Sorrio para ela sobre a tigela, o alívio se espalhando por mim.

— Que bom — digo —, é muito bom ouvir isso.

— Quer dizer — continua Amy —, os médicos disseram que vou ter dias bons e dias ruins, mas foi legal ter alguns bons dias seguidos.

— Claro — digo, ríspida.

Puta que pariu, como isso é difícil! Por que é tão difícil? Meus braços estão me matando! E não se parece em nada com creme.

— Como você está se saindo? — Amy pergunta, espiando da cadeira. — Parece clarinho e fofo? É o que está dizendo bem aqui.

Olho feio para a tigela. Minha mistura não parece clarinha e fofa. Parece irregular e doentia.

— Dane-se — digo zangada —, vou bater. Estou cansada de cremificar. Essa merda não funciona.

Largo a colher de pau desafiadoramente e começo a procurar o mixer da mamãe na cozinha.

— Como tem sido a sua semana? — Amy pergunta.

Mamãe tem um hábito muito divertido de reorganizar toda a cozinha toda vez que dá um jantar. Ela diz que a relaxa, o que me faz questionar como podemos ser parentes.

Ai... Onde está esse maldito mixer? Onde ela colocou?

— Ah — digo, puxando minha cabeça das profundezas de um armário lotado de panelas —, boa, obrigada. Na verdade — acrescento quando o lembrete ecoa no meu cérebro —, esqueci de te contar. Conseguimos outro patrocinador esta semana.

— Para a corrida? — Amy pergunta, sua voz empolgada.

— Sim! Conversamos com um salão de beleza sobre doar algo para o sorteio, e acontece que a proprietária adora correr, então vai se inscrever! E conversamos com uma florista que também vai doar alguma coisa.

Enfio a cabeça em outro armário.

— Uau! — Amy exclama. — Não posso acreditar em como você está se saindo bem.

Ah, rá! Aqui está. Bem no fundo.

Inclino meu corpo para a frente e tento manobrar o batedor sem causar uma avalanche culinária.

— Bem — eu continuo, arrancando o mixer pela parte de bater —, o Jack está me ajudando. Ele realmente é o cérebro, ele sabe tudo sobre essas coisas.

— Ei — Amy diz, animada —, talvez, se eu continuar me sentindo tão bem, eu também possa correr!

— Sim! — respondo, quando o batedor por fim cai do armário. Eu o plugo na tomada alegremente.

Certo. Clarinha e fofa. Agora é a sua hora.

— Georgie — Amy diz depressa —, você tem certeza sobre isso? Aqui diz para cremificar.

— Eu preciso tirar essa porcaria da minha lista. Cremificar é passar creme. O certo é bater — declaro. — Tenho certeza de que vai ficar ótimo.

Com decisão, enfio o batedor na tigela e o ligo. Essa é uma ação de que me arrependo imediatamente, pois grandes pedaços de manteiga se agarram ao mixer, se impulsionam para fora da tigela antes e respingam todos na minha blusa preta.

— Ai! — grito.

— Viu — Amy ri —, eu disse que cremificar era diferente.

* * *

Olho para o meu reflexo no espelho e sinto uma bolha de orgulho subir pelo meu corpo.

Não quero ser arrogante, mas hoje estou com uma aparência incrivelmente cara.

Não é como uma prostituta, obviamente. Como uma mulher de vinte e poucos anos que está se saindo extremamente bem por si mesma, e não como uma mulher de vinte e poucos anos que come torradas sem manteiga porque não pode comprar uma manteiga nova até a merda do dia do pagamento.

Hoje, estou usando minha calça que deixa o tornozelo de fora, meu suéter outonal favorito e (a cereja do bolo) meus sapatos Prada que comprei no ano passado em um bazar de caridade!

O único probleminha é que são extremamente desconfortáveis e eu mal consigo ficar em pé com eles. Mas, vamos ser honestas, eu mal consigo ficar em pé com qualquer um dos meus sapatos com esse tornozelo gordo — e qual é a alternativa? Usar tênis? Não, obrigada.

Deslizo para fora do meu apartamento e jogo a bolsa por cima do ombro ao seguir para o ponto de ônibus, com a brisa de outono me provocando um arrepio.

Eu e Jack temos conversado com as empresas sobre o patrocínio do evento, e até agora todos eles ficaram superempolgados com a ideia! Jack diz que eles sempre precisam fazer a sua parte em termos de caridade, mas ele é especialmente bom em conseguir esse apoio. Vamos fazer uma rifa, e alguns dos prêmios são incríveis! Uma das agências de viagens ofereceu uma viagem para a Grã-Canária! Sugeri de leve para minha mãe que eu poderia ajeitar o sorteio para eu ganhar o prêmio, mas ela ficou toda furiosa e me chamou de "imoral". Eu só estava brincando. Mais ou menos.

Meu celular vibra na minha mão e eu o viro para ver uma ligação de Jack. Sorrio e atendo.

— Oi — eu digo —, tudo bem? Estou a caminho.

A voz de Jack me atravessa.

— Eu tive uma ideia.

Eu paro enquanto viro em uma esquina.

Certo. Então, meus pés estão me matando. Ai, meu Senhor. Eu nem sequer trouxe uma sapatilha de reserva. Brinquei com a ideia e depois fiquei toda idiota e orgulhosa de ser um "adulto de verdade".

Droga. Por que eu sou assim?

— Ah, é?

— Acho que — diz Jack — devemos pegar um pouco do dinheiro que uma dessas empresas nos deu e investir.

Franzo a testa.

Investir? Tipo, comprar uma casa de veraneio em Devon ou previdência privada?

Preciso colocar alguma coisa no meu maldito plano de previdência privada. Na verdade, eu preciso começar um plano de previdência privada.

Será que tem alguma coisa a ver com privadas? Ou é apenas uma figura de linguagem?

Acho que eu gostaria de um banheiro verde.

— O que você quer dizer? — pergunto.

— Bem — Jack se anima, sem perder o ritmo —, acho que, com um pouco de marketing, poderíamos tornar esse evento bem grande.

— Certo.

— Para que pudéssemos anunciar na internet, usando o dinheiro que os investidores nos deram. Poderíamos anunciar para conseguirmos mais corredores. Se dissermos que todos os corredores precisam levantar cem libras cada um, então mais vinte corredores seriam...

— Duas mil! — exclamo.

Uau, isso que é fazer conta rápido! De onde veio esse ataque repentino de genialidade? Talvez aquela tigela de cereal que roubei de Tina esteja valendo a pena!

Jack ri.

— Exatamente!

Percebo o ponto de ônibus e vou andando, cambaleando nos meus saltos altos impossíveis.

— Já temos a arte que você criou — continua Jack. — Parece uma marca tão boa. O que você acha?

— Ótima ideia! — digo. — Eu realmente acho...
— Georgie?

Eu quase deixo meu celular cair quando a voz de Bianca atinge os meus ouvidos. Eu me viro piscando como uma boba. Por que Bianca está aqui? Finalmente, eu a vejo, pendurada em um táxi preto e me olhando horrorizada. Desligo meu celular às pressas.

— Oi... — digo perplexa, cambaleando para a frente —, Bianca.

Ah, meu Deus, por que ela está aqui? Ela me seguiu? O que eu esqueci de fazer? É domingo!

— O que você está fazendo? — ela exclama, consternada. — Por que você está esperando em um ponto de ônibus?

Não respondo nada, atônita.

— Err... — eu consigo dizer, tentando evitar os olhos dos companheiros usuários de transporte público que estão disparando olhares de nojo contra Bianca. — Por que vou pegar um ônibus?

Que tipo de pergunta é essa?

Bianca olha para mim como se eu estivesse falando em finlandês.

— Vou pegar um ônibus — repito com uma voz mais lenta.

Bianca se encolhe como se a própria ideia de pegar um ônibus a fizesse ter ânsia de vômito. De repente, ela abre a porta do táxi.

— Entre — ela ordena.

Paraliso.

— É sério — protesto —, está tudo bem. Eu sempre pego ônibus. Eu...

— Agora! — ela vocifera.

Olho em volta para a fila do ônibus e entro com jeito de quem está fazendo alguma coisa errada. Bianca está sentada no banco de trás, cercada por um mar de sacolas grandes e quadradas e caixinhas arrumadas umas sobre as outras.

— Aonde você está indo? — ela pergunta.

Eu vacilo quando um raio de pânico me atravessa.

Estou indo me encontrar com o Jack. Ah, não.

— Clapham — digo fracamente, meu cérebro congelando sob a pressão e sacrificando todos os outros lugares em Londres que eu poderia sugerir.

Bianca faz um sinal afirmativo com a cabeça para o motorista e nós disparamos em frente, deixando meu triste ponto de ônibus para trás.

O que está acontecendo? Por que estou sentada em um táxi com Bianca, em um domingo?

— Você estava fazendo compras? — pergunto, tentando criar conversa.

Os olhos de Bianca voam para as dúzias de sacolas apoiadas a seus pés.

— Sim — ela responde. Jonathan está fora neste fim de semana.
— Ah.

— Então — Bianca continua, puxando uma lixa e refilando as unhas compridas uma por uma —, somos apenas eu e Jack. Ele decidiu ficar comigo até o casamento, o que é legal.

Meu corpo estremece.

Ah, não. Ela sabe? É por isso que ela me colocou dentro deste táxi, sozinha? Ela vai me levar até o meio do nada e depois me deixar em uma pedreira abandonada?

— Ah, sim — digo de maneira descontraída. — Isso é legal da parte dele.

Tento controlar as batidas maníacas da ansiedade que ecoam pela minha garganta.

Eu nunca deveria ter entrado neste táxi.

— O que você vai fazer hoje, então... — Bianca olha bruscamente para mim. — Em Clapham?

Olho para ela, minha boca seca.

Será que ela sabe? Ela está brincando comigo?

— Só encontrar um amigo — respondo com a voz fraca. Ainda bem, isso parece satisfazer Bianca.

— Bem — ela diz —, então vai ser legal.
— Sim.

Um silêncio constrangedor se estende entre nós, e eu colo meus olhos para a paisagem passando pela janela enquanto atravessamos Londres.

— E você? — pergunto algum tempo depois.

Meus olhos se voltam para Bianca e ela torce o nariz.

— Sabe de uma coisa? — ela diz. — Eu não sei. Posso ver o que Jack vai fazer. Talvez a gente possa ir ao cinema.

Ela leva o celular à orelha e meu estômago dá uma cambalhota.

Ah, não. Ela está ligando para ele agora? E se ele disser que está ocupado por que vai se encontrar comigo? Não tenho escapatória. Eu não posso me jogar para fora do táxi.

— Oi, Jack. — Bianca sorri ao telefone quando ele atende. — Escuta, estou aqui voltando das compras. Onde você está?

Ela faz uma pausa enquanto ele responde, então, para meu horror, seus olhos voam para mim. Eu me sinto enrijecer no lugar, como se estivesse me preparando para me jogar da janela.

— Ah, sério? — ela diz, seus olhos fixos nos meus.

Ai, meu Deus. Ele contou pra ela!

Meu rosto queima quando pego o celular, fingindo não ouvir a conversa dela enquanto percorro o Twitter.

— Isso é superestranho — Bianca continua. — Estou com a Georgie, e ela também está indo para Clapham. Você conhece a Georgie, não conhece? Do escritório? Uma das minhas assistentes?

O calor incendeia meu rosto.

— Bem, te vejo mais tarde — ela diz, e tira o celular da orelha. Ela olha para mim e ri.

— Bem! — ela diz. — Você nunca vai adivinhar onde o Jack está!

Faço uma fraca expressão surpresa para ela.

— Onde? — pergunto com dificuldade.

— Em Clapham! — ela grita, rindo como se isso fosse apenas uma grande coincidência. — Você está indo para Clapham, Jack está em Clapham. Talvez eu deva ir para Clapham!

Bianca dá um tapinha em sua perna, rindo da ideia. Olho para ela, meu rosto vermelho e quente, e minhas bochechas queimando. Forço uma risada educada e cruzo as pernas.

— Talvez você deva.

* * *

Levanto os olhos da tela do computador quando Jack entra de repente na sala.

— Oi — digo, quando ele se senta em uma cadeira e a puxa na minha direção.

— Preciso do seu computador — ele diz, pegando o mouse.

Faço uma careta, surpresa, quando ele se estica sobre mim. Ele não tem seu próprio computador?

— Veja isso — Jack diz, girando o teclado em sua direção e clicando na nossa página de financiamento. Meus olhos seguem seu olhar e se arregalam quando se fixam na tela.

— Meu Deus do céu! — exclamo com um sussurro.

— E... — acrescenta Jack, agora acessando o Facebook —, veja isso.

Ele abre o Facebook e de repente minha arte ocupa a tela toda.

**VOCÊ CORRE?
JUNTE-SE À NOSSA CORRIDA DE
DEZ QUILÔMETROS
EM 01 DE DEZEMBRO
E
ARRECADE DINHEIRO PARA A SOCIEDADE
DE ESCLEROSE MÚLTIPLA
INSCREVA-SE AGORA!**

— Uau — digo baixinho, meus olhos demorando no anúncio amarelo brilhante.

Eu nunca vi nenhum dos meus projetos sendo usados antes. Ver uma das minhas artes em um anúncio faz meu coração palpitar de emoção. É como olhar para o meu filho.

Seis mil curtidas. Dois mil compartilhamentos.

Eu me inclino para a frente e pego o mouse de Jack, depois clico na seção "curtir".

— Jack! — exclamo. — Isso é loucura! Como isso alcançou tanta gente?

Jack sorri.

— Bem, tivemos que pagar — ele diz —, é o investimento do qual falamos.

— Nossa, tanto engajamento — sussurro, meus olhos subindo e descendo pela lista de pessoas de quem eu nunca ouvi falar.

— Isso é por causa da sua arte — Jack sorri. — Ficou tão legal!

Um sorriso se espalha pelo meu rosto.

— E — Jack acrescenta, retirando o mouse —, veja isso.

Ele clica para abrir a página de patrocínio.

— Temos trinta novos corredores inscritos desde o lançamento da campanha — ele diz, percorrendo a página. Todos concordaram em levantar cem libras pela corrida.

— Trinta? — eu repito.

— Georgie — Jack se vira para mim, com os olhos brilhando —, acho que poderíamos tornar esse evento enorme.

Meus olhos voltam para a página de financiamento da corrida e a quantia impressionante já levantada.

— Eu também acho.

* * *

— A senhora parece a srta. Miller, sra. Miller.

Olho para o menino pequeno, seus olhos grandes em mim, um chumaço de cabelos vermelhos emaranhados.

Eu sorrio.

— Obrigada — digo —, mas também não sou a sra. Miller. Também sou uma srta. Miller.

O garoto inclina a cabeça em confusão.

— Vocês têm a mesmo nome?

Faço um sinal afirmativo.

— No momento, sim. Nenhuma de nós é casada.

— Você não é casada com ele?

Uma garota magra com cabelos cacheados e curtos aparece ao meu lado e estende o braço em direção a Jack, que está fazendo alguns alongamentos no canto com um monte de adolescentes.

— Não — eu rio levemente —, não somos casados.

Jack me dá um sorriso.

Lanço para ele meu melhor olhar de "crianças, né?".

— Mas — ela diz —, ele é seu namorado?

Ah, Deus, espero que Jack não tenha ouvido isso.

— Não — digo, uma risada mais forçada bombeando através de mim —, não, não. Não. Somos apenas amigos. Não.

Pare de dizer "não", Georgia. Por que fico repetindo "não"? Ninguém diz tanto assim em uma frase.

— Não.

Argh!

— Por quê? — o garoto ruivo emenda.

Giro de frente para ele. Meu Deus, essas crianças são intrometidas.

— Porque — digo, tentando manter minha voz leve e superior — alguns adultos são apenas amigos.

— Vocês não gostam um do outro? — o garoto persiste.

Se essas crianças não pararem de me fazer essas perguntas na frente do Jack, vou ter que sair do país.

— Não — digo firmemente, meu rosto em chamas. — Quero dizer, sim. É claro que gostamos.

Isso é ridículo. Estou sendo interrogada por uma criança de doze anos.

— Se vocês gostam um do outro — ele diz —, então por que você não é namorada dele?

— É porque você é gay, moça?

Giro de volta para encarar a garota, cujas sobrancelhas estão levantadas em curiosidade.

O quê?

— Não! — respondo, irritando-me.

Ela acabou de me perguntar sobre a minha sexualidade? Em um ginásio de escola? Eu só a conheci há uns oito minutos!

— Certo — Jack diz alto, fazendo com que todas as crianças virem a cabeça para ele. — Vamos começar a correr?

— Sim! — digo com força, internamente ordenando que minhas bochechas voltem ao tom natural rosadinho.

Lideradas por Jack, todas as crianças saem do corredor da escola e seguem para as quadras de tênis. O sol laranja está baixo e mascarado por nuvens escuras e pesadas que serpenteiam lentamente pelo céu. Olho em volta para as crianças, todas pulando no lugar para se aquecerem do vento destemido que os fustiga atrás das pernas nuas.

— Certo — diz Jack —, quem quer liderar?

— Eu! — grita uma garotinha loira, lançando o braço no ar.

Jack faz que sim.

— Legal — ele diz —, vamos seguir você.

Todas as crianças partem em ritmo acelerado e eu sigo, observando suas cabecinhas balançando para cima e para baixo na minha frente. Amy criou o clube de corrida quando ela entrou na escola. Ela também criou um clube de café da manhã para crianças que não estavam tomando um café da manhã adequado em casa.

— Professora?

Levanto os olhos e vejo uma criança pequena e magra pulando ao meu lado. Seus grandes olhos azuis estão piscando para mim.

Eu sorrio.

— Sim?

— Onde está a srta. Miller? — ela pergunta.

Olho para ela, sem saber como responder.

— Ela não estava se sentindo bem hoje — digo honestamente —, então ela pediu a mim e ao sr. Lemon para cuidar do clube por ela. A gente também gosta de correr.

O rosto da menininha se contrai.

— Ela está doente, professora?

Balanço a cabeça em negativa automaticamente.

— Ela está bem — digo —, ela tem uma doença chata que a deixa cansada. Mas vamos fazer uma corrida aqui para arrecadar muito dinheiro para caridade, para ajudar pessoas como a srta. Miller a melhorar.

A menina franze o rosto e estreita os olhos, concentrando-se à sua frente.

— Posso correr também?

CAPÍTULO DEZENOVE

NOTA PARA SI MESMA:

P. 4 da revista *Grazia*, lindo vestido floral. Perfeito para as diversões de verão do ano que vem com a Amy. Preciso economizar quarenta libras para poder comprar (muito importante). Seios enormes e falta de bunda podem ser um problema, cuidado.

— Você já ouviu falar sobre o pônei Shetland?

Levanto os olhos da tela do computador, rezando para que Sally esteja prestes a lançar uma piada improvisada sobre mim.

— Não — digo estupidamente —, que pônei Shetland?

Pelo amor de Deus, e agora? Que maldito pônei Shetland? O que mais Bianca poderia querer? Um pônei que saiba sapatear? Ou alguém que possa dançar um break no meio do número do urso?

Ah, os ursos. Os malditos ursos. Ainda não descobri como diabos eu vou dar um jeito de resolver essa parte. Quer dizer, não consigo. Simplesmente não consigo. Ao contrário do que o cérebro louco de Bianca pensa, não existem ursos cantores. Como vou explicar em entrevistas futuras que o motivo da minha demissão como *designer* assistente é eu não ter conseguido arrumar um bando de ursos cantores?

Sally abre seu planner e meu corpo se encolhe de irritação.

— A Bianca programou a entrada da principal madrinha montada em um pônei Shetland — ela diz, com o rosto inexpressivo. — Está tudo reservado.

— Que bom.

— Mas você precisa se encontrar com a treinadora.

— O quê? — Eu pisco para ela. — A treinadora? Por quê?

— Ela quer falar com alguém antes do casamento. — Sally fecha a agenda com força.

Reviro meus olhos para a tela do meu computador enquanto Sally retorna para sua mesa.

— Está bem — digo.

— A treinadora está em Brighton — Sally diz com naturalidade.

Levanto a cabeça de repente.

— O quê? — questiono. — Brighton? Como é que vou chegar a Brighton? É outra cidade.

Inexpressiva, Sally coloca a cabeça acima da tela do computador.

— Você pode pegar o trem — ela responde.

Olho feio para a tela do meu computador.

Ah, é? Isso é um fato? Como devo trabalhar como *designer* quando estou constantemente perambulando pelo país atrás de vários malditos animais?

Um e-mail de Jack aparece e eu arrasto meus olhos para a lateral da tela do meu computador.

Você já ouviu sobre Brighton?

Como ele sabe disso?

Digito uma resposta e o retorno dele aparece quase imediatamente.

Eu que indiquei você. Achei que seria uma boa maneira de planejar nosso encontro. Eu vou também. Comprei as passagens de trem para amanhã.

Jack vai a Brighton comigo? Nós vamos juntos?

Um último e-mail aparece e meu estômago revira.

Não esqueça de fazer as malas.

— Além disso — Sally diz, quase me fazendo cair da cadeira de susto —, eu me inscrevi para a sua corrida de caridade. A página de financiamento está indo muito bem.

Com muito esforço, afasto meus olhos do e-mail de Jack e olho para Sally.

— Sério? — indago.

Sally faz que sim.

— Falei com meu clube de corrida — ela diz —, e muitos deles vão se inscrever. Você vai conseguir arrecadar muito dinheiro. Aposto que sua irmã está muito orgulhosa de você.

* * *

Não sei o que levar, não sei o que levar!

O que a gente leva em uma viagem improvisada de trabalho para Brighton? O que quase certamente não é uma viagem de trabalho, mas, de fato, muito mais provavelmente uma escapada sexual.

Meu corpo convulsiona em pânico quando esse pensamento explode no meu cérebro. Jogo minha chapinha na bolsa.

Não. Não é uma escapada sexual. É uma viagem profissional de negócios para ver uma mulher sobre o pônei dela (e isso não é, de forma alguma, de jeito nenhum, uma indireta ou um comentário de duplo sentido).

Ou é? Talvez o pônei Shetland não exista e seja tudo um eufemismo...

Eu olho boquiaberta para a minha mala aberta, consternada.

Ai, ai! Não faço a menor ideia! Que diabos eu levo? Sou péssima em fazer as malas na melhor das hipóteses, e agora tenho que planejar dois dias (e uma "noite") sobre os quais não tenho controle.

Não consigo lidar com isso. Talvez eu deva ligar dizendo que fiquei doente e me esconder embaixo da cama até que tudo acabe e eu tome uma boa xícara de chá.

Respiro fundo e avalio minhas roupas atuais:

- *Look de viagem:* jeans, blusa de gola alta elegante (sim, elas existem) e botas de salto alto nas quais eu consiga andar.
- *Look de encontro:* blusa justinha, saia lápis, sapatos bonitos de salto, brincos grandes de argola.
- *Look de encontro, caso eu acidentalmente coma muito queijo e meu estômago inche como uma batata assada:* vestido soltinho, meia-calça preta, sapatos altos bonitos.
- *Look de encontro, caso eu acidentalmente deixe cair pasta de dente nas outras opções:* blusa de alcinha preta, jeans elegante.
- *Look de encontro, caso o encontro seja em algum lugar debaixo d'água:* biquíni sexy.
- *Look de encontro, caso o encontro envolva realmente nadar:* maiô feio que, pelo menos, cubra minha bunda inteira.

Dobro cuidadosamente cada um dos looks e os coloco na minha mala. Não vou levar nenhuma roupa de sexo. Principalmente porque não tenho nenhuma e não posso encaixar uma visita a uma loja sensual nas minhas despesas de trabalho.

Vou riscando itens da minha lista interna conforme coloco as peças finais na minha mala.

Escova de dentes, bolsinha de maquiagem, carregador de celular. Ok, ok, ok.

A única pessoa para quem eu contei aonde vou foi a Natalie, uma ideia estúpida, pois ela quase explodiu de empolgação no instante em que descobriu e depois continuou a me perguntar quando foi a última vez que eu "me depilei com cera". Ela então tentou sugerir para que fôssemos juntas durante nosso horário de almoço. Fingi estar sendo chamada para uma reunião e desliguei na cara dela na mesma hora.

Uma depilação conjunta? No nosso almoço? Ela ficou maluca?

Além disso, não preciso de depilação, porque isso implicaria que vou fazer sexo com Jack, o que eu não vou fazer. Definitivamente.

Embora eu tenha realmente me depilado hoje de manhã só pra garantir, caso a gente vá nadar. Só por causa disso. Não quero que ele me confunda com uma morsa empoleirada em uma pedra quando eu estiver mostrando a ele minha melhor Ariel.

Meu celular apita e meus olhos disparam para ele.

Oi, marquei uma coisa pra hoje, às 3h da tarde. Me encontre no píer. Bj. Jack

Meu estômago revira.

Meu Deus, ele marcou alguma coisa pra hoje! Nosso encontro vai ser hoje! Olho a hora. Certo. Preciso sair do meu apartamento em meia hora para pegar o trem das 12h30. Se eu sair um pouquinho mais tarde do que isso, vou ter que fazer minha maquiagem de encontro no trem.

Fecho minha mala quando Tina aparece na minha porta. Olho e depois olho de novo. Tina é legal o suficiente, mas não posso dizer que somos amigas. Ela certamente nunca se detém para conversar. A menos que ela esteja a fim de uma discussão passivo-agressiva sobre a quantidade correta de detergente para lavar uma panela.

(A resposta é o oposto do que eu faço. Aparentemente.)

— Você está bem? — pergunto, enfiando os cotovelos na mala, na tentativa de fechá-la.

Vamos. Fecha, sua mala idiota. Você tem que fechar. Passei mais de uma hora planejando todos os detalhes desses looks. Não posso deixar uma única meia de fora. Eu me recuso.

— Você vai viajar? — Tina pergunta com um tom superior.

Olho para cima e noto seus cabelos, presos em cima de sua cabeça com um grande laço.

O que ela está vestindo? Ela parece uma criança de seis anos.

— Sim — eu resmungo —, só por uma noite. É para o trabalho. Volto amanhã.

Tina faz que sim, um olhar de satisfação varrendo seu rosto.

— Por quê? — acrescento.

Tina pega o celular e se encosta na moldura da porta.

— Por nada — ela diz. — Acho que vou trazer uns amigos pra cá, então. Se você vai sair.

Minha cabeça se levanta.

Tina já trouxe "uns amigos" antes, logo depois que nos mudamos. Fingi estar totalmente relaxada quanto a essa ideia e passei a noite com Amy, e tudo estava indo muito bem. Até eu voltar e descobrir que uma de suas amigas tinha usado meu sutiã como estilingue para os balões cheios de tequila. Quando mencionei isso para Tina, ela disse que não poderiam ter usado o sutiã dela porque ela não tinha seios grandes o suficiente e eu deveria aceitar isso como um elogio.

— Err, Tina — digo, levantando o corpo da mala cheia.

Os olhos fortemente maquiados de Tina se desviam para mim.

— Sim?

— Você não vai dar uma festa, vai? — questiono, tentando o meu melhor para parecer distante e imperturbável.

Tina sorri para o celular.

— Não — ela diz —, apenas uma reunião. Apenas alguns amigos.

Abro a boca para responder, mas Tina se afasta para a cozinha. Eu me jogo de volta na minha mala e a abro com força.

Ótimo. Então, além de me arrumar para os poucos dias mais estressantes da minha vida, agora tenho que passar a próxima hora escondendo todos os meus sutiãs da Tina.

E calcinhas. Eu definitivamente não quero que nenhuma de suas amigas ponha as mãos em nenhuma das minhas calcinhas.

CAPÍTULO VINTE

11 DE NOVEMBRO

LISTA DE TAREFAS (EDIÇÃO PÔNEI SHETLAND, DE SALLY):

- Encontrar Jesus (*O QUÊ? E o que isso significa!?*)
- Demonstrar movimento/velocidade de caminhada exigidos do pônei (*Absolutamente não*)
- Perguntar se Jesus tem necessidades alimentares (*Este é o nome do pônei? Ou do humano? Vou fazer uma peregrinação? O que está acontecendo?*)
- Explicar a programação do casamento
- Perguntar se existem pôneis Shetland maiores para as madrinhas mais altas (*... um cavalo. Ela quer um cavalo*)
- Monitorar Jesus – velocidade de caminhada natural para reportar à Sally (*?!*)
- Perguntar se o pônei Shetland pode sorrir quando precisar (*não*)

Respiro fundo quando o vento chicoteia meus cabelos, e uma onda de arrepios percorre a minha pele. Um grande frio de empolgação vibra na boca do meu estômago quando olho para o Brighton Pier. O mar azul-escuro está espumando suavemente, quebrando de leve ao vento, e nem uma única nuvem permanece no céu brilhante.

É muito bonito.

Mas, quero dizer, também é um puta frio. Afinal, estamos em novembro.

Olho de relance para o meu braço direito, com todos os meus pelos finos espetados para cima como folhas de grama.

Por que eu não trouxe um casaco? Eu sei que queria ficar bonita, mas certamente é mais importante estar aquecida, não é?

Ah, ótimo, agora eu pareço a minha mãe.

Eu deveria estar aquecida, considerando que passei a última hora trotando em um curral atrás de Jesus, o pônei Shetland, e seu dono, Gabriel.

Eu agito os cabelos e ordeno que meu corpo se aqueça.

Está tudo bem. Estaremos em um lugar fechado em breve. Talvez em um restaurante encantador, ou em um desses bares agradáveis. Embora pareça um pouco cedo para beber. Mas talvez Jack queira ficar muito bêbado.

Talvez ele seja alcoólatra.

Balanço a cabeça quando esse pensamento flutua através de meu cérebro.

Não, é claro que ele não é. Eu já teria notado se ele fosse.

Felizmente, fiquei bem longe de queijo na minha jornada para o sul, o que significa que meu estômago está do tamanho perfeito para o meu melhor look de encontro: blusa justinha, saia lápis, sapatos de salto bonitos, brincos grandes de argola. Meu cabelo está se comportando e até meu delineador líquido ficou obedientemente no lugar. Pela primeira vez, tudo funcionou como deveria. Realmente era para ser.

Olho para os meus seios com nervosismo.

Embora, pensando bem, acho que deveria ter usado um sutiã. Eu preciso entrar o mais rápido possível ou meus mamilos vão chamar um táxi sozinhos.

Eu olho para baixo quando meu celular ganha vida. Eu o seguro perto da orelha e ouço a voz de Jack.

— Ei, escute, fiquei preso deste lado.

Meu estômago dá um aperto.

— Certo — digo.

— Pedi um Uber pra você — ele diz —, deve estar chegando. Vou trazer você até onde eu estou, aí a gente se encontra aqui. Tudo bem?

Ele mandou um carro pra me buscar! Que romântico!

— Claro! — respondo, entusiasmada.

— Legal — Jack diz. — Vou mandar uma mensagem com os detalhes do carro para que você possa ficar de olho.

— Ótimo! — exclamo. — Te vejo daqui a pouco!

Ele desliga e eu fico olhando para o aparelho até a mensagem de texto de Jack chegar.

Não acredito que estou do lado do Brighton Pier, esperando um carro me buscar para me levar a um local secreto onde um cara planejou um encontro romântico. Parece uma daquelas coisas que a gente vê em filme. Esse tipo de coisa nunca acontece comigo!

Olho para cima quando noto um carro deslizar ao meu lado. Meus olhos examinam a placa e eu pulo na frente, me sentindo como Audrey Hepburn.

— Olá! — digo, parecendo uma tonta, afivelando o cinto de segurança.

Os olhos do motorista disparam em minha direção enquanto ele se prepara para pegar a rua de novo.

— Você está bonita — ele diz, um sorriso puxando os lados da boca.

O balão de felicidade que está se formando dentro de mim incha de emoção.

— Obrigada! — exclamo alegremente, me olhando no espelho do passageiro.

O motorista inicia a corrida e eu tento ao máximo ficar em silêncio, como uma adulta sofisticada, até que de repente não posso mais lutar contra isso.

— Eu tenho um encontro — deixo escapar empolgada. — Na verdade, foi ele que mandou esse carro vir me buscar. Ele planejou a coisa toda.

As sobrancelhas do motorista se contraem levemente.

— Um encontro?

— Sim! — confirmo. — Tudo foi uma total surpresa. Não é romântico?

O sorriso no rosto do motorista se estende ainda mais.

— Uma surpresa? — ele repete. — Bem, isso é legal da parte dele.

— Não é?

— Então — ele continua, virando o carro em outra esquina —, você não sabe para onde está indo?

— Não! — exclamo. — Não faço ideia!

Os olhos do motorista se franzem. Viro meu corpo de frente para ele.

— Espere — digo —, você sabe para onde estou indo?

— Claro que sim — o motorista responde. — Eu não seria um motorista muito bom se não soubesse para onde estava indo.

A ansiedade me acende.

— Você acha que eu vou gostar? — brinco.

— Sim — ele diz —, certamente será uma surpresa.

Pego meu celular na bolsa e rapidamente envio uma mensagem para Natalie, contando a ela sobre o carro. Talvez ele tenha planejado jantar na praia, apenas nós dois. Embora esteja congelando. Talvez ele tenha planejado jantar na praia, mas com algum tipo de tenda aquecida. Ou talvez ele tenha pegado aqueles postes com fogo, como a gente vê em todos aqueles casamentos no Pinterest!

— Ok — o motorista diz, diminuindo a velocidade —, chegamos.

Olho animada para os meus arredores, desesperada para descobrir onde estamos. Meus olhos pousam em um celeiro marrom e em um campo grande e úmido. Parece que estamos em uma fazenda.

Ah, a gente vai andar a cavalo! Eu amo cavalos! Eu não sabia que Jack cavalgava... Isso é tão romântico! Isso é tão...

Eu paro no caminho quando vejo uma placa grande e ameaçadora: O SALTO DA SUA VIDA. SALTOS EM DUPLA!

* * *

Não acredito que estou prestes a pular de um avião com uma saia lápis.

Na verdade, não. Muito pior que isso.

Eu não posso acreditar que estou prestes a saltar de um avião quando *não estou usando sutiã*.

Tenho que usar dois sutiãs quando vou correr. Dois! Agora se espera que eu me jogue no ar sem nenhum suporte! O que vai mantê-los no lugar? Vou pousar de volta no chão e encontrá-los permanentemente desalojados nas minhas axilas!

Quando finalmente consigo sair do carro, Jack me levou para dentro e me fez colocar um macacão horrendo sobre meu look de encontro perfeitamente planejado, o que, deixe-me dizer, não valoriza minha silhueta em absolutamente nada. Pareço um saco de batatas sujas.

Howie, o homem que coordena os saltos, riu da minha escolha de sapatos (eu devolvi rindo do nome "Howie" quando ele saiu da sala, mas ninguém achou muito engraçado). Ele voltou dizendo que "felizmente" Jan tinha deixado seus tênis velhos, então eu poderia usá-los. Sorte minha.

Ah, e também tive que amarrar meu cabelo, sem uma escova para pentear. Ou um espelho.

A única parte do meu look de encontro que ainda está intacto é o meu delineador líquido. O que, obviamente, desaparecerá imediatamente quando eu começar a chorar depois de ser lançada de um avião para a minha morte.

O avião raquítico mergulha um pouco, e eu agarro meu assento, em pânico.

Jack estava eletrizado com a ideia. Ele só falava em "uma grande descoberta" e "outra coisa riscada da lista". Blá-blá-blá...

Quer dizer que eu depilei as pernas por isso!

— Certo — diz Howie —, estamos quase lá.

Meu corpo é puxado e meus olhos voam para Dave, o instrutor que vai saltar comigo.

Quase tive um ataque quando percebi que faria dupla com ele. Não tenho muitas restrições em ser amarrada a um homem estranho (obviamente, tenho algumas; afinal, sou humana), mas Dave é absolutamente enorme. Ele tem cerca de quatro vezes o meu tamanho.

Howie disse que Dave é "muito experiente", mas tudo em que consigo pensar é o quanto mais rápido eu vou cair no chão com Dave amarrado às minhas costas como um bebê rinoceronte.

Olho para cima quando Jack aperta minha mão.

— Animada? — ele pergunta.

Pisco para ele.

— Você sabe que eu tenho pavor de altura? — digo sem rodeios.

Jack sorri.

— Eu também não adoro — ele admite —, mas sempre quis fazer isso. Vai ser uma experiência incrível.

Confirmo balançando a cabeça fracamente.

Maldita Amy.

Dave se levanta e gesticula. Eu imito. Sem forças, vou arrastando as pernas, sentindo-as moles como gelatina.

Meu Deus, vou vomitar. Eu certamente vou vomitar. Isso não está certo. Isso não é normal. A gente não deveria se jogar de um avião. Os humanos não foram feitos para voar, é por isso que não temos asas.

Dave me gira e eu estendo os braços como um boneco sem vida. Olho de relance para Jack, que está fazendo o mesmo com Obé, seu instrutor.

— Então, por que você está fazendo?

Pulo quando Dave fala direto no meu ouvido desavisado. Sua voz rouca dispara no meu tímpano e eu me encolho.

— Caridade? — ele investiga.

Ele quer conversa de elevador? Agora? Estou tão nervosa que mal consigo falar!

— Não — respondo com dificuldade —, é para a minha irmã. Ela escreveu uma lista de desafios para mim e eu tenho que completar.

Dave aperta uma correia em torno de nós e eu estremeço quando o cinto expulsa todo o oxigênio restante no meu corpo.

— Isso é legal — ele diz.

— Ok! — Howie se levanta e esfrega as mãos. — Qual de vocês garotos loucos quer ir primeiro?

— Jack — respondo sem pensar, antes que eu possa me deter.

Jack me dispara um olhar apreensivo e eu faço uma careta para ele.

O que ele espera? Essa foi a maldita ideia dele. Eu certamente não vou primeiro.

— Óculos de proteção — Howie acrescenta.

Relutante, coloco os óculos na cara. Eles esmagam minhas bochechas e eu tento lutar contra a imagem mental da minha aparência neste momento. Embora eu tenha uma forte sensação de que pareço um castor sofrendo um choque anafilático muito grave.

Jack e Obé avançam quando a porta do avião se abre. Uma rajada feroz de vento rodopia dentro do avião e eu cambaleio para trás. Ou tento, mas Dave me impede de ir a qualquer lugar.

Eles sentam no chão e se arrastam para a frente, até as pernas de Jack estarem saindo pela porta do avião. Jack olha de novo para mim e sorri. Retribuo com um sorriso fraco. Nada sobre isso parece natural.

— Certo! — Howie grita em meio ao vento. — Pronta? Três, dois, um.

Jack franze o rosto e Obé inclina seu peso corporal combinado para fora do avião. Um grito baixinho escapa da minha boca quando eles desaparecem.

Ai, meu Deus. Eles se foram. Eles realmente fizeram isso. Isso significa...

— Certo. — Howie se vira para mim. — Sua vez, moça.

Antes que eu possa abrir a boca para discutir, Dave move nosso corpo comum para a frente, vamos ao chão e, antes que eu saiba o que está acontecendo, minhas pernas arqueadas estão penduradas na borda do avião como dois pedaços de espaguete mole. Meu estômago despenca quando eu olho para baixo e vejo os redemoinhos de nuvens brancas fluindo através do céu como marshmallows.

Marshmallows terríveis e mortíferos.

— Pronta? — Howie grita.

— NÃO! — grito de volta, mas Howie me ignora.

— Três, dois, um!

Antes que eu possa registrar a contagem, Dave empurra seu peso corporal contra as minhas costas e eu caio para fora do avião. Minha boca aberta grita quando caímos no ar, colidindo com as nuvens. O ar gelado passa pelos meus ouvidos, e meus olhos se apertam forte e lacrimejam violentamente.

— Seus olhos estão abertos?

Estremeço quando Dave berra no meu ouvido.

Não! Ele está louco? Qual é o problema com esse cara?

— Abra! — ele grita de novo.

Não. Absolutamente não. Se eu fechar os olhos por tempo suficiente, posso fingir que isso não está acontecendo.

— Abra! — ele grita.

Lentamente, abro um olho e meu estômago revira de horror. Os tufos de nuvens brancas estão girando em torno de nós e serpenteando abaixo como fios de algodão. Explodindo entre as nuvens há lampejos de verde, e vejo os minúsculos quadrados de terra se formando abaixo de nós.

Meu estômago relaxa quando minha boca se transforma em um sorriso, e uma onda de euforia varre meu corpo. Dave puxa meus braços, que estão travados ao redor do meu peito. Eles são jogados para trás no ar e eu despenco no céu.

Ai, meu Deus. Estou saltando de paraquedas. Estou saltando de paraquedas!

De repente, Dave puxa uma corda atrás das costas e nós damos um tranco para trás quando o paraquedas sai da mochila. Meus olhos observam o mar de cores, nós dois flutuando no ar como bebês, indo em direção ao chão, tão leves quanto o ar. Balanço as pernas para a frente e para trás quando uma gargalhada dispara de dentro de mim. A descarga de adrenalina em mim é como um canhão cheio de grandes fogos de artifício que explodem e estalam ao redor do meu coração.

Nunca senti nada assim antes.

O sol brilha através das nuvens e eu aperto os olhos para protegê-los da claridade enquanto flutuamos em direção ao chão, fazendo uma curva na direção de um grande campo. Percebo uma pequena silhueta já lá, e percebo que deve ser Jack. Faço um aceno entusiasmado.

Eu caio no chão com um baque quando eu e Dave pousamos juntos. Dave nos desconecta e oscilo sobre meus pés, minhas pernas fracas tremendo. Olho para Jack, cujo rosto inteiro está mascarado pelo sorriso gigante estampado nele. Ele vem em minha direção e eu jogo meus braços em volta dele. Ele me abraça apertado, me joga no ar, e eu grito de alegria.

Nunca senti nada assim antes.

* * *

— Me dá a lista então.

Olho para Jack, meu estômago apertando quando encontro seus olhos brilhantes. Seu rosto está um pouco sombreado pela vela tremeluzente entre nós. Eu tomo outro gole de vinho tinto. Minha quinta taça.

(Quinta! É maravilhoso que eu ainda consiga falar!)

Depois que me recuperei desta tarde, Jack me levou a um encontro de verdade. Jantamos em um pequeno restaurante, escondido atrás do píer. Eu optei pelo vestido soltinho.

Enfio a mão na bolsa e puxo a lista. Ele tira uma caneta do bolso de modo triunfante e risca o salto de paraquedas. Eu rio.

— Estamos quase terminando! — ele diz. — Definitivamente vamos terminar antes do seu aniversário.

Seguro meu vinho e inclino a cabeça.

— Você sabe quando é meu aniversário?

— É 5 de dezembro — responde Jack, sem titubear.

Eu sorrio.

— Você me escuta, então.

Os olhos de Jack saltam da lista.

— Sempre — ele diz, sua boca suavizando em um sorriso.

Sustento seu olhar, o calor envolvendo o meu corpo enquanto me sinto afundar em seus olhos verdes.

— Então — ele diz, voltando os olhos lentamente para a lista disposta entre nós —, o que mais você tem que fazer?

— Bem — eu digo, olhando a lista —, fazer um bolo perfeito.

Jack ri.

— Ah, sim, como está indo esse?

Reviro os olhos.

— Nada bem. — Eu rio enquanto meus olhos examinam a lista.

— E obviamente, os dez quilômetros ainda estão na lista.

Jack faz que sim.

— O que já está planejado.

Eu sorrio.

— Sim, e depois há...

Eu paro quando meus olhos se concentram no último item restante.

— Mergulhar pelada — Jack diz um pouco depois, com a voz rouca.

Olho para cima e sinto meu coração palpitar quando Jack me lança um olhar.

Nós não podemos mergulhar pelados aqui. Podemos? Se formos fazer esse mergulho, significa que nos veremos nus. Se nos vermos nus, significa que nós...

— Estamos exatamente à beira-mar. — A voz dele interrompe meus pensamentos. — É a hora perfeita para isso.

Fico sem reação, perdida em seus olhos.

— Ok — eu me ouço dizer, minha boca seca —, vamos fazer, então.

Viro o restante do meu vinho na garganta e me levanto enquanto Jack paga a conta. Meu estômago revira e a alegria percorre meu corpo.

Eu realmente vou fazer isso? Isso não é a minha cara de jeito nenhum. Mas então, talvez isso seja uma coisa boa.

— Você está pronta?

Jack coloca a mão na minha quando saímos do restaurante. Em instantes, estamos à beira-mar. A escuridão se estende sobre a praia e apenas o estrondo das ondas me reafirma de que estamos perto da água. É quase meia-noite. Não há ninguém à vista. O álcool no meu corpo circula dentro do meu peito e nada através da minha mente, alimentando-me com uma explosão de confiança, e antes que eu possa me convencer do contrário, puxo meu vestido sobre a cabeça. Ouço Jack ao meu lado, embora não possa mais vê-lo. Ouço o tilintar do cinto e o ruído leve quando suas roupas caem no chão. Suspiro sentindo o vento gelado na minha pele nua. Jack estende a mão e pega a minha.

— Está muito frio — digo com dificuldade, tiritando os dentes.

Ele aperta minha mão.

— Eu vou te manter aquecida. — Ele me puxa para a frente. — Vamos!

Inspiro um grande volume de ar e corro atrás de Jack, nossos braços balançando juntos enquanto vamos na direção do mar. O vento gelado chicoteia minha pele e sinto como se eu pudesse virar pedra. De repente, chegamos ao mar e meus pés formigam em choque. As águas geladas quebram sobre nós e eu solto uma exclamação de susto.

— Meu Deus! — grito, o mar subindo até a minha cintura. — Que gelo!

Jack não responde, sua mão ainda firme em torno da minha.

— Estamos fazendo! — Eu dou risada. — Estamos mergulhando pelados! Estamos...

Minhas palavras finais se perdem quando as mãos de Jack agarram minha cintura e me puxam para junto dele. Sou erguida levemente sob seus braços fortes e, com meu corpo nu pressionado contra o dele, ele me beija. Tudo dentro de mim explode e eu afundo nele, meu corpo se incendiando de excitação. Com as duas mãos ainda segurando meu rosto, ele se afasta e olha para mim.

— Deus — ele suspira —, você não tem ideia de há quanto tempo eu queria fazer isso.

CAPÍTULO VINTE E UM

Meu rosto se contrai quando recupero a consciência e o cheiro almiscarado de Jack enche meu nariz. Seu braço está envolto na minha cintura, a palma da sua mão descansando na minha barriga. Lentamente, eu abro os olhos e minha cabeça entra em ação, lenta pelo vinho tinto.

Meu Deus, estou me sentindo terrível. Por que eu fui beber vinho? E não apenas vinho, mas vinho tinto. Temo pensar na aparência dos meus dentes. Instintivamente, passo a língua pelos dentes e fecho a boca com força.

Meus dentes! Como eu pude beber uma garrafa inteira de vinho tinto e não escovar os dentes? O que eu estava pensando?

Na verdade, eu não estava pensando. Não tive tempo para pensar. Eu mal tive tempo de respirar.

Jack se mexe e eu sinto a chama familiar de excitação se acender na boca do meu estômago. Meus olhos examinam o quarto de hotel e eu olho para Jack, ainda dormindo profundamente. Nós dois estamos nus. Mal chegamos ao hotel, mas quando chegamos, nós...

Bem, eu não preciso soletrar. Você sabe o resto. Dizendo isso, acho que você sabe o resto. Mas Jack... ele foi... quero dizer, ele realmente foi...

Bem, digamos que estou feliz por ter depilado com cera. Realmente estou devendo uma bebida à Natalie.

— Oi.

Olho para Jack quando sua voz sussurra ao meu lado. Sorrio para ele e observo seu rosto familiar. Ele é realmente lindo.

— Ei — sussurro de volta, inclinando meu corpo para ficar de frente para ele. Ele me puxa para mais perto e eu rio. Seus olhos se abrem, e ele acaricia meu rosto com a mão. Sorrio para ele, meu coração inflando no peito.

— Ontem à noite foi divertido — digo.

Ele sorri de volta para mim e beija meu rosto enquanto eu luto para reprimir outra risada.

— Chá? — ele pergunta, sentando-se.

— Quero — digo, esticando os braços acima da cabeça.

Não verifiquei meu celular desde ontem, então não tenho ideia de que horas são. Sinto como se, desde que cheguei a Brighton, tivesse deixado minha vida de Londres para trás. Jack liga a chaleira elétrica, e vejo sua cueca boxer com o cós baixo em seus quadris bem definidos. Eu o observo e ele me lança outro sorriso.

— Que horas é o seu trem de volta? — ele pergunta.

— Não tenho certeza — respondo. — Na verdade — estendo a mão e pego minha bolsa —, é melhor verificar que horas são agora. Não tenho nada pelo que me apressar. Poderíamos experimentar aqueles passeios no píer?

A última frase sai da minha boca ao mesmo tempo em que a empolgação me percorre.

Meu Deus, como eu adoraria fazer esse passeio. Adoro essas coisas.

— Não posso. — Jack me passa uma caneca. — Preciso voltar para Londres. Esta noite é o jantar de ensaio.

Pego a caneca com uma das mãos enquanto meu celular ganha vida com a outra.

— Ah, sim — digo —, não acredito que o casamento é esta semana.

Jack toma um gole de seu café.

— Eu sei. Ainda não escrevi a merda do meu discurso.

Eu rio enquanto meu celular vibra na minha mão. Olho para baixo e meu estômago revira.

Quinze chamadas perdidas de Tamal.

Não.

Olho para o celular boquiaberta, um pânico ardente correndo através de mim e cravando as garras na minha pele, queimando minha garganta e rasgando meus olhos. De repente, a tela se acende com outra ligação de Tamal. Meus dedos mal funcionam, mas consigo atender.

— Alô? — digo, quase sem conseguir.

— Georgia? Onde você está? Aconteceu uma coisa com a Amy. Você precisa vir para o hospital agora.

* * *

Fito Jack de olhos arregalados quando ele passa por mim, arrancando seus pertences do quarto de hotel e colocando-os na mala aberta. Meus olhos voltam ao meu relógio.

Precisamos ir embora. Deveríamos ter saído há cinco minutos. Por que ele está fazendo tudo tão devagar?

Não consegui extrair muito de Tamal, só que Amy estava no hospital. Ele disse que ela caiu da escada. Meu corpo queima de medo. Eu preciso ser forte. Estou sempre com ela. Esta é a primeira vez que algo acontece e eu não estava lá. Sinto como se tivesse deixado um órgão com a Amy; não posso funcionar sabendo que ela está no hospital sem mim. Eu deveria estar lá. Eu tenho que estar lá. Eu preciso sair de Brighton.

— Você está bem? — pergunta Jack.

— Estou — murmuro, irritação repuxando minha pele.

Jack estica a cabeça para olhar ao seu redor pelo quarto.

— Você viu o meu carregador de celular?

— Está ali. — Estico o braço bruscamente para a tomada ao lado da cama. Enquanto isso, estou religando meu celular.

Tentei ligar para Amy, mas ela não atendeu. O que parece óbvio agora. Tamal disse que ela bateu a cabeça quando caiu da escada. Ele disse que a família toda está com ela.

A família toda, exceto eu.

Jack puxa o carregador da parede e o joga na bolsa.

— Você tem certeza de que está bem? — ele pergunta.

— Ótima! — exclamo. — Minha irmã está no hospital e estou presa aqui com você, mas estou ótima.

Uma onda de calor quebra no meu rosto. Continuo olhando fixo para meu celular, como se Amy pudesse ligar a qualquer momento e me dizer que está tudo bem. Ou minha mãe, ou meu pai. Não há sinal no hospital.

— Presa? — repete Jack, erguendo os olhos de sua bolsa.

Por que ele está se movendo tão devagar?

— É! — disparo. — Eu deveria estar lá! Eu preciso chegar em casa e você está fazendo tudo tão devagar!

Jack fecha a bolsa e a joga por cima do ombro.

— Vamos então — ele diz sério.

Passo por ele, saindo do quarto, e entro no elevador do hotel.

Compramos passagens no primeiro trem que pudemos encontrar, mas ele não vai partir antes de uma hora ainda, e vai levar outra hora no trajeto até Londres. Que dirá ao hospital.

Eu deveria estar lá agora. Eu deveria estar lá desde o início. Eu estou sempre lá.

— Você sabe que o Uber acabou de chegar — Jack diz enquanto me segue até o elevador. — Eu não estava apenas sendo devagar.

Eu o ignoro e atualizo meu celular novamente. O elevador dá uma sacudida ao iniciar o movimento em direção ao térreo e meu coração se aperta e relaxa como uma bola antiestresse.

— Ela vai ficar bem. — Ouço a voz suave de Jack e sinto meu corpo recuar de raiva. — Eu sei que você está preocupada, mas ela vai ficar bem.

— Você não sabe disso — respondo com ira, meus olhos fixos no celular.

As portas do elevador se abrem e eu saio, lágrimas ameaçando o fundo dos meus olhos. Preciso chegar em casa. Eu me sinto tão longe dela. Ela está deitada no hospital e eu estou a quilômetros de distância, e para quê?

Saio cambaleando pela porta e olho sem esperança para a rua vazia que se estende em frente ao hotel. A chuva gelada de novembro fatia o céu como se fossem facas e eu olho para as ruas furiosa.

Cadê o táxi? Onde está o táxi?

— Onde está? — atiro contra Jack quando ele aparece atrás de mim. — Não está aqui. Onde está?

O rosto de Jack se contrai.

— Está chegando — ele diz calmamente.

— Você disse que já estava aqui — eu brigo, olhando para as ruas vazias.

Não posso simplesmente ficar aqui e esperar. Estive esperando a manhã toda. Não posso esperar mais. Eu preciso chegar até Amy.

— Vou andando — digo, amarga, e começo a caminhar em direção à rua principal.

Lembro-me mais ou menos de onde é. Tenho certeza de que fica nessa direção.

— Georgie — Jack me chama. — Georgie, não seja estúpida. O táxi vai chegar aqui em um minuto.

— Não posso simplesmente ficar aqui e esperar! — grito por cima do ombro.

Ouço o barulho atrás de mim e percebo que Jack me seguiu.

— Georgie — ele diz quando chega a mim. — Por favor. Esperar o táxi só vai levar mais alguns minutos.

— Eu não tenho alguns minutos! — grito, marchando pela rua e xingando meu sapato. — Eu deveria estar com ela agora. Eu não deveria estar aqui com você.

— Georgie! — Jack agarra meu braço. — Georgie, por favor.

Balanço seu braço furiosamente e passo por ele.

Finalmente, Jack para de me perseguir.

— A culpa não é minha — ele grita atrás de mim.

Suas palavras fazem meus pés se enraizarem no chão e a raiva que estava fervendo dentro de mim explode.

— É. — Eu viro meu corpo de frente para ele, meus olhos ardendo. — É sim. Se não fosse por você, eu estaria em casa agora. Eu estaria com a Amy, e se estivesse com ela, ela não teria caído.

Uma sombra perpassa o rosto de Jack e sua boca se contrai.

— Isso não está certo — ele diz. — Você não pode dizer isso.

Olho para ele, meu peito subindo e descendo enquanto o vento gelado chicoteia meu cabelo.

— Nada disso deveria ter acontecido — digo friamente. — Eu não deveria estar aqui com você.

Giro nos calcanhares e saio pisando duro pela rua, as lágrimas quentes escorrendo dos meus olhos e se derramando pelas minhas bochechas.

Eu deveria estar com a Amy. Eu sempre deveria estar com a Amy.

CAPÍTULO VINTE E DOIS

Agarro a cabeça nas mãos, minhas unhas afundando nas bochechas e partindo minha pele, a ansiedade queimando atrás dos meus olhos.

Eu deveria estar lá.

Pulo de leve quando o relógio toca orgulhosamente no console da lareira. Meus olhos secos levantam em reflexo para olhar as horas, minha cabeça latejando com o movimento repentino.

Eu deveria estar lá e não estava. Eu estava a quilômetros de distância. Na cama com alguém que eu mal conheço. Nunca faço isso, essa não sou eu.

Não deveria ter feito isso. Eu deveria estar aqui. Levei horas para voltar e, quando o consegui, meu pai me disse para esperar em casa. Sozinha.

Deixei minha cabeça cair nas mãos, a ansiedade serpenteando pelo meu corpo e apertando meus órgãos como um píton.

Sinto que mal consigo respirar.

Amy caiu. Tamal disse que ela caiu do topo da escada. Ele teve que levá-la ao hospital; ela não acordava. Ela bateu a cabeça.

Esse pensamento faz meu corpo tremer violentamente e tento lutar contra o balão de medo que está inchando dentro de mim. Então, ouço o ruído dos pneus do carro vindo na entrada da garagem. Levanto com um pulo e corro para a porta. Abro e meus olhos ficam embaçados quando vejo o carro da família parado ali. Minha mãe está afivelada no banco da frente. Seu rosto está branco como papel e parece que ela não dormiu. Meu pai sai do carro, seu rosto alegre e iluminado como sempre. Meus olhos vasculham seu rosto e meu coração dói. Papai abre o porta-malas e coloca algo perto da porta traseira do passageiro. O pânico toma conta de mim quando percebo o que é. Minhas mãos seguram a moldura da porta com medo.

É uma cadeira de rodas.

Tamal sai do carro em seguida. Seu rosto é sério, um sorriso sóbrio esticado sobre ele, puxando sua boca para um formato que nunca vi antes. Ele contorna o carro e abre a porta para Amy. Ela se curva para fora do carro e cai direto na cadeira de rodas como uma boneca de pano. Seu braço está imobilizado em uma tipoia, e noto um hematoma roxo feio manchando seu rosto.

Fico sem reação ali na porta, meu coração se partindo toda vez que meus olhos encontram outro ponto no corpo danificado de Amy. Então, de repente, meu estômago afunda vertiginosamente quando os olhos de Amy se elevam e se fixam nos meus. Seu rosto não se move, mas eu sei instantaneamente o que ela está pensando.

Eu deveria estar lá.

* * *

Amy olha para mim enquanto coloco uma caneca ao lado dela. Ela dá um sorriso fraco.

— Como você está se sentindo? — pergunto, me curvando no sofá ao lado dela, a culpa corroendo cada parte de mim.

Seus olhos voam para a caneca e estremeço quando percebo que ela não pode pegá-la.

— Aqui — digo rapidamente, entregando a caneca a ela.

Ela balança a cabeça.

— Ainda não — ela diz —, está muito quente.

— Certo.

Amy olha para a frente, os olhos vidrados e fixos na TV. Meus olhos doem quando olho para ela, impotente. Tamal saiu cerca de uma hora atrás para ir ao trabalho, e mandei uma mensagem para Sally dizendo que eu não iria hoje. Amanhã será *a grande reunião*, mas ela entendeu.

— Como você está se sentindo? — pergunto de novo.

— Onde você estava?

A voz suave de Amy me atravessa, seus olhos ainda fixos à frente. A culpa perfura meu interior com lâminas de ansiedade, e tento combater o pânico quente que rasga minha pele.

— Eu estava com Jack — respondo com dificuldade. — Nós estávamos em Brighton.

Finalmente, Amy olha para mim. Seus olhos estão vermelhos e inflamados, e seu olho esquerdo está borrado com uma mancha profunda de amarelo doentio. Estendo a mão e agarro a sua, meus dedos se curvando em torno de seus dedos frios. Amy deixa seus dedos frouxos nos meus e eu os aperto, desesperada para instilar algum calor nela.

— Você está bem? — eu pergunto.

Ela não fala, mas lentamente vejo seus olhos cinzentos se encobrirem com uma camada de lágrimas que transbordam e caem pelo rosto. Eu avanço e embalo sua cabeça no meu corpo, incapaz de combater as lágrimas que ameaçam no fundo dos meus olhos.

— Eu sinto muito — digo, abraçando-a firmemente contra o meu peito. — Eu sinto muito por não estar lá.

Amy balança a cabeça e se afasta. Afundo de volta no sofá e tento limpar meu rosto molhado.

— Não precisa — Amy diz baixinho —, fico feliz que você estivesse fora fazendo algo divertido.

— Não — contesto. — Eu não deveria. Eu deveria estar aqui, com você e...

Paro quando Amy balança a cabeça para mim.

— Sabe o que eu estava fazendo? — ela diz. — Quando eu caí?

Olho para ela, impotente.

— Eu estava prestes a encher a banheira para tomar banho — Amy continua. — Aí eu pensei: não seria bom ter um pouco de espuma? Eu sabia que mamãe tinha aquela espuma de perfume gostoso que compramos pra ela no Natal e que ela nunca usa. Então subi para procurar e, na metade do caminho, minhas pernas pararam de funcionar.

Amy já parou de chorar agora, e as palavras saem de sua boca como pedras caindo na água. Eu a observo, incapaz de falar.

— E agora — Amy ri, apontando para si mesma —, agora estou nesta situação! Estou em uma cadeira de rodas. Isso realmente aconteceu. Estou, de fato, em uma merda de cadeira de rodas...

Sua voz some.

— Você vai sair disso — sussurro. — Tamal disse que é apenas temporário.

Amy vira a cabeça bruscamente para o outro lado.

— Ninguém sabe disso — ela diz, friamente. — Eu deveria estar no trabalho hoje. Como vou dar aulas nisto aqui? — Ela dá um tapa no braço livre da cadeira de rodas, e estremeço quando o objeto se agita sob a força.

Inclino meu corpo em direção à Amy.

— Eles vão entender — eu digo —, eles sabem que você não está bem no momento. Todos querem correr por você. Eles querem ajudar com o evento e...

Amy apoia a cabeça no encosto da cadeira e torce todo o rosto.

— O evento está cancelado — diz ela, com um jeito mordaz. — Eu não quero.

— Mas, Amy, nós levantamos dinheiro... — Minha voz fica no ar.

— Eu não posso ficar vendo todas as pessoas que eu amo correr uma prova de dez quilômetros enquanto estou sentada nesta cadeira. — Suas palavras cortam através de mim e seus olhos faíscam. — Eu simplesmente não posso.

Olho para ela, meu brilho final de esperança vai desaparecendo lentamente.

— Tudo bem — consigo responder, envolvendo meus dedos com mais força em torno da mão dela. — Está cancelado.

CAPÍTULO VINTE E TRÊS

ROTINA DE CORRIDA:

04/08 1 km ✔ (Agosto não é época de começar a correr. Manchas de suor são incontroláveis.)
10/09 2 km ✔ (Na verdade, não é tão longe assim. Quem diria?)
05/10 3 km ✔ (Estou indo muito bem. Parabéns pra mim. Eu sou superior a todos. Curvem-se a mim!)
19/10 4 km ✔ (Termina bem no Burger King! Coincidência?!?!)
13/11 5 km ✔ (Cristo)

Natalie coloca um copo de papel com chá na minha frente e sorri com simpatia. Dormi na casa dos meus pais ontem à noite. Eu não pretendia. Não queria deixar Amy. Quando acordei hoje de manhã, ninguém estava em casa.

Passo a mão pelo rosto e Natalie me empresta seu pó compacto.

— Aqui — ela diz. — Sempre carrego um na minha bolsa. Caso eu me divirta demais em uma noite fora de casa.

— Obrigada — digo, abrindo-o e tentando não estremecer com o meu reflexo cinzento. — Dormi na casa dos meus pais ontem à noite. Eu queria ficar com a Amy.

— Como ela está?

— Terrível — digo honestamente. — Mas acho que ela vai ficar bem. Ela nem quer ir à corrida.

As sobrancelhas de Natalie disparam para o alto de seu rosto.

— Mas a corrida é daqui a algumas semanas, não é? Você arrecadou uma fortuna. Olhei hoje de manhã e você está com cerca de oito mil. Ela tem que estar presente, é tudo por ela.

Encolho os ombros e envolvo as mãos no chá com leite e açúcar.

— Foi o que eu disse a ela — respondo em voz baixa. — Consegui convencê-la a não cancelar completamente, mas ela diz que não vai ao evento.

Fico olhando para o meu chá, fazendo força para não chorar.

Nunca vi Amy tão derrotista. Ela nunca desistiu de nada.

— Então — Natalie diz alegremente, girando seu café com leite na mão —, existe alguma outra razão pela qual você pareça ter dormido tão pouco?

Pisco para seu rosto provocador e, para meu aborrecimento, sinto os lados da minha boca se curvarem em um sorriso. Nunca consigo ficar infeliz na frente de Natalie por muito tempo.

Natalie bate na mesa com a mão e uma enorme gargalhada escapa de sua boca.

— Eu sabia! — ela grita. — Eu super já sabia! Acho que tenho um sexto sentido. Um sexo sentido.

Torço o nariz para ela.

— Credo — digo. — Não fala isso.

— Como foi? — diz Natalie, inclinando-se para a frente. — Como aconteceu? Me conta tudo. Você o viu depois?

Dou uma titubeada.

É claro que não o vi depois. Mal conversamos na viagem de trem de volta. Ele tentou me ligar, mas não atendi. O que eu diria?

— Não — digo baixinho —, a gente brigou, na verdade.

O rosto de Natalie muda e eu, relutante, conto tudo a ela. Cada detalhe desperta um sentimento familiar de culpa quando revivo palavra por palavra horrível que lancei contra Jack. Ele só estava tentando ajudar.

— E vocês não se falaram desde então? — Natalie pergunta quando eu termino.

Balanço a cabeça, tomando um gole generoso de chá.

— Ele tentou me ligar.
— Mas você não atendeu?
— Não.

Natalie se recosta no assento, segurando o café com uma das mãos e puxando as longas tranças de cima do ombro com a outra.

— Ele vai entender — ela diz. — Ele sabe o que está acontecendo com a Amy, não sabe?

Faço um sinal afirmativo.

— Ele está me ajudando.

— Isso foi apenas um pontinho — diz Natalie. — Todo mundo briga. Ele vai entender, eu não me preocuparia.

Sorrio um pouco, e o nó na boca do meu estômago se alivia.

— Então — Natalie começa de novo —, fora isso, como foi?

Encontro os olhos animados de Natalie, e um brilho quente se espalha através de mim.

— Foi incrível — digo com sinceridade. — Foi um dos dias mais românticos da minha vida. — Olho nos olhos brilhantes dela. — Eu realmente gosto dele.

Natalie encosta a cabeça na mão e sorri.

— Eu sempre soube que você gostava dele.

* * *

Levanto os olhos quando Sally entra no escritório e para ao lado da minha mesa. Seu chanel impecável está arrumadinho perfeitamente embaixo do queixo e ela está vestida da cabeça aos pés em um terninho imaculado. *A grande apresentação* é hoje. Embora eu e Sally tenhamos muito pouca coisa a ver com isso, Bianca nos instruiu a usar "nossos trajes de aparência mais cara". Que, para mim, é meu blazer da Topshop e minha única calça sem bainhas desfiadas — certamente não é a calça que tem franjinhas de elástico brotando da minha bunda.

Eu realmente deveria jogar essa calça fora.

— Olá, Georgia — diz Sally.

— Oi, Sally — respondo, levantando meus olhos vidrados para encontrá-la. — Como você está?

— Muito bem — Sally responde. — Como está a Amy?

Eu hesito.

— Ela está bem — digo, instantes depois. — Ela caiu da escada, por isso está bastante machucada. Na verdade, ela está na cadeira de rodas.

O rosto de Sally se contrai.

— Isso é ruim — ela diz.

Eu quase quero rir da tentativa dela de ser solidária.

— É sim — comento, trazendo meus olhos de volta para a tela do meu computador.

Sally volta para a mesa e afunda na cadeira.

— Recebi muitos patrocínios — ela diz abruptamente. — Quase mil libras.

Meus olhos se levantam da minha tela e inclino meu corpo para ver Sally por cima dos monitores.

O quê? Patrocínios?

— Mil libras? — repito.

— Sim — Sally responde. — As pessoas têm sido muito generosas quando expliquei para que serve. E cinco pessoas do meu clube de corrida também se inscreveram. Todos querem conhecer a Amy.

Eu pisco para ela, tentando entender. Ela tem contado às pessoas? Ela tem angariado fundos? Eu só pensei que ela gostava de correr.

— Uau — murmuro baixinho —, isso é incrível, Sally. Mas não tenho certeza se Amy vai estar lá.

— O quê? — Sally exclama, alarmada. — Por que não?

Eu vacilo. Uma bola de tristeza pesa no meu peito quando me lembro do rosto de Amy.

— Ela não está mais se sentindo à vontade — respondo.

Sally abre a boca para argumentar, mas Bianca entra pela porta do escritório. Seu cabelo ruivo está esculpido em um impressionante rabo de cavalo e seus olhos de gato foram emoldurados com um delineador preto arrebatador. Hoje, ela está vestida com um magnífico vestido azul que envolve seu corpo esbelto e desce pelas pernas longas. Tento não me encolher quando noto seus saltos agulha, despontando por baixo do vestido.

— Georgie — ela diz enquanto seus olhos pousam em mim —, que bom, você está aqui. Preciso de você.

Ela se vira e sai do escritório, e eu me levanto e a sigo, obediente. Desisti de me preocupar com Jack contando a ela sobre nós. Ela não pode me demitir antes do casamento, pois eu sou a única que sabe como controlar as pombas.

Marchamos pelo corredor e entramos na sala dela, coberta de vários desenhos de casamento. Por que ela planejou seu casamento para o fim de semana depois da grande apresentação, eu nunca vou saber.

— Como você está? — ela pergunta, sentando em sua cadeira grande e gesticulando para eu fazer o mesmo. Afundo em uma cadeira muito menor silenciosamente.

— Bem, obrigada — digo. — E você? Como você está se sentindo a respeito deste fim de semana?

Bianca abre um arquivo e sorri.

— Estou muito bem — ela diz. — Graças a você e Sally, acho que será um dia maravilhoso.

Concordo com a cabeça, sentindo minhas bochechas apertarem de vergonha.

Talvez ela tenha esquecido os ursos.

— Então. — Ela me entrega um pedaço grande de papel. — Eu só queria repassar o mapa de assentos uma última vez antes da apresentação. Meu tio-avô acabou de pular fora. Aparentemente, ele está doente. De qualquer forma, agora preciso encontrar um novo lugar para minha tia-avó Julie, que não vai querer se sentar sozinha.

Pego uma caneta e olho para os mapas de mesas.

— Então — ela continua —, eu só quero dar uma repassada e ver se tem alguém que podemos trocar. Temos cerca de dez minutos antes de nos prepararmos; deve ser tempo suficiente.

Faço que sim mais uma vez.

— Certo.

Ela estende o próprio plano de assentos e suspira.

— Então — ela olha para o papel —, obviamente na mesa do tablado estão eu e o Jonathan; meus pais; os pais do Jonathan; o Jack e a Lulu. Todos eles têm que ficar juntos, embora Jack seja a pessoa perfeita para ficar com a tia Julie, porque ele conversa com qualquer pessoa.

— Tenho certeza de que ele não se importaria de não sentar na mesa do tablado — comento —, se você o colocar na mesa ao lado.

— Ah, não — Bianca diz —, não podemos separar Jack da Lulu. Eles precisam sentar juntos.

Sinto uma pontada de inveja.

Eu nunca ouvi falar de Lulu antes.

— Ah — eu digo, tentando manter a voz leve —, por quê? Quem é ela?

Bianca balança a caneta sobre o papel.

— Ela é a esposa do Jack.

Meu estômago afunda dentro de mim.

O quê? Ela é... o quê?

— Bianca...

Eu pulo quando Sally aparece na porta.

— ... os clientes estão lá embaixo. Eles chegaram mais cedo.

Bianca se levanta e lança à Sally um olhar significativo.

— Ótimo! — ela diz. — Pode trazê-los para cima, Sally, por favor? Georgie — ela se vira para mim —, siga-me. Vou precisar que você traga café.

Eu me levanto devagar, minhas pernas ameaçando ceder debaixo de mim, como se todos os meus ossos tivessem se dissolvido. Posso sentir meu coração estalando e estilhaçando no meu peito e liberando uma espessa gosma de pânico pelo meu corpo, transformando cada centelha de felicidade dentro de mim em gelo. Minha garganta torce enquanto luto para respirar.

A esposa dele?

Meu corpo inteiro adormece, eu sigo Bianca para fora da sala. Minha mente parece que foi transformada em uma pasta grossa e cinzenta ao tentar processar essa frase.

A esposa dele?

É por isso que ele não contou à Bianca sobre mim. É por isso que eu não sei nada sobre a vida dele. É porque ele é casado. Ele é casado.

Ele não pode ser. Ele não pode ser casado.

Ele é casado?

— Certo! — Bianca diz rapidamente enquanro empurramos as portas. — Vamos... — ela deixa a frase no ar quando entramos na sala de reuniões. Meus olhos a seguem em breve confusão, até chegar ao centro da sala e meu coração parar completamente.

Espalhados pela sala estão meus projetos. Pregados e ampliados em cartazes gigantes. Os projetos em que tenho trabalhado... em particular. Os meus projetos.

O que eles estão fazendo aqui? Como chegaram aqui?

Meus olhos estão ardendo e pulsando em pânico e tropeço de volta para a porta, desesperada em busca de apoio. Bianca caminha incisivamente até um dos cartazes, com um olhar de fúria no rosto.

— Que porra é essa? — ela grita, indignada. — Estes não são os meus projetos! Onde estão os meus? Quem colocou estes...

Suas palavras se perdem quando ela se vira abruptamente para examinar o canto de um cartaz. Meu estômago vem parar na garganta quando ela lê meu nome, gravado em tinta escura. Bianca se vira para me encarar, seus olhos como bolas de fogo.

— Você fez isso? — ela sibila entre os dentes cerrados.

— Não! — eu me atrapalho, tentando controlar a ansiedade entrando em erupção no meu corpo. — Esses projetos são meus, mas eu não...

Bianca levanta um braço no ar e, com o que parecem ser garras, arranca um cartaz. Estremeço vendo-o cair amassado no chão.

— Como você se atreve! — ela grita, suas palavras me atingindo como punhais. — Quem você pensa que é para trocar meus projetos pelos seus? Você é uma assistente!

— Eu sinto muito — digo, minha voz pesada —, sinto muito. Eu não...

A essa altura, seu cabelo vermelho flamejante está se agitando atrás dela e sua expressão é assassina. Seus dentes estão à mostra, como presas, e sua voz dispara da boca como projéteis. Meu corpo convulsiona com medo e sinto o calor abrasador das lágrimas fazendo meus olhos queimarem.

— Você acha que essas pessoas querem ver seus projetos de merda em vez dos meus? — ela berra. — Você acha que essas pessoas vieram aqui pra ver você? Você poderia nos ter feito perder nosso maior cliente... — Ela se interrompe, o peito subindo e descendo dramaticamente e os olhos lacrimejando de fúria. Seu rosto ardente está torcido com um olhar de nojo enquanto ela dá um passo em minha direção. Recuo um passo contra a parede instintivamente. Abro a boca para falar, mas todas as palavras morrem na minha garganta e fico presa ali, desamparada.

— Dê o fora daqui — ela rosna para mim. — Você está demitida, Georgia. Suma da minha frente.

CAPÍTULO VINTE E QUATRO

LISTA DA GEORGIE

1. Comer em um restaurante 5 estrelas. ✔
2. Fazer uma aula de salsa. ✔
3. Pular de paraquedas. ✔
4. Marcar um encontro pelo Tinder. ✔
5. Pedalar em um parque. ✔
6. Correr dez quilômetros.
7. Fazer um bolo perfeito.
8. Mergulhar pelada no mar. ✔
9. Tentar andar de skate. ✔
10. Mostrar seus projetos para a Bianca! ✔

Enterro minha cabeça na almofada, minha bochecha pressionada contra um canto e meu corpo pendurado no sofá como se fosse de chumbo.

Eu corri. Depois disso, eu corri. Não deixei Bianca falar, não voltei para pegar minhas coisas. Eu só corri. Eu precisava. Eu não sabia mais o que fazer.

Estou deitada há horas, cochilando e acordando, só levantando do sofá para ir ao banheiro, e até isso é uma dificuldade. Então, a cada meia hora mais ou menos, quando penso que finalmente sou capaz de enfrentar a realidade incapacitante dos eventos de hoje, uma onda de ansiedade cai sobre mim e aperta minha garganta com tanta força que mal consigo respirar.

Hoje eu fui demitida. Hoje descobri que dormi com um homem casado.

Dormi com *um homem casado*.

Ouço a porta da frente se abrir e sinto meu corpo se encolher de medo.

Urgh, Tina.

Voltei ao apartamento hoje pela primeira vez desde Brighton, e toda a sala estava cheia de latas e garrafas de cerveja meio vazias com um sutiã perdido pendurado na lâmpada falhando da cozinha.

Obviamente, não consigo alcançá-lo sozinha, e não vou arriscar me equilibrar em outra das nossas cadeiras da cozinha. Meu depósito não pode sofrer outro impacto após o fiasco da cortina do chuveiro.

Balanço um braço agitado sobre a lateral do sofá, ponho o controle remoto debaixo de dois dos meus dedos e aumento o volume de forma não convidativa.

Espero que ela entenda a mensagem e me deixe em paz.

Faço uma careta para a TV quando ouço a porta se abrir. Meus olhos se voltam para o som em irritação quando, sobressaltados, eles pousam em Amy, abrindo caminho na cadeira de rodas.

— Amy! — eu grito, me levantando e sentando tão rápido que todo o meu sangue corre para a minha cabeça.

Amy passa pela porta e faz uma careta para o chão.

— Por favor, não me diga que você bebeu tudo isso? — ela diz com nojo.

Empurro as garrafas para fora do caminho e volto a me recostar nas almofadas do sofá.

— É claro que não — digo. — O que você está fazendo aqui? Como chegou aqui?

Amy se vira para mim e estaciona a cadeira ao lado do sofá para que meu rosto fique apoiado ao lado do braço dela.

— Tamal me trouxe aqui a caminho do trabalho — ela diz. — Eu usei a chave reserva.

— Por que você está aqui?

Amy põe a mão ao lado da cadeira e pega uma Coca Zero. Ela a coloca na frente do meu rosto e eu pego.

— A Sally me ligou — Amy diz, e ouço o chiado quando a lata dela se abre.

Eu me apoio nos cotovelos.

O quê?

— A Sally? — repito, perplexa.

Amy olha para mim, bebendo sua Coca-Cola.

— É — ela diz. — Ela falou que algo aconteceu no trabalho e você saiu chorando.

— Como... — eu começo a dizer. — Como ela tem o seu número?

Amy encolhe os ombros.

— Temos trocado mensagens por causa da corrida. Ela é muito prestativa.

Eu pisco para Amy, pega de surpresa com essa notícia.

Amy tem trocado mensagens com Sally?

— Então — Amy olha para mim —, você quer falar sobre isso?

— Não — digo, agindo com infantilidade, caindo de volta no sofá, meu rosto apertando o apoio para o braço.

— Tudo bem — ela diz —, bem, eu trouxe alguns suprimentos.

Meu corpo se contrai quando ouço quatro batidas leves. Olho para o chão e noto que Amy deixou um cheesecake, uma garrafa de vinho, dois pacotes de máscara facial e pantufas gigantes. Meus olhos examinam os itens e sinto uma bola de emoção avassaladora bloquear minha garganta.

— Há alguns benefícios nesta cadeira — Amy diz, tentando aliviar o clima. — Tem ótimo espaço de armazenamento.

É o nosso pacote de cuidados. É o que eu e Amy compramos uma para a outra sempre que algo acontece. Não fazemos isso desde que Amy ficou doente.

— Obrigada — eu digo, minha voz embargada.

Deito-me de novo no sofá, e Amy move a mão para entrelaçá-la à minha. Ela aperta minha mão na dela e eu sinto o nó apertado em torno do meu estômago se soltar.

— Bianca viu meus projetos — murmuro no sofá, meu rosto queimando com a lembrança.

Amy não se mexe, seus olhos fixos na TV. Seu polegar acaricia minha mão.

— E — ela pergunta. — O que ela achou?

Meus olhos ardem quando forço as palavras para fora da minha boca.

— Ela me demitiu — declaro. — Ela detestou. Alguém os colocou na sala e ela pensou que eu estava tentando sabotá-la.

Minha cabeça lateja e meus olhos transbordam de lágrimas. Não sei como ainda posso chorar, não resta mais nada dentro de mim.

— Ah, Georgie — Amy suspira. — Isso é tão injusto. Suas criações são muito boas.

Eu balanço a cabeça, derrotada.

— Não são — digo. — Ela disse que não são.

Amy aperta mais minha mão.

— Ela é uma idiota — ela afirma ferozmente. — Todo mundo sempre diz como você é talentosa.

— Ah, é? — resmungo. — Tipo quem?

— Eu — Amy responde —, e mamãe e papai, e Tamal e Jack.

— Ele não conta — digo com amargura, a traição agarrando meu peito.

Amy olha para mim, as sobrancelhas arqueadas.

— O que você quer dizer?

Lanço um olhar para ela. Lentamente tiro meu rosto molhado do sofá e coloco a cabeça nas mãos. Meu coração dá um pulo quando tento encontrar coragem para dizer as palavras em voz alta.

— Ele é casado — digo com a voz fraca. — Ele tem uma esposa.

O queixo de Amy cai.

— Não sei o que fazer. — As palavras desabam de mim. — Não acredito que eu estava tão errada a respeito de tudo. E eu nem sequer tenho mais emprego. O que vou fazer agora? Acabei de perder os últimos seis meses da minha vida.

Meu rosto está molhado novamente, meus olhos derramando lágrimas pelas minhas bochechas. De repente, Amy torce a mão em volta do meu braço e me puxa para cima. Eu me levanto de um jeito nada gracioso.

Sempre esqueço o quanto ela é forte.

— Você não desperdiçou nada — ela diz com firmeza, seus olhos ferozes olhando nos meus. — Você conquistou coisas nos últimos meses que nunca pensou que poderia.

Amy segura meu rosto com a mão e enxuga minhas lágrimas.

— Você planejou um evento incrível — ela continua — e vai arrecadar muito dinheiro para uma causa realmente importante. Você sabe quantas pessoas serão beneficiadas? Por causa do que você está fazendo?

O torno firme de preocupação que estava apertando meu peito desaparece quando um novo sentimento serpenteia pelo meu corpo.

— E o mais importante — ela diz, sua voz suavizando —, você me ajudou. Você me manteve à tona durante os momentos mais difíceis da minha vida. Esses dois idiotas podem não ser capazes de enxergar, mas você fez algumas coisas incríveis, Georgie.

Eu descanso minha cabeça na mão de Amy, e ela sorri.

— Você também não terminou ainda — ela sorri. — Essa corrida vai ser incrível.

Amy olha nos meus olhos, e seu rosto gentil mostra uma nova onda de lágrimas que se erguem dentro de mim.

Ela inclina a cabeça para um lado.

— O que foi?

Limpo as lágrimas do meu rosto, meu corpo amassado como papel de seda com o alívio de ter Amy aqui.

— Eu só... — começo, com dificuldade. — Eu só não sei o que fazer agora. Sinto que tudo o que eu pensava que sabia foi arrancado de mim.

Levo meu olhar molhado até Amy. Ela move as mãos e as enrola nas minhas. Minhas mãos úmidas relaxam sob seu forte aperto, e seus olhos brilham para mim.

— Às vezes — ela diz devagar —, a vida te vira de cabeça para baixo e você só precisa seguir em frente. Pode parecer que você não sabe o que fazer, mas é para isso que estou aqui... — Ela move a mão de volta para o meu rosto enquanto minhas lágrimas correm. — E é isso que você faz por mim. Isso não significa que a vida acabou. Apenas descobrimos coisas novas para fazer, juntas.

Amy aperta minhas bochechas e sinto meu rosto relaxar em um sorriso enquanto descanso minha cabeça contra sua mão. A ansiedade que estava deixando meu corpo tenso começa a desaparecer.

Amy é tudo de que eu preciso. Ela sempre foi tudo de que eu preciso.

Seus olhos percorrem a sala e seu rosto se contrai em uma careta.

— Foi a Tina que fez isso, então? — ela pergunta.

Coloco a cabeça de volta no sofá e olho em volta pela sala úmida. Junto com o tapete sujo, cheio de latas e garrafas, há várias manchas escuras espalhadas pelas paredes e um balde aparentemente ameaçadoramente no canto.

— Sim — respondo.

— Por que você não volta e mora com a gente por uns dias? — diz Amy. — Eu sei que você queria sair de casa, mas só até você se recuperar?

Balanço a cabeça e me coloco de pé.

— Não — eu digo —, não posso. Preciso ficar aqui. Não posso retroceder.

Amy franze a testa.

— Mas por que isso significa retroceder? — ela pergunta. — Você está sinceramente me dizendo que prefere morar aqui — ela gesticula em direção à sala cinzenta — do que voltar para a nossa casa, só por uma questão de orgulho?

Meus olhos se voltam para ela.

— Estou — minto.

Amy levanta as sobrancelhas para mim e eu evito seu olhar.

Obviamente, quero ir para casa. É claro que prefiro morar com meus pais do que neste apartamento sujo e deteriorado. Eu odeio morar aqui. Mas se voltar a morar com meus pais sem emprego, sem relacionamento e sem renda, o que terei para mostrar no último ano da minha vida? Vai ser como se nada tivesse acontecido.

— Então — Amy diz timidamente —, se você continuar aqui, vai precisar pagar o aluguel.

— Vou.

— Como você vai fazer isso?

Tento esmagar a onda de ansiedade que contorce meu corpo.

— Vou arranjar um emprego — digo firmemente, com os olhos fixos na TV —, em um bar ou algo assim.

Com isso, Amy bufa alto.

— Certo — ela diz, pegando o controle remoto e desligando a TV —, já basta. Você vem pra casa comigo. Vou te dar um emprego.

Sem a TV para me distrair, sou obrigada a olhar para a Amy. Quase pulo ao vê-la. Suas bochechas estão coradas e seus olhos se estreitam com determinação. Seus lábios desapareceram em uma linha plana e ela está franzindo as sobrancelhas para mim.

Este é o rosto que ela costumava fazer sempre que tentava me forçar a ir para a Zumba. Eu não vejo esse rosto há séculos.

Não vejo esse rosto desde que Amy ficou doente.

— Você vai me dar um emprego? — repito.

— Sim! — Amy faz um sinal afirmativo com a cabeça ferozmente. — Georgia Miller, agora você trabalha na Miller Enterprises. Esse é um contrato de prazo predeterminado, de agora até janeiro.

Uma pequena risada faz cócegas no meu peito e o rosto de Amy brilha com satisfação.

— Não vou lavar toda a sua roupa — digo —, ou te ajudar a descascar limões ou qualquer coisa estranha que você goste de fazer.

O rosto de Amy treme de tanto rir.

— Não — ela diz, fazendo uma careta séria —, seu único trabalho será me ajudar a planejar esse evento de dez quilômetros e torná-lo um enorme sucesso. Isso incluirá alguns trabalhos de fim de semana, e você trabalhará ao lado de Amy Miller, sua parceira de negócios, como parte do Projeto Miller.

Com isso, sua boca se abre em um sorriso.

— Você aceita?

Olho para ela, um sorriso idêntico se espalhando pelo meu rosto. Nunca consigo dizer não à Amy.

— Eu aceito.

CAPÍTULO VINTE E CINCO

ROTINA DE CORRIDA:

04/08 1 km ✔ (Agosto não é época de começar a correr. Manchas de suor são incontroláveis.)
10/09 2 km ✔ (Na verdade, não é tão longe assim. Quem diria?)
05/10 3 km ✔ (Estou indo muito bem. Parabéns pra mim. Eu sou superior a todos. Curvem-se a mim!)
19/10 4 km ✔ (Termina bem no Burger King! Coincidência?!?!)
13/11 5 km ✔ (Cristo)
16/11 6 km ✔ (A vida passou diante dos olhos. Não vou aguentar muito mais. Continue sem mim, Mo.)

— Olá, Georgia!

Eu sorrio para Hamish, nosso padeiro local e proprietário da Filão, a padaria independente da região. Hamish tem uma cabeleira cor de areia e um grande bigode que adorna o rosto e balança toda vez que ele ri. Ele cuida dessa padaria desde que eu e Amy éramos pequenas.

— Como você está? — ele pergunta. — Como está a cidade grande?

— Bem — respondo, desenrolando meu cachecol do pescoço assim que sinto o calor dos doces recém-assados girar ao redor do meu rosto. — Voltei por um tempo. Eu estava aqui me perguntando se poderíamos colocar alguns panfletos na sua vitrine. — Eu seguro meu cartaz.

Hamish franze a testa e pega o cartaz da minha mão.

— O que é isso?

— Vamos realizar uma corrida patrocinada — explico —, para arrecadar dinheiro para a esclerose múltipla.

Hamish olha para cima.

— É isso que a Amy tem?

Faço um sinal afirmativo.

— É. Estamos tentando conseguir patrocinadores, doações ou o que for.

Hamish passa os olhos pelo cartaz e depois olha para mim.

— Bem, se você está procurando doações, por que não faço uma feira de pães?

Eu sorrio.

— É sério? — digo. — Isso seria incrível. Obrigada.

Hamish estufa o peito e confirma balançando a cabeça.

— O prazer é meu — ele diz. — É por uma boa causa. Deixe um monte de cartazes e folhetos, e eu os coloco na vitrine.

Eu pego alguns e os deixo no balcão.

— Muito obrigada — agradeço sinceramente.

Compro um pacote de pãezinhos com cobertura e saio para a rua tranquila, uma mudança bem-vinda.

Amy me levou para casa com ela naquela noite. No momento, tenho sete ligações perdidas de Jack, três de Natalie e uma mensagem de texto de Sally. Não consigo enfrentar nenhuma delas. Não, por enquanto.

Paro no caminho e chego à loja de conveniência e sorrio ao ver a sra. Felix, sentada atrás do balcão e fazendo as palavras cruzadas. Meu coração se enche ao vê-la. Todo mundo conhece todo mundo aqui. Foi ideia da Amy ir à vizinhança para tentar distribuir os cartazes.

— Olá, Georgia — a sra. Felix cumprimenta gentilmente. — Bom ver você.

Sorrio para ela quando fecho a porta atrás de mim.

— Olá, sra. Felix — digo. — Como a senhora está?

A sra. Felix faz um sinal afirmativo com a cabeça, coloca as palavras cruzadas sobre o balcão e se levanta.

— Ah, estou bem — diz ela. — E você, como está? Como está a Amy?

— Na verdade — digo, puxando o cartaz da minha sacola —, é por isso que estou aqui. Vamos realizar uma corrida patrocinada na no próximo mês, para arrecadar dinheiro para a Sociedade de Esclerose Múltipla. Eu queria ver se a senhora poderia pendurar alguns cartazes para divulgar.

A sra. Felix pega o cartaz da minha mão e seu rosto se abre em um sorriso.

— Ah, sim! — ela diz. — Acho que meu neto vai correr. Ele frequenta essa escola. Dê esses cartazes para mim... — Ela gesticula para as minhas mãos, apertando os pôsteres, e eu entrego mais a ela. — Claro que vou colocá-los e divulgar. Que grande causa. Você vai correr?

Confirmo balançando a cabeça.

— Vou. Acho que alguns de nós vamos.

A sra. Felix sorri.

— Que ótimo — ela diz.

Agradeço e saio da loja, sentindo um brilho de satisfação. Da última vez que verifiquei, tínhamos levantado quase quinze mil libras. Coloco os últimos cartazes na minha sacola e vou para a casa dos meus pais. Quando volto, Tamal está na sala de estar com Amy, que está aconchegada no sofá ao lado dele.

— Oi — digo, enquanto entro na sala de estar.

O rosto de Amy se ilumina quando ela me vê.

— Ei — ela diz. — Como foi?

Sento no chão, de pernas cruzadas, e sorrio.

— Muito bem — respondo. — Hamish vai fazer uma feira de pães, a sra. Felix pegou cartazes e os barbeiros e os donos das adegas disseram que contribuiriam para o sorteio.

Tamal aperta o ombro de Amy.

— Incrível! — diz ele.

— E — eu continuo — acho que estamos com cerca de quinze mil agora.

— Dezessete! — Tamal corrige.

— Acabamos de verificar — Amy sorri. — Acabamos de atingir dezessete mil libras.

Eu sorrio para eles.

Dezessete mil libras!

— Como você está se sentindo sobre a corrida em si? — Tamal brinca. — Acha que está pronta?

Amy lhe dá um tapa de brincadeira no braço.

— Claro que está! — ela diz. — Ela vai detonar.

Eu sorrio agradecida. Nesse momento, meu celular vibra no meu bolso. Pego e faço uma careta para um número desconhecido.

Quem é?

Eu saio rapidamente da sala e subo para o meu antigo quarto.

— Alô? — atendo.

— Alô? Desculpe. Esquerda! ESQUERDA! Alô? Alô?

Eu pulo quando sou bombardeada por uma saraivada de ruídos no meu ouvido. Quem diabos está do outro lado?

— Alô? — eu repito, atônita.

Talvez eu devesse simplesmente desligar. Embora pareçam bastante angustiados.

— Alô? — a mulher exclama novamente.

Ela parece maluca. Com certeza é engano.

— Georgia Miller?

Eu pulo e olho para o celular. Será que ela sabe?

— Sim? — digo desconfiada.

Quem é essa mulher louca?

— Georgia Miller! — a mulher grita. — Aqui é Penny Pamdarny.

Pisco olhando para o receptor.

Quem?

— Eu tenho os pássaros e eu... PARE! Eu disse ESQUERDA!

Quase deixo o celular cair de susto quando a voz penetrante dela assalta meu tímpano. Eu deveria apenas desligar. Mas então essa mulher sabe meu nome e número de celular. O que mais será que ela sabe? Ela sabe onde eu moro?

Ah, Deus, ela não está aqui fora, está?

Espio pela janela e examino a rua em busca de sinais de mulheres enlouquecidas.

— Eu tenho os pássaros! — ela grita no telefone.

— Desculpe — digo, tentando parecer calma —, os pássaros? Que pássaros?

— Sim! — ela berra, quase histérica. — Eu tenho os pássaros! Você pediu pássaros!

Abro a boca para responder, mas a ficha cai.

Os pássaros. As malditas aves de Bianca. É 17 de novembro. É o dia do casamento dela.

— Ah — digo firmemente —, não, eu não pedi. Desculpe.

— Você é Georgia Miller? — a mulher grita, e eu pulo de novo.

Puta merda. Ela não sabe o que é uma voz interior?

— Não — eu digo, meu rosto formigando. — Não, eu não sou. Desculpe.

— Ah... — a mulher diz. — Bem, vou tentar ligar de novo. O número que eu tenho aqui é...

Ela começa a ler o número e eu reviro os olhos.

— Esse é o meu número — digo, irritada.

Ouço uns barulhos do outro lado da linha.

— Então você é a Georgia Miller? — ela insiste com a voz aguda e acusadora.

— Sim — suspiro —, sim, eu sou.

Sim, caramba, eu sou. Parabéns pra mim.

— Certo — a mulher bufa —, preciso que você venha aqui e me ajude.

Enrugo a testa, pasma.

— Ir onde? — pergunto, estúpida.

— Aqui fora! — ela exclama. — Aqui fora! Preciso de uma ajudinha!

Aperto os olhos para a tela do celular.

— Aqui fora onde?

Eu espreito através de minhas cortinas, incerta.

— Do lado de fora da Mansão Richmond! — a mulher berra de fúria. — Em frente ao local do casamento! Eu preciso que você venha aqui e me ajude!

Hesito quando uma onda de calor invade meu pescoço.

— Eu não posso — digo sem pensar.

— O quê? — a mulher vocifera. — Eu preciso de ajuda. Não sei para onde os pássaros vão!

Eu desabo na cama.

— Eles precisam dar a volta e ir para o lado esquerdo da mansão — digo de um jeito cansado —, para longe dos cães.

— Cães! — a mulher grita. — Cães? Eu não sabia que haveria cães! Você nunca me disse que haveria cães! Esses pombos são únicos, não vou deixá-los perto de cães!

Seguro o fone longe do meu ouvido enquanto a voz dela sai estrondosamente pelo fone.

— Se você for para o lado esquerdo da mansão — digo pacientemente —, há uma área onde os pombos vão ficar seguros.

— Não vou levar esses pombos para nenhum lugar sem uma escolta! — a mulher bufa indignada. — Você me enganou, Georgia Miller. Você não me informou de nada disso. Você não preencheu nosso questionário de segurança? Você não leu nossos termos e condições? Se você não vier aqui e não me acompanhar pessoalmente, agora mesmo, eu vou te responsabilizar e assegurar que você pessoalmente...

— Tá bom! — grito ao telefone, desesperada para impedi-la de gritar por outro segundo que seja. — Tá bom! Estou indo. Fique exatamente aí.

Encerro a ligação e afasto o celular do meu ouvido quente. O local do casamento fica a cinco minutos de carro da casa dos meus pais e, se todo mundo se mantiver nos horários previstos, os convidados devem estar no meio do café da manhã de casamento. Posso dar uma passada lá, resolver as coisas com essa lunática e depois voltar para casa sem que ninguém saiba que eu estive lá.

Quero dizer, eu deveria deixá-la lá, mas ela parecia prestes a ter um ataque cardíaco se eu não a ajudasse, e não quero ter o sangue de uma louca nas minhas mãos. Quero dizer, como seriam os parentes dela?

Enfio minhas botas de camurça de volta por cima das leggings e visto meu casaco almofadado por cima de tudo. Corro de volta pelas escadas e enfio a cabeça pela porta da sala.

— Diga à mamãe que vou pegar o carro dela emprestado — digo.
— Volto em vinte minutos.

* * *

Acelero pela estradinha que conduz à mansão e tento sufocar a ansiedade que atravessa meu corpo como uma avalanche. Jack e Bianca estão naquela casa.

A raiva corrói minha pele quando o carro para e eu desligo a ignição.

Duas pessoas que se aproveitaram de mim, me usaram e me largaram. Não sei qual delas eu odeio mais.

— Georgia!

Levanto os olhos e vejo uma mulher aparentemente desvairada gritando para mim do outro lado do gramado. Ela tem grandes mechas de cabelos brancos brotando de seu couro cabeludo e está vestida da cabeça aos pés com roupas de jardinagem verde-claras.

— Olá — digo educadamente. — Penny?

Penny acena para mim agressivamente e eu faço um gesto para ela me seguir. Ao nos aproximarmos da barraca, noto quatro caixas com pombos impecáveis em seus poleiros do lado de dentro.

Uau. Elas são muito brancas.

— Certo — eu digo —, elas vão entrar por aqui.

— Longe dos cachorros?

— Longe dos cachorros — repito, me segurando para não revirar os olhos.

Meus pés esmagam a grama dura enquanto escolto Penny pelos jardins. Bianca fez com que eu e Sally visitássemos o local a cada duas semanas, para realizar várias "verificações vitais", que incluíam medir a velocidade do crescimento da grama e testar os sapatos das madrinhas sobre o cascalho.

— Certo — digo depressa quando chegamos à seção mapeada para os pombos, perfeitamente projetada e meticulosamente organizada.

Sally deve ter feito isso tudo.

— Então — eu digo —, é aqui que os pombos vão ficar, tá?
Penny fica olhando para mim.
— Aqui?
— É.
— E quando você quer que eles voem?
Eu a encaro de volta, irritação arranhando minha pele.
— Eu não sei — rosno para ela.
— Mas foi você que encomendou.
— Foi, mas o casamento não é meu! — grito, de repente incapaz de me controlar. — Olhe pra mim! — Jogo os braços para o alto, exasperada, indicando o meu corpo. — Pareço uma noiva pra você? Eu nem estou de calcinha!

Penny olha para mim como se, de repente, eu tivesse ganhado uma cabeça extra.
— Georgia?

Eu me viro e encontro Sally. Ela está vestida com um terninho impecável e segura uma prancheta, os dedos brancos.
— Ah! — digo, agitando o braço em direção à Sally. — Pronto, Penny. Sally vai poder ajudar você quanto às malditas rolas. Pombos. Seja lá como diabos isso chame.

Passo pelas duas e dou a volta no campo pisando duro, meus pés escorregando na lama grossa.
— Georgie? É você?

Meu corpo endurece em fúria quando reconheço a voz de Bianca. Eu me viro e a vejo, descendo da mansão, sozinha. Ela está usando um vestido extravagante que abraça seu corpo e se espalha em uma cauda longa. Ela está linda.
— O que você está fazendo aqui? — ela acusa. — Você não está mais convidada.

Olho de volta para ela, estupefata. De repente, uma explosão avassaladora de raiva se incendeia dentro de mim e supera o medo.
— O que eu estou fazendo aqui? — repito, minha voz cheia de fúria. — Estou aqui porque seu casamento precisava da minha ajuda. Mesmo depois de tudo o que você me fez passar, eu ainda assim vim aqui para ajudar, porque eu sou uma boa pessoa. E não é só isso, sou

uma ótima integrante da equipe. E você sabe o que mais? Eu sou uma ótima *designer*. Beleza? Eu sei que você não acredita que não fui eu que coloquei meus projetos lá, mas você não pode negar que sou boa pra caramba. Então não se preocupe... — Lanço um olhar de nojo enquanto passo por ela. — Eu não vou ficar.

Saio incisivamente pelo campo, meus ouvidos latejando e a raiva palpitando nas minhas veias. Acelero o ritmo quando ouço a voz que menos queria ouvir, me perseguindo pelo campo.

— Georgie!

O mais rápido que consigo, corro em direção ao meu carro. Mas não sou páreo para ele com minhas botas de camurça escorregadias, e ele chega primeiro. Eu quase me encolho quando encontro seus olhos. Ele está estrondoso.

— Por que você está gritando com a minha irmã no dia do casamento dela? — ele grita, me impedindo de entrar no meu carro. — Qual o seu problema?

Eu passo por ele em direção ao meu carro.

— Anda — brigo. — Sai da minha frente.

— Não! — Jack grita, agarrando minhas mãos. — O que você tem?

Meus olhos se voltam bruscamente para o rosto dele e eu afasto meus braços dos dele. A raiva ondula pelo meu corpo e troveja em volta do meu peito. Quando olho nos olhos dele, meu coração começa a palpitar de dor.

— Você é casado! — grito, cambaleando para trás. Para o meu temor, as lágrimas que estavam se acumulando nos meus olhos transbordam e eu as enxugo furiosamente. — Eu sei que você é casado!

Jack olha para mim, seu rosto desamparado.

— A Bianca me contou — afirmo com raiva. — Eu sei sobre a Lulu. Você é casado, Jack, porra. Tudo o que você fez desde o início foi mentir pra mim. Agora saia do meu caminho.

Tento passar por ele para abrir a porta do carro, mas Jack agarra meu braço e me gira de volta. Puxo meu braço furiosamente.

— Eu não sou casado — ele diz baixinho.

— Não minta pra mim! — berro, jogando meus braços no ar. — A Bianca me disse! Com a Lulu! Você é casado com a Lulu!

— Não. — A voz intensa de Jack me atravessa. — Você está errada. Eu e a Lulu éramos casados. A gente se separou há cerca de seis meses. — Seus olhos se fixam nos meus. — A gente não quis contar para a Bianca. Lulu é a melhor amiga da Bianca, então não quisemos estragar o casamento dela. Eu não sou casado, Georgie — ele diz sinceramente. — Eu não sou.

Olho de volta para ele. O vento se intensifica soprando meus cabelos e, por um momento, apenas nos encaramos.

— Você não é casado? — repito com dificuldade.

Os olhos de Jack encontraram os meus.

— Não.

A raiva no meu corpo é substituída por uma bola de emoção que ricocheteia no meu corpo e se acumula no fundo dos meus olhos. Tento piscar para segurar as lágrimas.

— Eu acreditei que você era — digo, as palavras caindo da minha boca.

Jack pega meu braço.

— Eu não sou.

— Essa não é a questão. — Eu o empurro do meu caminho. — Acreditei que você era casado — repito. — Acreditei que você era. Acreditei que você pudesse ser o cara. Eu não... — Respiro fundo na tentativa de controlar minha voz trêmula. — Não sei nada sobre você. — Olho nos olhos dele, minha visão embaçada por uma névoa de lágrimas grossas. — Eu não posso mais te ver.

Jack dá um passo mais para perto de mim.

— Georgie — ele diz. — Vamos conversar.

— Desde o começo — grito, perdendo rapidamente o poder de controle sobre meus pensamentos —, eu não sabia nada sobre você e você sabia muito sobre mim. Você leu meu diário! — grito, jogando meus braços no ar.

— Eu não li — Jack diz com firmeza.

— Você o abriu! — retruco. — Você leu a minha lista!

— Você está chateada — ele diz. — Eu entendo, mas...

— Não! — grito, incapaz de controlar a raiva que se incendeia dentro de mim. — Você não entende! Você é casado, Jack! E a Bianca me demitiu por algo que eu não fiz! A Amy está doente e não há nada que eu possa fazer para ajudá-la. Você não entende nada. Você nunca entendeu.

Jack olha para mim, sem palavras.

— A Bianca... — ele diz. — A Bianca demitiu você? Por quê?

Corro meus olhos furiosos pelo corpo dele.

— Ela viu minhas criações — digo com a voz firme. — Alguém as colocou na sala. Ela pensou que eu estava tentando puxar o tapete dela.

O rosto de Jack se fecha e ele passa os dedos pelos cabelos.

— Sinto muito — ele diz com a voz fraca. — Eu queria que a Bianca visse o que você tinha feito. Eu ia contar a ela, mas fui chamado e eu...

Ele não consegue terminar e eu o encaro, meu coração batendo forte.

Foi ele? Ele colocou meus projetos lá? Armou pra mim?

Jack abre a boca para falar, mas nenhuma palavra sai. Eu o encaro, meu peito doendo com a pressão.

— Georgie — ele fala depois de alguns instantes —, eu sinto muito. Vou dar um jeito de contornar. Eu vou...

— Não importa — eu o interrompo friamente. — Tenho que ir — continuo, virando-me para o meu carro. — Aproveite o casamento.

CAPÍTULO VINTE E SEIS

— E respire fundo. Inspirando pelo nariz, expirando pela boca.

Inspiro profundamente, o cheiro úmido de mulheres suadas enchendo minhas narinas e rodopiando no fundo da minha garganta.

Eca. Por que não há janelas?

— Inspirando pelo nariz, expirando pela boca.

Após quatro dias de planejamento constante e de ficar acordada com Amy até tarde, esta manhã eu pensei em me dar um agrado e me permitir dormir até as 10h30. Um sonho.

Infelizmente, não lembrei que minha mãe estava de folga hoje, e ela entrou no meu quarto às 8h30 com tudo, horrorizada com a ideia de eu ficar deitada na cama o dia todo, "desperdiçando minha vida".

Logo depois, ela me tirou da cama e me arrastou para sua aula de ioga, insistindo que tudo o que eu preciso fazer é clarear a mente. Depois disso, vou me sentir melhor. Então, agora, estou apoiada na última fileira de um salão de esportes suado, usando toda a força do meu corpo para respirar, seguindo as orientações da instrutora, o que é muito difícil. Sinto que vou desmaiar. Certamente ela está fazendo isso do jeito errado. Não se pode esperar que alguém respire desse jeito.

A corrida agora está a menos de duas semanas. Não tenho tempo para me agachar em um salão e inflar o ar como um balão vazio. Eu deveria estar correndo. Tentei explicar isso para minha mãe, mas ela me jogou no carro antes que eu tivesse a chance de me esconder embaixo da cama, e aqui estou eu.

— E agora — a instrutora continua —, quero que você incline o corpo para a frente, na posição do leão sorridente.

Um dos meus olhos se abre.

O leão sorridente?

Meu olho aberto dispara pela sala vendo todas as mulheres inclinarem seus corpos de acordo com a instrução, como se ela tivesse dito algo completamente normal. A contragosto, eu imito.

Esta é a minha vida agora? Passar meus dias em aulas de ioga com a minha mãe e aprender a respirar corretamente?

Acho que vai ser. Agora que tenho que me mudar de volta para casa, nunca mais vou poder fugir da minha mãe e de seus intermináveis convites para que eu faça coisas que nunca quero fazer — nunca. Como arranjo de flores ou entrar para o comitê do vilarejo na posição de "secretária social". Quando perguntei o que envolvia ser secretária social, minha mãe começou a falar sobre a "maratona de tricô anual" e, antes que eu pudesse registrar o que estava acontecendo, ela começou uma aula de tricô.

Odeio a ideia de voltar a morar na casa dos meus pais. Na verdade, não é que eu não goste de viver lá. Mas é que finalmente saí de casa. Consegui um emprego sozinha, encontrei meu próprio apartamento e segui em frente com a minha vida. Eu finalmente senti que estava avançando.

Amy tentou me perguntar o que vou fazer agora, mas não sei responder. *Design* é tudo o que eu quero, é a única coisa que já soube fazer. Fiquei superanimada quando recebi a oferta para trabalhar na Lemons.

Esse pensamento incita uma pequena pontada na boca do meu estômago.

Balanço a cabeça rapidamente. Não pense nisso. Pense em outra coisa.

Eu respiro fundo.

Não acredito que fui demitida. Como é que vou conseguir um emprego com isso no meu currículo? Bem, eu não vou, suponho. Talvez eu tenha que me tornar blogueira e rezar para alguém me achar interessante o suficiente para me pagar milhares de libras para avaliar os melhores restaurantes chineses *delivery* no sul de Londres.

Eu me encolho um pouco quando sinto uma rajada de ar passando por mim.

O que é isso?

Abro os olhos sorrateiramente e, alarmada, vejo minha mãe se arrastando, embora em plena posição de leão sorridente.

Fico olhando para ela. Que diabos ela está fazendo?

Lanço um olhar para a instrutora, que não percebeu, e fecho os olhos com força, quando de repente sinto minha mãe avançando ao meu lado.

Ah, não. O que ela está fazendo?

— Querida — ela sussurra, sua voz perto do meu ouvido —, você está bem?

Eu mantenho meus olhos bem fechados.

— Estou.

— Certo — a instrutora diz com delicadeza —, agora podemos passar para o pato cantando.

O quê? O pato cantando?

Ela está inventando essas coisas! Essa não é uma posição de ioga!

Sinto minha mãe perto de mim, movendo seu corpo para a pose e, com relutância, abro os olhos para fazer o mesmo. Dou um pulo quando vejo que mamãe está olhando diretamente para mim. Fecho os olhos de novo com força e movo o corpo para imitar as outras mulheres.

— Bem — minha mãe sussurra novamente —, eu quero que você saiba que estou aqui para o que você precisar.

— Eu sei — respondo.

— Inspire pelo nariz — a instrutora repete — e expire pela boca.

Respiro fundo e sinto o ar inflar meu estômago e desenrolar meus músculos tensos.

Inspirando pelo nariz, expirando pela boca.

Inspirando pelo nariz, expirando pela boca.

Inspirando pelo nariz, expirando pela...

— Porque tudo vai dar certo no final.

Eu pulo quando mamãe se aproxima do meu ouvido.

Por que ela continua tentando falar comigo? A gente não pode conversar durante a ioga!

— Eu sei — respondo, sem mexer a boca, desejando que ela vá embora.

— E você vai encontrar outro emprego — ela continua —, eu sei que vai.

— Mhmm.

— E outro namorado — ela diz enfaticamente —, muito melhor do que aquele sujeito desagradável e casado.

Meus olhos se abrem de repente e eu viro a cabeça para encará-la. Para meu horror, as três mulheres na frente fizeram o mesmo.

Meu Deus, elas ouviram! Elas vão pensar que eu sou uma espécie de prostituta! Minha mãe acaba de confessar para uma sala cheia de estranhos que eu estava namorando um homem casado. Isso vai estar no grupo de Facebook da região em questão de minutos.

— Você falou com ele? — ela diz em um sussurro alto.

— Não — rebato. — Por favor, pare de me perguntar sobre isso.

Ouço mamãe ofegar indignada e fecho os olhos, irritação dançando de cima a baixo pelo meu corpo.

É por isso que ela estava tão desesperada para me trazer aqui. Ela queria me interrogar. Como ela sabe sobre o Jack? Eu fiz questão de nunca contar a ela sobre nenhum namorado depois que ela descobriu que eu estava namorando Jimmy Davids no ensino médio e tentou marcar um café com a mãe dele para conversar sobre "a importância do sexo seguro". Só descobri porque encontrei o folheto que ela pretendia dar à mãe do Jimmy despontando pelo canto da bolsa dela. Eu o queimei imediatamente.

— Bem, que bom — minha mãe diz em um sussurro contrito. — Você vai encontrar seu príncipe encantado.

Eu lanço um olhar para ela, mas os olhos da minha mãe agora estão fechados.

Meu Deus. Ela está prestes a começar sua conversa motivacional. Ela geralmente guarda isso para o dia de Natal.

— Ele está por aí em algum lugar — ela sussurra, querendo ajudar —, então não se preocupe.

— Não estou preocupada — asseguro, desesperada para nossa conversa terminar.

— Sem conversa, por favor! — a instrutora fala da frente. — Agora no coala empoleirado.

Sério?

Essa mulher é uma maldita fraude. Ela está inventando isso em tempo real. Eu deveria saber, porque faço isso o tempo todo.

— Bem — minha mãe recomeça —, não estou preocupada.

— Que bom.

— Se você não está preocupada, então eu não estou preocupada.

Ela está apenas falando da boca pra fora agora. Suas palavras nem mesmo fazem sentido.

— Que bom.

— Mas se você precisar falar sobre alguma coisa, sabe que estou aqui.

— Eu sei.

— Qualquer coisa.

— Eu sei.

— Qualquer coisa mesmo.

— Eu sei! — me exalto, atirando punhais com os olhos na lateral do rosto da minha mãe.

As três mulheres na frente inclinam a cabeça e nos lançam um olhar de desaprovação. Encolho-me de volta no meu coala empoleirado e faço uma cara de desculpas. Mamãe nem percebeu.

Certo, é isso. Estou revisitando a ideia de ir morar dentro do metrô. Qualquer coisa é melhor que isso, até mesmo a Bakerloo Line.

* * *

Eu me reclino no sofá, passando o Tinder na minha tela, meu dedo em ação.

Não. Não. De jeito nenhum. Não. Não. Nãozinho. Nunca.

Amy olha para cima, sentada ao lado do sofá em sua cadeira de rodas. Seu braço está finalmente livre da tipoia. Ela não voltou ao trabalho desde a queda.

— O que você está fazendo? — ela pergunta.

— Tinder — respondo, grogue, meu rosto largado nas minhas mãos.

Amy espia por cima do meu ombro.

— Você teve mais notícias do Jack?

Balanço a cabeça, meus olhos ainda colados ao celular.

— Eu bloqueei o número dele — digo, minha garganta inchando com a menção do nome dele. — Não queria que ele tentasse entrar em contato comigo.

Amy se inclina para longe de mim e pega sua caneca de café fumegante.

— Você definitivamente não o perdoaria? — ela pergunta gentilmente.

— Ele é casado, Amy.

— Sim — ela diz —, mas não de verdade. Você disse que eles estavam separados havia seis meses.

Levanto os olhos do celular.

— Eu sei — respondo, irritada —, mas essa não é a questão. Ele mentiu para mim. Ele é casado. Ele nunca deveria ter me chamado para sair se ele era casado. Isso é algo que você nunca deve fazer.

Amy inclina a cabeça e segura a caneca perto dos lábios.

— Acho que sim.

Bloqueei o número do Jack assim que voltei do casamento. Bloqueei o de Jack e depois o de Bianca. Não quero nunca que eles achem uma maneira de entrar em contato comigo. Depois do que eles fizeram, nunca mais quero ouvir falar deles.

— Só quero esquecer esse ano inteiro — digo sombriamente, fixando meus olhos nos homens que passam voando na minha tela. — Está sendo horrível.

— Sim. — Amy ri. — Bem, também não tem sido ótimo para mim, George.

Eu olho para ela.

— Eu não... — digo sem força. — Desculpe. Eu não quis...

— Georgia?

Levanto os olhos quando meu pai entra na sala de estar.

— Tem alguém aqui procurando você.

Sento rapidamente e passo os dedos pelos cabelos.

O quê?

— Tem alguém aqui me procurando? Não estou esperando ninguém! Mal estou vestida! Eu nem escovei os dentes!

Papai dá um passo para trás e eu olho, ansiosa, quando vejo Natalie. Ela está carregando uma caixa de papelão surrada e tem um pequeno sorriso estampado em seu rosto redondo.

— Natalie! — eu grito ao levantar. — Ei!

Vou até ela e passo os braços ao redor de seu pescoço. Ela me aperta da melhor forma possível, com os braços cheios de coisas.

— Oi! — Natalie sorri para mim. — Oi, Amy.

Amy levanta a mão livre.

— Oi, Natalie. Tudo bem?

Eu rapidamente afasto as revistas empilhadas no sofá e dou espaço para Natalie se sentar. Ela afunda no espaço ao meu lado e coloca a caixa no chão na frente dela.

— Gostariam de um chá, meninas? — Papai põe a cabeça no canto da sala.

— Sim, por favor — eu peço.

Natalie faz que sim e Amy recusa.

— Ainda estou tomando café — diz ela —, então são só dois.

Papai sai e eu olho de novo para Natalie, sentindo de repente uma onda de emoção quente subindo pelo fundo da minha garganta. Não vejo Natalie desde o meu último dia de trabalho.

— Eu tinha umas folgas pendentes — diz Natalie —, então pensei em vir e dar uma olhada em você. Sally mencionou que achava que você tinha voltado a passar algum tempo com a sua família.

Eu olho para ela.

— Sim — digo. — A Amy foi e me resgatou. Depois, sabe. De tudo.

Natalie cruza uma perna debaixo dela no sofá.

— O quê? — ela pergunta. — Como assim? Ninguém realmente sabe o que aconteceu. Um minuto você estava lá e, de repente, no minuto seguinte, você não estava mais. A Sally disse que você saiu chorando e algumas pessoas acharam que você tinha sido demitida.

Eu pisco para ela, meu coração batendo forte.

— Aqui estão vocês... — Papai entra, carregando duas canecas.

Pego a minha com gratidão e a seguro entre minhas mãos.

— A Bianca me demitiu — afirmo, olhando para minha caneca fumegante de chá. — Jack colocou meus projetos na reunião e ela ficou maluca... e ela também me disse que Jack é casado. — Levanto os olhos, meu rosto queimando de humilhação por ter que reviver aquele momento.

O rosto de Natalie mal se mexe.

— A Bianca sabe sobre você e o Jack? — ela pergunta.

Dou de ombros.

— Não sei e não me importo. De qualquer forma, essa empresa era horrível. Você é a única pessoa que se importava comigo. Estou feliz por ter saído.

As sobrancelhas de Natalie se erguem no topo da testa.

— Eu não teria tanta certeza — ela murmura. — Trouxe suas coisas. — Ela aponta para a caixa. — Veja isso.

Natalie vasculha e pega a folha de inscrições que estava presa na parede do escritório. Meus olhos se arregalam quando vejo que está coberta de preto e azul. Todas assinaturas de doações. Fico boquiaberta e sinto a mão de Amy apoiada no meu ombro.

— Todas essas pessoas virão para o evento — diz Natalie, inclinando-se para que ela possa ler a lista de nomes e valores —, e todos eles se comprometeram com essa quantia *on-line* também. Sally se certificou disso.

Meus olhos se erguem.

— Sally?

Natalie confirma, empurrando os óculos para o topo do nariz.

— Ah, sim — ela diz —, ela tem reunido as tropas como se estivéssemos prestes a entrar em batalha. Ela continua tentando me fazer correr, mas eu disse que vou só fazer a doação.

— Não acredito que as pessoas tenham sido tão generosas — sussurro, admirada.

— Bem — Natalie encolhe os ombros de brincadeira —, acho que você causou mais impacto nas pessoas do que imagina.

* * *

Estico um pedaço grande de papel na mesa da cozinha e olho para Amy e Tamal, sentados no lado oposto. Pego uma caneta marcadora e tiro a tampa com os dentes.

Amy estremece.

— Odeio quando você faz isso.

— Eu sei.

— Você vai quebrar os dentes um dia.

Olho para o papel e começo a rabiscar.

— Então — eu digo —, a corrida vai começar na escola. Os corredores vão precisar chegar e se registrar...

— Onde mamãe e o clube de jardinagem vão entregar os números aos participantes — Amy complementa.

— Certo — continuo, olhando para Amy —, então todos nós vamos nos reunir e fazer um aquecimento em grupo.

— Liderado por Laura — diz Amy —, minha antiga instrutora de Zumba.

— Então, para a corrida — digo, olhando de volta para o meu papel. — Vamos correr pelo campo da escola, seguir para o parque, contornar a sequência de lojas e depois voltar.

Tamal franze a testa.

— Isso dá dez quilômetros? — ele pergunta.

Eu e Amy concordamos ao mesmo tempo.

— A gente verificou — diz Amy.

— Enquanto as pessoas correm — continuo —, Hamish vai se encarregar da feira de pães e Marianna vai vender bebidas quentes. Ela é dona da nossa cafeteria local — acrescento em benefício de Tamal, vendo-o lançar um olhar confuso para Amy.

— Então — Tamal diz —, quantas pessoas você acha que teremos neste evento?

Levo a mão em direção ao meu laptop e atualizo a página de financiamento.

Nós levantamos quase vinte mil libras.

— Acho que umas quarenta — digo. — Tivemos trinta corredores inscritos.

Tamal olha pasmo para mim.

— Eles todos não tiveram que levantar cem libras cada?

Faço um sinal afirmativo tímido com a cabeça. Graças a todas as doações no trabalho, ultrapassei meu objetivo individual. Levantei quase mil libras.

— Caramba — exclama Tamal.

— Bem — digo sorrindo —, você trouxe oito pessoas do seu trabalho para correr, Tamal.

Ele inclina a cabeça de lado e sorri.

— Isso é verdade.

— Georgia!

Eu pulo com o som da voz comprimida da minha mãe. Nós três giramos a cabeça quando ela entra correndo, o cachecol batendo atrás do corpo e o rosto rosado e ansioso.

— Oi, mãe — eu digo com cautela. — Você está bem?

Mamãe puxa o assento de reserva e desaba nele.

— Tenho ótimas notícias! — ela grita.

Eu pisco de volta para ela. A ideia de boas notícias para minha mãe pode variar de sua participante preferida estar na final da competição de dança que ela assiste até uma liquidação surpresa na loja de decoração.

Ela se inclina para a frente e aperta minha mão.

— Enfim — ela diz —, você se lembra da Pamela?

Olho para ela inexpressivamente. Eu realmente espero que ela não esteja tentando me arranjar alguém. Isso não seria bem-vindo.

— Você sabe! — ela exclama, batendo no meu joelho. — A Pamela. Ela é casada com o Duncan, que ensina críquete na escola de meninos, St. Margaret's.

Faço cara de quem não sabe.

— Eu sei quem é — Amy intervém. — O que aconteceu com a Pamela?

Minha mãe olha para Amy agradecida e se vira para mim.

— Bem — ela continua —, o marido de Pamela, Duncan, joga golfe com Nigel Dunst, que trabalha na Mix FM. Sabe — ela olha para Tamal —, a estação de rádio?

Confirmo balançando a cabeça, completamente sem entender onde ela quer chegar com isso.

— De qualquer forma — minha mãe continua —, eu estava comentando com a Pamela sobre todo o excelente trabalho que você tem feito pela Amy — ela aperta minhas mãos —, e todo o trabalho de caridade, e ela achou que era uma ideia maravilhosa.

Aceno com a cabeça, minhas bochechas avermelhadas.

— E ela falou com Duncan, que falou com Nigel, e você está dentro!

Mamãe joga os braços para o ar, toda animada, e eu pisco para ela. O quê?

— Estou dentro? — repito, perplexa.

Estou dentro do quê? Da equipe de golfe deles?

Minha mãe se vira para mim.

— Eles querem que você vá lá — ela diz — e fale sobre a corrida no rádio! Eles acharam maravilhoso e adoram falar sobre a comunidade local.

Meu estômago despenca.

Eles querem que eu... o quê?

— Eles querem que eu fale no rádio? — repito com dificuldade.

Amy dá um gritinho.

Eu não posso fazer isso! Sou péssima para falar com estranhos.

— Sim! — grita minha mãe. — Não é ótimo? Eles colocaram você na quarta-feira de manhã. No programa da manhã. A Pamela diz que é o melhor horário.

Amy bate palmas.

— Georgie, isso é tão emocionante! — ela diz. — Você vai ficar famosa!

Bufo para ela, e Tamal sorri.

— Mas — eu fico olhando para os dois —, sobre o que vou falar? Eu não posso fazer isso. Eu não tenho nada pra falar.

Amy sorri para mim, seus olhos brilhando.

— Você só precisa falar sobre todas as coisas incríveis que tem feito.

CAPÍTULO VINTE E SETE

1 SEMANA ATÉ A CORRIDA

ROTINA DE CORRIDA:

04/08	1 km	✔	(Agosto não é época de começar a correr. Manchas de suor são incontroláveis.)
10/09	2 km	✔	(Na verdade, não é tão longe assim. Quem diria?)
05/10	3 km	✔	(Estou indo muito bem. Parabéns pra mim. Eu sou superior a todos. Curvem-se a mim!)
19/10	4 km	✔	(Termina bem no Burger King! Coincidência?!?!)
13/11	5 km	✔	(Cristo)
16/11	6 km	✔	(A vida passou diante dos olhos. Não vou aguentar muito mais. Continue sem mim, Mo.)
23/11	7 km	✔	(Como alguém faz isso por prazer?)

— Você tem certeza?

— Tenho.

— Porque eu não tenho, tá? Realmente não tenho certeza. Se tem alguma coisa que eu posso dizer é que estou insegura. Estou muito insegura.

Eu pisco, olhando em volta desesperadamente. Deus, o que estou fazendo aqui?

Natalie me lança um olhar pelo canto do olho.

— Pare de tagarelar — ela diz —, apenas finja que está tudo sob controle. Vai ser divertido.

Disparo um olhar para ela, dúvida incomodando o fundo do meu cérebro.

Divertido? Como isso pode ser a ideia de diversão para alguém? Não acredito que essa seja a ideia de diversão para Natalie, mas ela me sequestrou na semana passada e me forçou a comparecer, alegando que sabia que "eu não teria mais nada planejado". O que eu achei um pouco ofensivo.

— Oi.

Por que há uma espreguiçadeira no canto? O que isso está fazendo aí? É quase Natal, pelo amor de Deus, é pleno inverno.

Faço um aceno fraco para a garota sentada na recepção à nossa frente, com um sorriso frouxo no rosto. Seus braços estão decorados com algumas tatuagens serpenteando por seus cotovelos pontudos e entrando por baixo das mangas da camiseta colorida e justa. Seu cabelo púrpura está torcido em três coques sobre sua cabeça que parecem maçanetas, e seus olhos redondos foram contornados por uma espessa camada de delineador.

Natalie dá um passo à frente, passando os longos cabelos por cima do ombro.

— Oi — ela diz de modo descontraído —, eu sou a Natalie e esta é a Georgie. Estamos aqui para o encontro-relâmpago.

Ouvir as palavras ditas em voz alta me faz querer protestar alto em negação e me esconder debaixo da mesa.

Ai, não... Estamos aqui para o encontro-relâmpago. No que eu me transformei?

Pisco para a garota e tento forçar meu rosto tenso e desaprovador a relaxar. Ela abre um bloco de notas, tira a tampa de uma caneta marcadora dourada e escreve nossos nomes em dois adesivos grandes.

Olho para os adesivos com horror quando ela os tira e os entrega para nós.

Um crachá? Temos que usar crachás?

Pego o meu sem vontade e o deixo cair da ponta do meu dedo indicador.

Ótimo. Onde eu vou colocá-lo? Eu não posso colocá-lo em qualquer lugar perto dos meus seios (obviamente), mas então, onde mais? Na barriga? As pessoas podem pensar que eu sou louca e que Georgie é o nome do meu filho que ainda não nasceu. Ou eu poderia colocá-lo na testa como uma piada, que ninguém vai achar engraçada, e vou ter que justificar constantemente a noite toda até que ninguém mais queira falar comigo.

Se bem que isso possa ser uma coisa boa.

— Certo — a garota nos instrui —, então vamos começar em cinco minutos. Os meninos ficam sentados e as meninas circulam, então escolham onde vocês querem começar. Haverá um sino assim que seus seis minutos terminarem e vocês terão que seguir em frente. Vocês precisarão preencher isso aqui... — Ela nos entrega dois cartões, e Natalie os pega. — Para dizer de quem vocês gostaram. Tudo bem?

Natalie faz que sim, enlaça o braço no meu e me leva para o salão. Pateio ao lado dela como um cavalo relutante.

Depois de muita reflexão e contribuições (boa parte delas inúteis) de Amy, decidi usar jeans, botas de salto alto e minha blusa decotada de Natal que faz meus seios parecerem dois números maiores do que realmente são.

Ha ha! Feliz Natal.

Colo o crachá no meu peito, logo abaixo da clavícula direita. Mesmo com meu supersutiã, meus seios obviamente não estão nem perto da minha clavícula. Então acho que vou ficar bem.

Meus olhos vasculham o salão loucamente e eu tento avaliar todo mundo presente.

Homem barbudo, homem barbudo, homem gigante, doze anos de idade.

Aperto mais o braço de Natalie.

— Isso ainda não me parece certo — murmuro no ouvido dela.

Natalie disse que eu precisava "ir pra campo"; ela está convencida de que estou com o coração partido por causa do Jack. O que, sabe, eu não estou. Quero dizer, sim, ainda estou furiosa com ele e nunca mais quero ver a cara dele. E sim, estou mortificada por ele ser casado durante todo o tempo em que estivemos juntos. Mas de coração partido? Até parece. Não, senhora. De jeito nenhum. Absolutamente...

Meu peito se aperta quando meus olhos pousam em um homem com barba por fazer, cabelos encaracolados, olhos verdes e...

Um piercing no nariz. Jack nunca teria um *piercing* no nariz. Certa vez, ele me disse que nunca tinha entendido *piercings* faciais, o que levou a uma discussão de uma hora sobre o que as pessoas com *piercing* no nariz fazem quando espirram.

Pare com isso. Pare de pensar no Jack. Ele se foi. Ele era casado e agora se foi.

Meus olhos continuam a percorrer a sala e sinto meu corpo relaxar quando Natalie pega duas taças de vinho no bar.

Talvez esta noite seja realmente divertida. Talvez eu realmente encontre o amor da minha vida e a gente acabe tendo um casamento de seis minutos como uma grande piada e todo mundo vá falar que a gente é charmoso e original. Mas sem espreguiçadeiras. Ainda não entendo quem colocaria espreguiçadeiras em um bar.

— Ok! — exclama a garota da recepção, entrando no bar, oscilando os quadris. — Então vamos começar. Moças, escolha o seu primeiro homem.

Meu corpo encolhe de vergonha.

Escolha o seu homem? Preciso estar muito mais bêbada para lidar com isso.

Tomo um gole generoso de vinho e olho em volta enquanto os homens sentam-se em cadeiras espalhadas pelo salão. Natalie avança e eu corro atrás dela, até ficarmos cara a cara com dois homens. Olho para o cara sentado na cadeira e meu estômago revira.

Ele tem cabelos mínimos na cabeça e uma barba enorme brotando do queixo. Ele parece uma cenoura de cabeça para baixo.

— Eu estava sentada aí!

Eu pulo quando uma garota com brincos grandes bate palmas e me empurra do seu caminho.

— Desculpe — murmuro, cambaleando para trás.

Olho para Natalie, que já afundou em sua cadeira, e depois me viro para a sala. Quase todas as cadeiras agora estão cheias de garotas empolgadas, todas sentadas e prontas para começar.

Ah, que maravilha. Fiquei sem cadeira? O que eu tenho que fazer? Ficar no meio e boicotar os encontros das pessoas? Ou encorajar todos de longe, gritando insinuações constrangedoras de longe?

— Há um assento sobrando ali. — A mulher estende um braço indiferente, indicando um canto do salão, eu vou até lá o mais rápido que consigo e sento em uma cadeira cinza. Olho para o homem diante de mim. Ele largado no encosto e mascando chiclete como um camelo brincando com cuspe. Seus cabelos loiros e sujos são longos e caem sobre o rosto em cortinas finas e ele está vestindo uma camisa xadrez que se abre no peito para revelar um trecho de pele bem cuidada.

Observo seus olhos percorrerem aleatoriamente meu corpo e se demorarem no meu peito.

— Prontos? — a garota pergunta. — Seus seis minutos começam... agora!

Ela toca uma campainha e eu dou um pulinho, sentindo como se tivesse sido empurrada para dentro de algum tipo de ringue de luta de sumô.

— Oi — digo rápido, desesperada para falar antes de nos afogarmos em um silêncio insuportável —, eu sou a Georgia.

— Oi — ele responde —, eu sou o Rocko.

Eu paro, sem saber o que dizer.

Rocko? Ele acabou de dizer Rocko? O nome dele é Rocko?

Isso é... É um nome de cachorro.

Sinto meus lábios tremerem e forço minha expressão a permanecer neutra.

— Oi.

— Oi.

Rocko permanece largado em sua cadeira como uma roupa da noite anterior que foi jogada. Permaneço em pé, desconfortavelmente, como se com medo de afundar de volta na cadeira, caso eu precise fugir.

— Como você está? — eu tento.
— Bem — Rocko responde, indiferente. — Muito cansado, cara.
Faço que sim, tentando ser educada.
Ele acabou de me chamar de "cara"?
— Sério? — pergunto, tentando manter o tom leve.
— É. — Ele olha por cima do ombro e dá um suspiro alto. — Eu literalmente vim direto da academia.
Sinto meus ombros se curvarem.
Ah, que maravilha. Aqui vamos nós.
Tomo um gole do meu vinho.
— Certo — eu digo.
— Sim — ele continua, aparentemente imperturbável pela minha expressão entediada —, eu tento ir duas vezes por dia.
— Humm.
— Curto pra caramba. Acabei de terminar meu cardio, agora estou voltando para o levantamento de peso. — Ele flexiona os braços debaixo da camiseta e um sorrisinho malicioso vai tomando conta do seu rosto.
— Ah, legal — respondo.
Ele nem me perguntou como estou. Ele nem terminou o papo-furado.
— Você curte treinar? — ele pergunta, me lançando um olhar que sugere que ele duvida.
Estufo o peito, indignada.
— Curto — respondo em tom firme. — Na verdade, estou treinando para uma corrida de dez quilômetros na semana que vem.
As sobrancelhas de Rocko se contraem levemente.
— Sério?
— Sim! — digo. — E eu...
— Eu corri dez quilômetros ontem — Rocko interrompe. — Eu corro quase todos os dias, quando não estou levantando peso. Era uma parte básica do meu cardio. Sim — ele alonga os braços acima da cabeça —, agora que mudei para os pesos, não preciso correr tanto, mas acho que vou continuar. Só para manter o condicionamento físico.
Eu olho de volta para ele.

Do que é que esse sujeito está falando?

— Sério? — pergunto, sem saber o que falar.

São os seis minutos mais longos da minha vida.

— Você frequenta a academia? — Ele faz uma bola com o chiclete e estoura fazendo um barulhão.

Credo, é sério isso? Essa é a melhor pergunta que ele pode me fazer?

— Não — apenas digo, esticando o pescoço para ver como estão indo os encontros dos outros.

Aquela menina está dando risada! Isso é tão injusto. Como ela conseguiu se sentar com um cara engraçado e eu estou presa com alguém que tem a personalidade de uma colher de pau?

Forço meus olhos de volta para Rocko e, para minha surpresa, percebo que ele ainda está falando.

— ... os pesos são a parte mais difícil, para o que eu quero, mas os exercícios aeróbicos e de HIT que fiz vão me dar uma boa vantagem. Então não vou achar tão difícil. Também estou pensando em me tornar personal trainer também, talvez abrir meu próprio negócio. Ou arrumar um trampo de modelo.

Olho para ele boquiaberta, sem conseguir controlar minhas sobrancelhas, que estão rastejando em sua expressão sarcástica.

Meu Deus. Vamos lá, seis minutos. Não posso ouvir muito mais disso. Do que ele está falando? Tudo isso resultou de eu perguntar como ele estava, porra.

— Certo! — a garota grita quando a campainha toca. — Ok, pombinhos. Próximo encontro.

Sem olhar para Rocko, eu pulo de pé e corro até o cara ao lado dele. Pego rapidamente meu pedaço de papel e escrevo em letras grandes:

ROCKO: NÃO.

— Olá.

Olho para cima e meus olhos focam no cara sentado à minha frente. Ele tem pele morena, cabelo grisalho e uma barba perfeita.

Seus olhos brilhantes estão emoldurados por óculos quadrados, e ele está usando um suéter colorido de Natal.

Certo, acho que esse cara não vai à academia.

— Prontos? — a garota pergunta. — E, já!

— Oi — eu respondo. — Sou a Georgia.

— Olá, Georgia — ele diz, cordial. — Eu sou Lewis.

Sinto meu corpo relaxar um pouco. Ok, eu consegui passar pelos primeiros seis minutos, posso sobreviver a estes. Esse cara parece bastante sensato — se nada mais, teremos apenas uma conversa agradável.

— Prazer em conhecê-lo — eu sorrio. — O que você faz?

— Na verdade, sou estudante — responde Lewis, com uma dicção elegante que escorre da boca como se estivesse ensopado em creme. — Estou fazendo meu doutorado.

— Oh, uau — digo, genuinamente impressionada —, isso é incrível.

Lewis inclina a cabeça para o lado e solta duas longas risadas de cavalo.

— Ha ha. Sim, acho que sim.

Eu pisco de volta para ele.

Ah, não. Ele é estranho? Ele é estranho, não é?

— Então — eu digo algum tempo depois —, onde você estuda?

— Cambridge — ele balbucia.

— Caramba — eu pego meu vinho —, impressionante.

Estou perigosamente perto de precisar de outra bebida. Por que eles não oferecem serviço de mesa? Talvez eu escreva isso no cartão de pontuação como algum tipo de crítica construtiva.

Lewis sorri de novo.

— Sim — ele diz —, na verdade eu tenho uma bolsa de estudos.

— Ah, é? — comento.

Vamos lá, seis minutos. Vamos lá, seis minutos. Puta merda, seis minutos, vamos lá.

— É... — ele responde de novo.

Sinto meu corpo cair no espaldar da minha cadeira. Tomo outro gole do meu vinho.

— E você conseguiu uma bolsa por quê? — eu me forço a perguntar.

Ele passa as mãos pelo cabelo, um sorriso irônico rastejando em seu rosto.

— Ah, por ser talentoso — ele diz, como se fosse a coisa mais óbvia do mundo. — Você sabe, nas artes, ciências, matemática, humanidades, música, literatura...

Meu queixo cai e fico olhando para ele horrorizada enquanto ele lista cada disciplina do conhecimento já criada.

Teologia, filosofia, línguas.

O quê?

Ele deve estar mentindo. Certamente ele não é uma pessoa real. Uma pessoa real não poderia se sentar diante de um estranho e se considerar extraordinariamente talentoso em todas as disciplinas do conhecimento já inventadas.

— Tecnologia, esportes, política...

— Certo! — a menina grita novamente. — Acabou o tempo!

Eu afundo de alívio. Ah, graças a Deus por isso.

Aceno para Lewis um adeus rápido e corro para a terceira pessoa. Vamos, um desses encontros tem que ser decente.

Largo o corpo na minha terceira cadeira e quase caio de cara de susto com o homem à frente, que me olha como se não comesse há quatro semanas e eu fosse um delicioso corte de rosbife. Sua boca está ligeiramente aberta e uma linha de saliva é visível entre os lábios rachados. Seu nariz bulboso e com veias é roxo no centro de seu rosto branco como cera, e seus olhos amarelos estão arregalados, me encarando. Olho para as mãos dele, alarmada, e a primeira coisa que noto são os dedos peludos e gordos, seguidos por unhas lascadas e podres.

Ai, meu Deus.

É isso. É assim que eu vou morrer. Esse é o cara que vai me matar e me esconder embaixo do assoalho dele. Durante anos, tenho sentido um pânico mental sobre esse momento e agora tenho que suportar um encontro de seis minutos com ele. Eu vou matar a Natalie. Isto é, se ele não me matar primeiro. O que ele vai fazer. Obviamente.

Eu me sinto esvaziar no meu assento, meus olhos disparando ao redor do salão, evitando contato visual com ele a todo custo.

Ah, Deus, isso vai ser terrível. Serão os piores seis minutos da minha vida.

Meu olhar acidentalmente cruza com o dele e sinto uma pontada de culpa.

Estou sendo má? Talvez não seja terrível. Talvez seja tudo bem, ele pode ser realmente muito legal. Afinal, ele não pode evitar a aparência assustadora que tem, pode?

— Ok — a menina grita —, prontos? Já!

Talvez sejam os melhores seis minutos da noite. Isso vai me ensinar a não ser tão crítica e desaprovadora. Talvez esta seja a lição de vida que eu estava esperando.

O homem apoia os cotovelos duros na mesa e estica o pescoço para a frente.

Talvez isso seja realmente divertido e eu vá sair com uma nova perspectiva da vida.

Olho para ele, tentando ouvir atentamente enquanto espero que ele fale.

— Então — ele fala arrastando a palavra —, qual é a sua cor favorita?

Não. Eu tinha razão. Ele vai me matar.

CAPÍTULO VINTE E OITO

ROTINA DE CORRIDA:

Data	Distância		Comentário
04/08	1 km	✔	(Agosto não é época de começar a correr. Manchas de suor são incontroláveis.)
10/09	2 km	✔	(Na verdade, não é tão longe assim. Quem diria?)
05/10	3 km	✔	(Estou indo muito bem. Parabéns pra mim. Eu sou superior a todos. Curvem-se a mim!)
19/10	4 km	✔	(Termina bem no Burger King! Coincidência?!?!)
13/11	5 km	✔	(Cristo)
16/11	6 km	✔	(A vida passou diante dos olhos. Não vou aguentar muito mais. Continue sem mim, Mo.)
23/11	7 km	✔	(Como alguém faz isso por prazer?)
25/11	8 km	✔	(Arghhhhhhhhhh. Por queeeee eu tenho que correr, por quêêêêêêêêê???)

Tamborilo os dedos na mesa e cruzo as pernas, e então imediatamente as cruzo de volta para o outro lado.

Não sei como me sentar. Como alguém deve se sentar quando espera uma entrevista no rádio, quando você não tem ideia do que eles vão te perguntar?

Quero dizer, eu sei do que eles vão falar: a corrida. A não ser que estejam mentindo. Ou que tenham me confundido com outra pessoa e pensem que estou aqui para uma entrevista sobre física quântica.

Balanço a cabeça.

Isso não vai acontecer. Isso não pode acontecer.

Mas o que minha mãe disse a eles? Não confio no julgamento dela na maior parte do tempo. E se ela tiver dito a eles que eu sou uma corredora experiente e eles quiserem me pedir conselhos fitness?

Esse pensamento faz meus olhos se desviarem das minissalsichas escapando da parte superior da minha bolsa. Eu as empurro para dentro rapidamente e olho em volta.

Muito parecido com as consultas no hospital de Amy, toda a família decidiu se reunir hoje. Felizmente, fomos todos direcionados para uma sala verde assim que chegamos, e eu os escondi lá dentro e saí correndo. Não os quero perto de mim quando tenho que falar ao vivo no rádio.

Passo meus dedos pelo cabelo.

Uma corrida de dez quilômetros. Uma corrida de dez quilômetros para caridade, arrecadando dinheiro para pesquisas sobre esclerose múltipla, no sábado. Certo. Eu me lembro disso. É o que tenho a dizer. Se tudo der errado, eu vou simplesmente repetir essa frase até eles serem forçados a tocar uma música.

Minha mãe contou pra todo mundo que eu vou estar no rádio. Ela até mesmo tentou mandar uma *newsletter* de última hora para a família toda. Quando salientamos que ela nunca tinha enviado nada parecido no passado, ela retaliou dizendo que nunca teve nada que valesse a pena escrever antes. O que foi um pouco duro.

Quer dizer, e quando eu ganhei o concurso de beber gin na universidade? Isso foi bem importante.

— Georgia Miller?

Estremeço sobressaltada e meus olhos se erguem e encontram Lenny Hilroy, meu namorado do ensino médio.

— Lenny! — grito, me levantando com um salto. — Oi!

Seu cabelo antes crespo se transformou em um cabelo loiro ondulado arrebatador, e seus dentes voltaram à sua posição torta original.

O peso em volta do seu rosto caiu para a barriga, que se estica contra um suéter de lã de Natal, e uma barba emaranhada que brota do queixo o mascara. Não o vejo há uns oito anos.

— Oi — ele responde de volta. — Como você está se sentindo?

— Então, bem — eu digo, um pouco confusa. — Você trabalha aqui? — acrescento.

— Sim! — Lenny responde. — Sou um dos programadores. Trabalho com o Nigel. Estamos quase prontos para você — ele adiciona, levantando a manga para verificar o relógio. — Você quer me seguir?

Avanço com um solavanco.

— Claro — murmuro, meu estômago agitado com o nervosismo. Sigo Lenny por um corredor escuro, arrastando os pés como se fossem feitos de chumbo.

Não acredito que estou prestes a ser entrevistada no rádio quando nem consigo atender chamadas de números desconhecidos.

— Como está a Amy? — Lenny pergunta, enquanto passamos por um conjunto de portas duplas. — Acho incrível — ele acrescenta — o que vocês estão fazendo por caridade.

Sinto minhas bochechas ficarem vermelhas.

— Ela está bem — respondo. — Estamos todos focados na corrida.

Lenny faz que sim.

— É este fim de semana, certo?

— Sim — respondo —, no sábado.

Lenny para de andar e eu olho ao redor quando chegamos a um estúdio de vidro, cheio de computadores e equipamentos grandes, com cordões dourados e prateados pendurados no teto. Greg, o apresentador da rádio, está inclinado sobre o microfone, conversando alegremente, e outra mulher está sentada ao lado dele, teclando sem parar no computador e sorrindo.

— Bem, vamos torcer para conseguirmos mais apoio hoje — ele diz, pegando uma prancheta e passando os olhos sobre ela rapidamente. — É uma ótima causa.

— Obrigada — digo, meu coração se enchendo de orgulho. — Eu também acho.

* * *

— Uma última vez, Georgia — Greg diz ao microfone. — Lembre-nos dos detalhes para sábado.

Sorrio e inclino meu corpo em direção ao microfone.

— A Corrida Miller — digo devagar — será neste sábado, no dia primeiro de dezembro. A corrida começa à uma da tarde e vamos ter um sorteio, bebidas quentes, uma feira de pães, e muitas coisas divertidas para arrecadar dinheiro para a Sociedade de Esclerose Múltipla.

— Grande causa — responde Greg. — Vocês ouviram aqui, pessoal. Espero ver muitos de vocês lá no sábado. Agora, na sequência, vamos conferir as notícias, mas, antes disso, aqui está um James Blunt para vocês.

Greg clica em um botão, e meu corpo afunda de alívio.

Eu consegui. Acabou. Respiro fundo e sinto meu nervosismo lentamente evaporando.

Não acredito que acabei de participar de uma entrevista de rádio ao vivo.

— Isso foi ótimo — diz Greg, levantando-se. — Você tem um talento nato. — Ele estende a mão para eu apertar. — Boa sorte com a corrida no sábado.

— Obrigada — digo ao me levantar —, muito obrigada.

— Georgia! — Eu me viro e vejo Lenny esticando a cabeça pela porta do estúdio. — Podemos pegar você emprestada? Temos uma ideia.

Aperto a mão de Greg e sigo Lenny para fora do estúdio e de volta ao corredor azul, meu ritmo cardíaco lentamente retornando à velocidade normal. Lenny fecha a porta atrás de mim e se encosta na parede.

— Então — ele diz —, o que você achou?

Sorrio e tomo um gole da minha água, tentando desesperadamente adicionar um pouco de umidade à minha boca seca.

— Tudo bem — digo sinceramente —, gostei de verdade. O que eu não estava esperando.

Lenny faz um sinal afirmativo com a cabeça.

— Você foi demais — ele diz. — Tivemos muitas atividades nas mídias sociais enquanto você estava sendo entrevistada. Pessoas querendo se envolver.

— Isso é ótimo! — exclamo.

Lenny sorri.

— Estávamos pensando — ele diz —, que tal irmos lá e fazermos a cobertura da corrida? Poderíamos incentivar as pessoas a doar enquanto a corrida está acontecendo, criar um burburinho. O que você acha?

Fico olhando para ele, meus olhos se expandindo até o tamanho de pratos.

Eles querem fazer a cobertura da corrida?

— Sério? — suspiro, surpresa. — Lenny, isso seria incrível. Muito obrigada.

Lenny me dá um tapa no ombro e sorri.

— Você tem a comunidade te dando cobertura nessa ação — ele diz. — Gostaríamos muito de nos envolver.

* * *

Deslizo meu pé no tênis e puxo os cadarços com força.

— Você foi tão brilhante! — mamãe gorjeia, fazendo uma dancinha animada. — Estávamos todos ouvindo, não estávamos?

— Ah, sim! — Meu pai diz alegremente. — Assim como todo mundo do clube de golfe.

— E todo mundo da ioga!

— E eu acho que o tio Jim gravou.

— Nós podemos tocar no Natal!

Eu rio, incapaz de combater a atmosfera alegre que circula pela sala. A entrevista correu bem, muito bem. Todo mundo lá estava muito entusiasmado e desesperado para falar sobre a corrida. Também recebi muitas mensagens — de pessoas com quem eu frequentava a escola, que deviam estar ouvindo — e que prometeram aparecer no sábado. Todo mundo quer ajudar Amy de alguma forma. Todo mundo se lembra dela.

Olho para Amy, que está sorrindo para mim da cadeira de rodas. Seu rosto está iluminado e os vincos que antes eram desenhados ao redor dos olhos desapareceram. Suas bochechas estão rosadas e seu rosto todo brilha como se tivesse sido polvilhado com açúcar. Eu sorrio de volta para ela. Ela se parece com a antiga Amy. A Amy positiva. A Amy feliz. Amarro meu outro tênis e me levanto.

— Ah — Tamal diz, rapidamente se levantando —, antes de você sair para correr, Georgie. Temos uma surpresa para você.

Amy sorri para Tamal enquanto ele sai de lado da sala de estar. Eu espero, a curiosidade girando através de mim.

Uma surpresa?

— Ah! — minha mãe fala, toda animada. — Claro!

Olho para ela, e então Tamal reaparece na porta carregando uma enorme caixa marrom, que ele joga no chão com um baque. Olho para baixo, Tamal e Amy sorrindo um para o outro. Tamal se abaixa e enfia o braço na caixa.

Uma surpresa para mim? O que é?

Tem um cachorrinho nessa caixa?

Tamal se endireita e estende uma camiseta branca que se desdobra para revelar as palavras:

CORRIDA MILLER
01.12.18
ARRECADANDO DINHEIRO
PARA A SOCIEDADE DE ESCLEROSE MÚLTIPLA

Meu estômago revira enquanto leio as palavras, de novo e de novo.

— Não é divertido? — exclama minha mãe. — Amy e Tamal mandaram fazer essas camisetas!

Eu ando em frente e pego a camiseta. As palavras estão entrelaçadas com a minha arte, que passa por trás das palavras e atravessa o corpo da camiseta. Meus olhos cravam nos desenhos e meu coração se enche de orgulho.

É a minha arte! Meu projeto de *design* em uma camiseta!

— Gostou? — pergunta Amy.

— Adorei! — grito, afastando os olhos com relutância da camiseta. — É incrível!

Tamal se senta e ri.

— Já fizemos umas trinta — diz Amy, estendendo a mão para alcançar a de Tamal. — Você acha que vai ser suficiente?

Devolvo a camiseta na caixa e sorrio.

— Acho — respondo alegremente. — Tenho certeza de que vai ser.

* * *

— Georgia, tenha cuidado.

— Eu estou tendo cuidado.

— Cuidado com a embreagem!

O carro dá um tranco para a frente e eu viro a cabeça bruscamente para fulminar Amy com meu olhar.

— Amy — digo com firmeza —, eu dirijo há oito anos. Você não precisa me dar instruções. Sou uma ótima motorista.

Amy relaxa o corpo de volta no assento e revira os olhos.

— Com exceção daquela vez que você atropelou uma senhorinha.

Olho feio para ela e viro a chave na ignição mais uma vez.

Não atropelei uma senhorinha. Simplesmente não vi a faixa de pedestre — e ela teve que, por muito pouco, dar um pulinho para sair do caminho e esbarrou em um arbusto.

Ela ficou excelente depois. Meu carro continuou excelente. Todo mundo continuou superexcelente.

O carro volta à vida e seguimos em direção aos portões da escola. Pela primeira vez em anos, acordamos esta manhã com uma camada de neve fresca cobrindo as ruas. Todo mundo ficou animado e começou a pular pelo jardim como duendes felizes. Participei por cerca de quatro minutos até escorregar em um caracol congelado e cair na lixeira de recicláveis.

Eu, Amy e Tamal ficamos acordados até tarde ontem à noite e traçamos a rota da corrida, enquanto papai fazia a sinalização. E agora, no minúsculo Fiat, eu e Amy estamos andando pela escola para mapear tudo.

— Certo — digo, puxando o freio de mão —, esta é a marca de um quilômetro.

Amy confirma balançando a cabeça e segura uma lanterna. Ela ilumina pela janela do carro e eu chuto a porta com um ruído surdo. Tivemos que esperar todas as crianças irem embora antes que pudéssemos começar, então agora está quase preto como breu aqui fora. O ar gelado me atravessa quando pego o primeiro sinal de Amy e o finco no chão.

— Você pode passar o martelo, por favor? — pergunto, firmando a placa com meu peso corporal e estendendo um braço em direção ao carro.

Amy a empurra na minha direção, os olhos colados na tela do celular. Pego o martelo bruscamente.

— Obrigada — respondo, ríspida, batendo o martelo na plaquinha. A placa rompe a terra gelada e eu dou uma pancada final antes de voltar para o carro.

— Certo — eu digo, batendo a porta. — Agora, onde?

Amy não responde e eu a encaro.

— Amy? — repito, irritada.

— O quê?

— Você deveria estar me dizendo para onde ir! — explico. — Onde agora?

Amy não levanta os olhos do celular, mas lança o braço em um gesto vago.

— Pra lá — ela diz, sem contribuir.

Dou partida no carro e sigo em frente, a irritação agora tomando conta de mim. Por que ela está dificultando tanto?

O carro atravessa devagar o campo da escola, deslizando sob a neve mole. Minhas mãos seguram o volante e estreito os olhos na tentativa de enxergar na escuridão.

— Aqui? — pergunto.

Amy me ignora e eu mordo a língua.

— Certo! — digo, contrariada. — Então vai ser aqui. Pode me passar a placa, por favor?

Giro meu corpo de frente para Amy, seus olhos indiferentes percorrendo o feed do Facebook. Ela não responde.

— Amy? — insisto.

— Está aqui! — ela grita. — Está debaixo do meu pé. Você consegue alcançar.

Eu a encaro, a raiva fervendo sob a minha pele.

— Tudo bem — digo com firmeza, arrancando a placa de debaixo dos pés dela e chutando meu caminho para fora do carro.

Duas já foram, faltam só mais sete malditas placas.

Espeto a segunda na terra congelada e a golpeio no lugar com o martelo, o raio da luz da lanterna de Amy pairando frouxamente no ar. Uma vez que a placa está firme, pulo de volta para o carro.

— Sabe de uma coisa? — murmuro, empurrando a chave de volta na ignição. — Se você não quisesse vir, poderia ter ficado em casa.

— Ah, sim — Amy diz com ar irônico. — Como eu sempre faço.

O carro dá partida com outro solavanco e começa a andar sobre a neve. Meus olhos se voltam para Amy.

— O que foi?

Amy inclina o corpo para o outro lado e eu volto minha atenção para o campo, agora envolto em um cobertor de escuridão. As luzes dos faróis são engolidas pelo céu noturno à medida que o carro crepita sobre o campo, deixando um rastro sinuoso de gelo para trás.

Olho para o mapa e diminuo a velocidade do carro.

— Tudo bem — digo, tentando parecer mais otimista —, aqui?

Puxo o freio de mão e olho para Amy. Mais uma vez, ela não me responde.

— Aqui? — continuo, uma onda de raiva crescendo dentro de mim.

— Não sei — Amy diz —, e não estou nem aí.

Olho feio para ela, meus ouvidos zunindo de frustração.

— Qual é o seu problema? — grito. — Por que você está sendo tão difícil?

Amy solta uma risada seca enquanto atualiza a página no celular.

— Ah, sim — ela diz friamente —, eu sempre sou difícil. Desculpe por ser tão difícil. Você não vai ter que lidar comigo por muito mais tempo.

Olho para ela, sem entender nada.

— O quê?

— Está quase acabando! — Amy grita, finalmente levantando os olhos para encontrar os meus. — O que eu vou fazer comigo? Não posso trabalhar. Não posso fazer nada!

As últimas palavras saem de sua boca e ela olha de volta para o celular na defensiva.

Sinto uma grossa bola de emoção inchando no fundo da minha garganta.

— Fala sério — digo com voz fraca. — Não faltam muitos mais agora.

CAPÍTULO VINTE E NOVE

ROTINA DE CORRIDA:

Data	Distância		Comentário
04/08	1 km	✔	(Agosto não é época de começar a correr. Manchas de suor são incontroláveis.)
10/09	2 km	✔	(Na verdade, não é tão longe assim. Quem diria?)
05/10	3 km	✔	(Estou indo muito bem. Parabéns pra mim. Eu sou superior a todos. Curvem-se a mim!)
19/10	4 km	✔	(Termina bem no Burger King! Coincidência?!?!)
13/11	5 km	✔	(Cristo)
16/11	6 km	✔	(A vida passou diante dos olhos. Não vou aguentar muito mais. Continue sem mim, Mo.)
23/11	7 km	✔	(Como alguém faz isso por prazer?)
25/11	8 km	✔	(Arghhhhhhhhhh. Por queeeee eu tenho que correr, por quêêêêêêêêê???)
28/11	9 km	✔	(Causa da morte)

Respiro fundo na tentativa de dissipar a ansiedade que percorre meu corpo enquanto olho para o meu reflexo no espelho.

É hoje. A corrida finalmente chegou. Embaralho minhas pernas para tentar estimular minha circulação sanguínea, que parece ter parado em algum lugar ao redor do meu coração. Estou usando leggings esportivas pretas, dois tops esportivos e — minha parte favorita da roupa — a camiseta de caridade.

Estou acordada desde as cinco, o que — obviamente — é inédito para mim. Não consegui dormir. Eu não podia acreditar que algo criado por mim realmente iria acontecer.

Bem, algo criado por mim e por Jack.

— Oi.

Olho em volta quando vejo Amy entrar na sala de educação física, que eu transformei no meu camarim. Ela também está vestindo sua camiseta igual à minha, e seu cabelo castanho está torcido até a cintura.

— Oi — respondo —, tudo bem?

— Sim — Amy diz baixinho ao se aproximar de mim.

Eu me viro do espelho e caio em uma cadeira giratória, lutando contra o desejo de girar nela como uma criança. Fico feliz por nunca ter tido uma dessas na Lemons, senão eu nunca teria feito nada.

— Então esta é a sua sala — eu digo. — Esta era a sua mesa?

— É claro — diz Amy. — Veja.

Ela aponta atrás de mim, giro a cadeira e sigo seu olhar.

— Ah! — exclamo ao notar as fotos de Amy e Tamal juntos, e depois uma foto minha. — Você tem uma foto minha na sua mesa! — digo comovida. — Eu não fazia ideia.

Amy sorri.

— Bem, agora você sabe.

— É porque eu sou tão inspiradora? — pergunto, mostrando um sorriso para ela.

Amy deixa escapar uma pequena risada, que morre quase instantemente. Olho de novo para ela. O brilho usual nos seus olhos não está presente.

— Você está bem? — pergunto, girando de frente para ela.

Amy inclina a cabeça para o lado.

— É, estou — ela diz com uma voz pequena. Seus olhos caem e ela olha de volta para o colo.

Enrugo a testa para ela e pego sua mão.

— Não, você não está — eu digo. — O que foi? — Aperto a palma de sua mão. — Me conta.

— Nada.

— Amy! — insisto, severa. — Me conta qual é o problema.

Amy exala profundamente e seu corpo estremece. Sinto uma lágrima rolar de seus olhos e cair na minha mão. Ela balança a cabeça rapidamente e enxuga os olhos com a outra mão dando batidinhas.

— Estou muito orgulhosa de você, de verdade — ela responde. — Estou muito orgulhosa de você, Georgie.

Olho de volta para ela, sentindo meu coração se contrair diante de sua expressão.

— Bom — digo em tom leve —, você não está chorando porque está orgulhosa, está?

Uma onda de lágrimas afoga o sorriso de Amy e ela balança a cabeça, depois olha de volta para nossas mãos entrelaçadas.

— O que foi? — repito. — Vamos, Amy, me conta.

— É só que... — ela diz — eu também gostaria de poder correr. — As lágrimas estão se acumulando ao redor de seus olhos inchados. — É difícil pra mim não fazer parte disso.

Eu olho para ela, meus olhos esbugalhados.

— Amy — digo gentilmente —, tudo isso é por sua causa. Todo mundo na comunidade queria te ajudar. Você inspirou este evento. Você me inspirou. Essa lista me transformou. Talvez você não consiga correr os dez quilômetros, mas não pode dizer que não faz parte dele. Você é este evento.

— Georgia?

Olho de Amy para Tamal, de pé na abertura da porta. Ele contorna Amy e corre até mim.

— Oi — ele diz, passando o braço pelo ombro dela —, o que está acontecendo?

Amy enxuga os olhos com as costas da mão depressa e balança a cabeça.

— Nada — ela se apressa a responder. — Só estou sendo boba. Emotiva.

Papai olha para ela e depois para mim.

— Err... — ele começa —, Georgie?

— Sim?

— Você olhou lá fora recentemente?

Meus olhos se levantam para encontrar os dele.

Ah, Deus, o que aconteceu? Tornado? Furacão? Invasão alienígena?

Não. Não seja boba, Georgia. Nós nunca temos furacões na Inglaterra.

Eu me levanto depressa, saio pela porta do escritório e vou em direção à janela mais próxima. Minha boca se abre assim que meus olhos examinam o pátio da escola, que está transbordando de gente. Corredores de todas as idades, formas e tamanhos estão se preparando, fazendo corridinhas de aquecimento no lugar e se alongando pelo pátio. Há grupinhos de famílias espalhados, pessoas entusiasmadas conversando e tirando fotos. Meus olhos se voltam para algumas crianças mais novas, que reconheço como o clube de corrida da escola de Amy, todas animadas pulando. Sorrio enquanto vejo Larry e Nigel, montando sua cabine de rádio, e mamãe, empoleirada na minimarquise que compramos, quase invisível em seu cachecol gigante, que está enrolado até o nariz como uma cobra alegre de lã.

Tem muita gente. Como é que há tanta gente?

Empurro as portas e corro até minha mãe, meu corpo palpitando de adrenalina quando o ar frio toma meu fôlego. Tamal e Amy vêm atrás.

— Mãe! — exclamo quando a alcanço. — Mãe?

Mamãe se vira de frente para mim. Suas bochechas estão apertadas e seu nariz está brilhando no frio.

— Querida! — ela grita, se levantando com um salto. — Querida, olhe! Você já viu? Acabaram as camisetas! Tamal — ela se inclina —, nós temos mais?

Tamal nega com a cabeça, dando risada.

— O que essas pessoas estão fazendo aqui? — pergunto com dificuldade, quando papai aparece e passa o braço pesado em volta dos meus ombros.

— Acabei de falar com aquele grupo ali! — ele ri. — Eles são um clube de corrida de Sutton. E temos uns camaradas ali que ouviram falar da corrida no rádio.

— Você viu minha classe de ioga, Ian? — mamãe pergunta rapidamente. — Você disse "oi"?

— Eles estão todos aqui para correr! — Tamal diz, me dando um tapinha no ombro. — Georgia, você deu uma olhada no dinheiro?

— No dinheiro? — repito sem pensar.

— Quanto dinheiro arrecadamos? — Tamal explica. — Georgie, arrecadamos uma fortuna!

Mamãe dá gritinhos quando uma multidão de corredores se aproxima da mesa, todos vestidos de Lycra e sorrindo.

— Olá! — cumprimenta um deles. — Gostaríamos de nos inscrever, por favor. Todos nós fizemos a doação na página. Não conseguimos cem cada, mas juntamos entre nós.

Eu me viro de frente para a mulher que está falando. Ela parece ter uns quarenta anos e um sorriso largo, que se reflete nos rostos das mulheres que vão correr com ela.

— Isso é incrível! — exclamo. — Cem libras é incrível!

A mulher pisca de volta para mim, confusa e se vira para minha mãe, que distribui adesivos com números.

— Então, vocês são do número oitenta e um — ela diz, adotando uma voz profissional — até oitenta e... — ela conta com a caneta — ... nove. Tudo bem?

— Oitenta e nove? — Giro de frente para o meu pai. — Há oitenta e nove pessoas aqui? Não pode haver oitenta e nove pessoas aqui!

Papai examina o mar de pessoas e ri.

— Ah, não — ele diz —, há oitenta e nove corredores aqui. Há muito mais gente, amor.

Eu me afasto de papai, sentindo como se todo o ar do meu corpo escapasse pelos meus ouvidos.

— Muito bem — papai diz rapidamente, me guiando de volta —, eu coloquei um palco lá em cima, dá pra ver? Usamos algumas coisas do corredor da escola. Deve funcionar para a Laura fazer o aquecimento.

— Ela está aqui? — mamãe pergunta, erguendo a cabeça como um suricato.

— Ela só está se preparando, amor — diz papai.

Olho em volta e vejo um pequeno palco no canto do pátio da escola, onde Laura está montando uma máquina de música. Ela está vestida da cabeça aos pés com roupas esportivas rosa fluorescentes e tem um gorro de pele enrolado na cabeça.

— Olá, posso ajudar?

Dou um pulo ao som da voz de Amy e percebo que ela deslizou ao lado de mamãe, atrás da mesa. Sinto uma pontada de preocupação quando Tamal agarra meu braço.

— Georgie — ele diz baixinho —, ouça, antes que a corrida comece. Eu preciso falar com você.

* * *

— Muito bem! Estamos prontos?

Sinto um balão de ansiedade inflar dentro de mim ao olhar em volta para os corredores, todos espalhados pelo pátio, assim que a voz aguda de Laura soa nos alto-falantes.

— Vamos aquecer vocês! — ela diz. — Vamos arrecadar muito dinheiro hoje para a incrível Sociedade de Esclerose Múltipla, então continuem doando! Para aqueles que não vão correr, temos chocolate quente à venda, um sorteio e muitos baldes recebendo doações.

Meu rosto fica vermelho quando ouço mamãe dar gritinhos do canto, e uma gargalhada se espalha como uma sequência de dominós pela plateia.

— Vamos lá! — Laura exclama. — Vamos lá! — Ela se inclina e aperta um botão na máquina, e a música sai e enche o pátio. Começo a pular no lugar para me aquecer.

Não sei por que decidi que dezembro era o melhor mês para uma prova de dez quilômetros. Está um puta frio.

— Georgia?

Vejo Sally caminhar na minha direção com suas pernas longas que parecem gravetos. Meus olhos se arregalam ao vê-la. Eu sei que ela sempre disse que viria, mas nunca pensei que ela fosse aparecer de verdade.

— Sally! — grito e, antes que eu possa parar, lanço meus braços ao redor dela. Sinto os braços rígidos de Sally pendurados nas minhas costas enquanto a aperto.

Já que estou aqui, vou ser sincera. Esta é provavelmente a primeira e a última vez que abraçarei Sally.

— E vamos fazer alguns polichinelos! — Laura comanda, enquanto Sally se aproxima de mim e pulamos ao mesmo tempo.

— Você veio! — exclamo. — Não acredito que você veio mesmo.

Sally franze a testa para mim.

— Eu te disse que eu vinha — ela responde, seu rosto ainda vermelho sob o choque do meu abraço. — Todo o meu clube de corrida está aqui.

Ela gesticula por cima do ombro e vejo uma grande multidão de pessoas pulando no local. Eu sorrio, o calor se espalhando pelo meu peito.

Ela realmente veio. Ela trouxe todas essas pessoas.

— Como você está? — pergunto, entusiasmada, quando passamos a um exercício diferente.

— Tudo bem — Sally diz imediatamente.

Sorrio com carinho pela familiaridade de sua resposta rápida.

— Que bom — sorrio.

— Não é a mesma coisa sem você — ela emenda logo em seguida, como se dizer as palavras em voz alta lhe cause grande desconforto. — Todo mundo está dizendo isso.

Hesito.

— Sério? — pergunto, incerta.

— Estão todos aqui — ela acrescenta, apontando. — Natalie convidou todos do trabalho para virem te apoiar.

Olho e ofego quando vejo Natalie, acenando igual a uma louca. Dou uma olhada dupla quando vejo a cara de cavalo do sujeito parado ao seu lado, com o braço apoiado no ombro dela.

Aquele é o *Lewis*? Lewis do encontro-relâmpago.

Puxa vida. Cada panela tem sua tampa, eu acho.

Aceno meus braços de volta para ela enquanto absorvo a imagem do mar de pessoas atrás dela. Todo mundo do meu escritório está aqui.

Bem, quase todo mundo.

— Bianca e a família dela se foram agora — Sally diz, um pouco tensa —, para a lua de mel.

Afasto meus olhos dela. Bianca e Jonathan iam para as Maldivas com toda a família. Jack me contou.

Ele realmente se foi, então.

— OK! — Laura comanda. — Alongar!

Eu me inclino em uma perna, minhas orelhas latejando. Não acredito que haja tanta gente aqui.

— Ei — digo para Sally, meus olhos se concentrando no corpo dela —, você está vestindo uma das camisetas!

Sally olha para si mesma e depois para mim.

— Sim — ela diz, tensa. — É a sua arte.

Eu pisco para ela, mas não consigo reprimir minha risada.

— É! — digo trocando de pernas. — Você gostou? — não consigo deixar de acrescentar.

Sally troca as pernas, seu alongamento consideravelmente mais profundo que o meu.

— É claro — ela diz com naturalidade —, seus projetos são muito bons.

Eu me levanto de volta e a encaro. Sally nunca disse que eu era boa em alguma coisa.

— Ok! — diz Laura. — Acho que está tudo pronto agora. Vamos começar a correr!

Ela clica em um botão e um som alto de trompetes atravessa o pátio, e todos correm ao mesmo tempo em direção à linha de partida. Vejo mamãe acenando animada e Larry falando depressa no microfone enquanto o mar de corredores começa a avançar. Finalmente, meus olhos se desviam para Amy e ela me dá um sinal de positivo. Sinto uma onda de determinação atravessar meu peito e diminuir qualquer ansiedade que foi deixada dentro de mim. Eu me empurro para a frente da linha e sinto o ar gelado sacudir meus pulmões.

Para minha irritação, sinto meu ânimo afundar um pouco quando a ideia de Jack vir hoje me vem à cabeça. Balanço a cabeça, contrariada, e me impulsiono para a frente.

Isso não é pelo Jack.
Isso é pela Amy.

* * *

Forço minhas pernas no chão e elas tremem embaixo de mim.
Sinto como se estivesse correndo há cem horas.
Cada parte de mim está gelada, além do meu peito, que queima toda vez que eu respiro. A única coisa que me fez continuar é Amy. Tenho que alcançar a linha de chegada. Não posso decepcioná-la.
A prova começou com todos os corredores avançando em um pelotão, mas a multidão rapidamente se separou quando a verdadeira corrida começou. Desisti de tentar correr com Sally. Não havia como eu tentar voluntariamente acompanhá-la de novo.
Refletindo, é simplesmente irracional esperar que eu (uma pessoa mais baixa que a média) acompanhe Sally (uma pessoa mais alta que a média que uma vez eu peguei comendo um ovo cru e que não conseguia ver qual era o problema quando eu quase vomitei na pia).
Tamal e todos os seus amigos do hospital me ultrapassaram há algum tempo, e eu não reconheço nenhum dos corredores perto de mim.
Olho por cima do ombro e coloco os olhos em duas mulheres, conversando alegremente logo atrás.
Como diabos eles estão conversando enquanto correm? O mero ato de respirar já está tomando todas as minhas forças internas.
— Professora?
Levo um susto quando uma garota loira e magra surge ao meu lado, seus braços batendo ao lado dela e seus cabelos loiros balançando ao vento. Eu sorrio quando a reconheço do clube de corrida. Meus olhos voam alarmados para seus joelhos nodosos; ela deve estar congelando.
— Srta. Miller? — a menina diz novamente.
Ai, Deus. Por que ela fica tentando falar comigo? Acho que não consigo! Não consigo falar e correr esta corrida! Por outro lado, eu não posso ignorar uma criança, posso? Isso parece moralmente errado.

— Oi — eu respondo com dificuldade. Meu cérebro se atrapalha loucamente.

Ai, Deus. Como ela se chama? Qual é o nome dessa criança? Qual diabos é o nome dessa crianç...

— Molly? — eu tento, quando o nome me vem à cabeça.

Felizmente, a garota sorri. Graças a Deus. Como diabos eu me lembrei disso?

— Legal ver você — acrescento, olhando fixamente à frente para indicar que não consigo dar conta de mais uma única palavra e que agora devemos correr em silêncio para o bem da minha saúde.

— Acho que estamos quase terminando! — Molly gorjeia.

Faço um sinal afirmativo solenemente.

É melhor estarmos quase terminando. Por favor, que a gente esteja quase terminando.

— Onde está o seu namorado, professora? — pergunta Molly. — Por que vocês não estão correndo juntos?

Meu coração dispara.

— Eu não tenho namorado — digo enfática.

Vejo a sobrancelha de Molly franzir pelo canto do meu olho.

— Ah — ela diz —, achei que ele fosse seu namorado. O sr. Orange.

— Lemon — eu corrijo, antes que eu possa me conter.

Molly continua a seguir ao meu lado e eu tento concentrar toda a minha energia na corrida quando o rosto de Jack volta à minha mente.

Não pense no Jack. Ele não está aqui. Ele foi embora. Ele não vai voltar, e isso é uma coisa boa. Era isso que você queria.

— Eu gostei dele — Molly comenta.

Como essa criança não está sem fôlego? Como ela está conseguindo falar como se isso fosse uma conversa convencional? Por que todos parecem capazes de falar e correr, enquanto para mim sinto que só consigo fazer isso se estiver preparada para sacrificar minha própria vida?

— Você não gostava dele, professora? — ela sonda.

Por que Amy quis trabalhar com crianças? Ela deve estar mentindo quando diz que sente falta delas. Quero dizer, isso é insuportável.

— Não — digo firmemente —, eu não gostava.

E você também não deveria, eu queria acrescentar. Mas não o faço. Não abra essa lata de vermes.

— Ah — Molly encolhe os ombros —, que pena.

Mantenho minha atenção focada à frente e sinto uma onda de determinação quando vejo papai e Amy, na placa dos nove quilômetros.

— Certo — digo a Molly, sentindo uma nova explosão de energia espiralando dentro de mim —, vejo você daqui a pouco, Molly.

Eu dou um tapinha no braço de Molly e bato meus pés no chão, saindo da pista em direção a Amy e papai. Amy olha para mim alarmada.

— O que você está fazendo? — ela pergunta ao me ver em direção a ela. — Você está quase terminando, Georgie, não pode desistir agora.

— Eu não vou — ofego quando a alcanço.

Amy abre a boca para falar, mas, antes que ela tenha a chance, corro atrás da cadeira de rodas e a empurro para a frente. Em choque, Amy quase cai da cadeira e agarra o apoio de braços.

— Georgia! — ela grita, enquanto eu volto correndo para a pista, empurrando Amy na minha frente. — Georgia! O que você pensa que está fazendo?

— Vamos fazer isso juntas! — grito para ela ao nos juntarmos à corrida novamente.

A cadeira de rodas balança incontrolavelmente no caminho irregular e eu seguro as hastes com meus dedos gelados, um novo fogo de força subindo dentro de mim e enchendo cada parte do meu corpo com uma explosão de calor escaldante. Minhas pernas batem no chão enquanto avançamos juntas e Amy grita.

— Georgie! — ela grita. — Georgie! Pare! Você não pode fazer isso!

— Você sempre diz que não existe esse negócio de "não consigo"! — eu respondo gritando.

Guio Amy pela curva e meus olhos se arregalam quando percebo a linha de chegada. Estamos quase lá, quase conseguimos. Meu corpo queima sob a tensão do nosso peso combinado e meu peito convulsiona sob a pressão.

— Somos uma equipe — consigo dizer, usando toda a energia que resta em mim para forçar as palavras —, fazemos tudo juntas, Amy. Tudo o que eu fiz foi por sua causa.

Mantenho os olhos focados na linha de chegada, repleta de pessoas acenando e torcendo. Estamos quase lá.

— Vamos trabalhar juntas nesta próxima parte — eu grito em meio aos vivas dos espectadores.

Minhas pernas atingem o chão ritmicamente quando nos aproximamos da multidão de pessoas. Meu coração está acelerado e meu peito está ardendo. Olho para baixo e noto que Amy levantou a mão; ela a torce e agarra a minha. Envolvo meus dedos gelados ao redor de sua mão enluvada e me esforço a seguir em frente ao sermos tragadas pelos aplausos das pessoas e atravessarmos a linha de chegada. Minha audição é bloqueada pela onda de aplausos que chove ao nosso redor, e eu agarro a cadeira de Amy enquanto minhas pernas se dobram debaixo de mim. A mão de Amy aperta a minha, e ela vira a cabeça para me encarar.

— Obrigada — ela diz baixinho, o rosto molhado —, obrigada.

Aperto a mão dela de volta e vejo Tamal aparecer. Seu rosto está vermelho, e sinto uma onda de emoção ao vê-lo. Amy segue o meu olhar e seu aperto na minha mão afrouxa quando ela vê Tamal. Ele dá um passo na direção dela, com os olhos brilhando. Lentamente, ele se ajoelha.

Dou um passo para trás. Mamãe grita incontrolavelmente e eu me afasto um pouco com meus pais. As mãos de Amy voam para o rosto, em choque. A boca de Tamal se move, mas suas palavras são inaudíveis com os gritos dos corredores. Os olhos de Amy estão fixos nos dele como se eles dois fossem as únicas pessoas no mundo. Em instantes, ela faz um sinal afirmativo com a cabeça e Tamal mergulha para a frente e passa os braços em volta dela. Antes que eu perceba, mamãe e papai se afastam de mim e correm em direção à Amy, envolvendo os dois em um abraço.

— Georgie?

Viro a cabeça, de repente percebendo que meu rosto está molhado das lágrimas que escorreram pelos cantos dos meus olhos. Limpo os olhos com as costas da minha mão, quando meu estômago afunda.

— Oi, Georgie.

É Bianca.

Ela está vestida da cabeça aos pés de preto, com um grande chapéu caro empoleirado no topo da cabeça. Seu cabelo cai pelas costas e seus lábios estão pintados de um tom de vermelho-escuro. Seus olhos perfeitamente delineados estão polvilhados de glitter e, pela primeira vez, estão arredondados de preocupação.

Eu pisco de volta para ela.

O que ela está fazendo aqui?

— Bianca — eu titubeio. — Oi.

Há um silêncio enquanto nós duas nos entreolhamos, e lentamente o calor da adrenalina que me impulsionou para a linha de chegada desaparece e eu sinto o vento gelado beliscando minha nuca.

— Pensei que você tivesse ido para a lua de mel — eu me ouço dizer.

O rosto de Bianca não se move.

— Vamos partir daqui a uma hora.

— Ah.

Os olhos de Bianca estão voando entre meu rosto e o campo da escola, e ela está abrindo e fechando a boca como se tivesse perdido a capacidade de falar. Bianca é sempre tão tranquila, eu nunca a vi assim.

— Parabéns — ela diz em dado momento. — A corrida parece ser um enorme sucesso.

Empino o queixo sentindo uma onda de orgulho me inundar.

— Obrigada — eu digo.

— Eu fiz uma doação — ela acrescenta rapidamente —, pela internet. Sally me mostrou o link.

Faço que sim, meu corpo tenso com aversão.

Boa e velha Sally.

— E — Bianca continua —, seu *branding* parece muito bom. O *design* é esplêndido.

Fixo o olhar nela. Para minha irritação, sinto uma onda de prazer com seus comentários.

O que ela quer?

— Obrigada — respondo de novo. Ouço Amy rir alto e viro a cabeça. — Se você não se importa, eu preciso ir. Então eu...

— Georgie! — Bianca insiste, dando um passo à frente quando me viro para sair. — Georgie, espere.

Eu me viro para ela e sinto o calafrio gélido rastejando pelas minhas costas e agarrando minha pele pegajosa.

— Quero me desculpar com você — ela diz —, pela maneira como eu te tratei. Jack me explicou o que aconteceu. Suas criações são muito boas. Acho que o cliente teria gostado delas.

Pisco para ela com cara de surpresa.

Ela está se desculpando?

— Sinto muito ter reagido como reagi — ela completa.

Olho para ela inexpressivamente. Seu rosto está tremendo e os olhos são grandes círculos, profundamente sombreados de preocupação. Para minha surpresa, sinto uma pontada de dó.

— Obrigada — agradeço, sem saber o que dizer. Olho de novo por cima do ombro e vejo Amy; ela me chama com um gesto. Olho para Bianca. — Eu realmente preciso...

— E — Bianca interrompe rapidamente —, e eu quero que você volte a trabalhar para mim. Se você quiser.

Olho para ela, perplexa. Meu estômago revira.

Ela está oferecendo meu emprego de volta? Minha vida antiga?

Olho para o rosto de Bianca e depois olho de novo para Amy.

— Obrigada — eu digo. — Realmente aprecio você vir aqui e pedir desculpas, mas não posso voltar.

— É o salário? — Bianca deixa escapar desesperadamente. — Podemos aumentar seu salário.

Tento impedir que minha boca se abra em choque. Ela está me oferecendo um aumento?

— Desculpe, Bianca — digo, olhando para trás, na direção de Amy —, mas existem algumas coisas que são mais importantes do que o dinheiro. Obrigada por ter vindo... — Estendo a mão e toco no braço dela. — Sou muito grata. Não esqueça de entrar na rifa, hein?! — acrescento, correndo de volta para Amy e deixando Bianca sozinha, confusa.

Alcanço Amy e ela joga a mão esquerda na frente do meu rosto. Pego a mão dela e olho para o anel brilhante.

— Olha! — ela grita, com os olhos arregalados. — Olha!

Jogo minha cabeça para trás e rio, meus dedos se curvando em torno da mão de Amy. Meu coração parece que poderia explodir.

— Eu sei — respondo. — Fiquei muito feliz.

Amy aperta minha mão e estica a cabeça em volta de mim.

— Com quem você estava falando?

Olho para trás e vejo Bianca digitando no celular dela.

— Bianca — respondo. Ela me ofereceu meu antigo emprego de volta.

Amy fica boquiaberta.

— Puxa! — ela exclama. — Georgie!

— Eu disse que não — eu me apresso a responder. — Recusei.

Amy pisca para mim, seu rosto atônito.

— Bem — ela diz algum tempo depois —, o que você vai fazer agora?

Encolho os ombros, sentindo uma onda de histeria quebrar em cima de mim.

— Não sei! — eu rio. — O que você quiser fazer.

— Georgia?

Desvio meus olhos de Amy e encontro mamãe vindo apressada junto com três mulheres.

— Georgia — mamãe diz de novo —, essa é Joanna, da Sociedade de Esclerose Múltipla. Ela gostaria de falar com você.

CAPÍTULO TRINTA

LISTA DA GEORGIE

1. Comer em um restaurante 5 estrelas. ✔
2. Fazer uma aula de salsa. ✔
3. Pular de paraquedas. ✔
4. Marcar um encontro pelo Tinder. ✔
5. Pedalar em um parque. ✔
6. Correr dez quilômetros. ✔
7. Fazer um bolo perfeito.
8. Mergulhar pelada no mar. ✔
9. Tentar andar de skate. ✔
10. Mostrar seus projetos para a Bianca! ✔

Coloco três barras de manteiga na minha tigela com um ruído.

Certo. Manteiga medida corretamente. Confere.

Meus olhos examinam a receita, que me examina de volta no iPad de Amy. Eu consigo. Eu vou conseguir. Meu aniversário é amanhã e não serei derrotada por um maldito bolo, dentre todas as coisas.

Quero dizer, é só um bolo! Tem que ser fácil. Com certeza, é daí que a expressão "doce de criança" vem?

Hmmm. Por que nunca uso essa expressão? Talvez seja aí que eu esteja errando. Dizem que devemos nos vestir para o emprego que desejamos. Talvez seja também falar para o emprego que desejamos?

Talvez se usasse essa expressão o tempo todo, eu acabasse sendo uma excelente especialista em doces.

Bem, de agora em diante, tentarei inserir essa expressão em qualquer conversa que eu puder. Talvez eu faça isso amanhã mesmo! Talvez esse bolo seja o pontapé inicial da minha carreira e eu seja secretamente uma confeiteira incrível. Vou comprar um avental de bolinhas, uma bolsa colorida e um enorme chapéu de *chef*.

Se bem que a maioria dos *chefs* não usa chapéus de *chef*, usa? Eu não quero parecer boba.

Ok, esqueça o chapéu de *chef*.

Então, amanhã, vou colocar o meu bolo perfeito sobre a mesa e todo mundo vai soltar exclamações de espanto. Eles vão se virar para mim em choque e gritar "Como você fez isso?", e eu vou responder: "Ah, isso? Foi que nem tirar doce de criança!".

E então todo mundo vai dar risada, e eu vou me tornar uma tamanha sensação em confeitaria, que isso vai virar meu slogan.

Meus olhos examinam a receita. Certo, adicione o açúcar.

Pego o saco de açúcar e viro o conteúdo de leve, fazendo uma tentativa.

A corrida completou três dias, e só estamos começando a voltar ao normal. Quase consigo me sentar sem gemer como uma porca com TPM, então já é alguma coisa. O evento foi maior do que eu jamais poderia ter imaginado. Levantamos mais de trinta mil libras.

Só de pensar nisso, meu interior se contorce de prazer.

Trinta mil libras!

E todo mundo também adorou! Uma reportagem foi publicada no jornal local e as pessoas faziam doações pela internet enquanto ouviam o rádio. As pessoas começaram a me perguntar se íamos organizar outra corrida. Eu não sabia o que dizer.

Então, se isso não bastasse, eu e Amy fomos abordadas pela líder da Sociedade de Esclerose Múltipla. Ela fez a mesma pergunta. Então ela perguntou o que acharíamos de cuidar dos eventos deles. Tentei argumentar que eu não sabia nada sobre a organização de eventos, mas as pessoas ao meu redor provaram que eu estava errada rapidamente.

Cremifique a manteiga e o açúcar até obter uma mistura clara e fofa.

Faço uma careta para a receita. Clara e fofa parece um patinho anêmico, não uma mistura de bolo. Coloco a colher dentro da tigela obedientemente e sinto um zunido de satisfação quando os ingredientes se misturam.

Ainda não sei por que Amy colocou isso na lista. Para começar, ela pode facilmente fazer um bolo. Eu já a vi fazer! Nada na EM a impede de fazer confeitaria.

Certo, acho que basta "cremificar". Meus olhos voam para a receita. *Bata os ovos.*

Pego os ovos e os quebro na tigela; eles escorrem e afundam na mistura enquanto eu pego o batedor.

Amy e Tamal foram buscar as alianças. Por fim, pela primeira vez desde o diagnóstico de Amy, ela parece feliz. Na verdade, acho que nunca a vi mais feliz.

O batedor gira de maneira impressionante e eu vejo os ingredientes ricochetearem um contra o outro.

Dobre a farinha.

Coloco o batedor de lado e olho para o grande saco de farinha, apoiado no canto. Eu o pego com as duas mãos.

Natalie ficou arrasada quando eu disse a ela que não voltaria à Lemons. Acho que Sally ficou inclusive chateada. Eu realmente acho que...

WOOMPH!

Dou um pulo quando o saco de farinha cai na tigela e uma grande nuvem branca sopra na frente dos meus olhos. Pisco loucamente enquanto a farinha se agarra aos meus cílios e tenta sugar a umidade dos meus globos oculares expostos.

Ai! Como diabos isso aconteceu?

Largo o saco de farinha e limpo o rosto com as costas da mão, sujando o cabelo de farinha. Coloco a farinha na tigela de forma agressiva e ligo de novo o batedor.

Argh. Farinha idiota. Estava tudo indo tão bem! Por que não consigo preparar um maldito bolo? Qual é a merda do meu problema?

Jogo a mistura na assadeira e enfio no forno.

Bolo idiota. Amy idiota. Por que eu não consigo? Por que não consigo fazer nada?

Sento no chão da cozinha e largo a cabeça nas mãos, sentindo uma emoção familiar surgir dentro de mim.

Eu estou feliz. Fico repetindo isto para mim: eu estou feliz. O evento foi um enorme sucesso. Arrecadamos uma quantia enorme de dinheiro para uma causa importante. Me ofereceram um emprego, fazendo algo que realmente é significativo para mim. Eu estou feliz. Eu estou.

Minha cabeça apoiada nas mãos, sinto o fundo da minha garganta queimar.

Estou feliz que Amy esteja feliz. Essa é a coisa mais importante. Estou feliz por ela. Estou feliz que ela esteja noiva, e que ela tenha encontrado o amor. Mas isso também me lembra que eu não encontrei e nem estou perto disso.

Tentei me inscrever no Tinder e tentar encontrar um *match*, mas não é a mesma coisa. Eu me conectei com Jack, me conectei com ele de verdade. Ou pelo menos era o que eu tinha pensado.

Olho para cima quando ouço o barulho de correspondência batendo no capacho. Levanto os olhos e inspiro fundo de um jeito que chacoalha através do meu corpo caído.

Vamos. Você tem muito o que agradecer. O futuro é realmente promissor. Você terá um novo ano com Amy ao seu lado, fazendo algo realmente importante. Você deveria estar feliz. Você está feliz.

Eu me levanto e ando em direção às correspondências.

Estou feliz.

Volto para a cozinha. Obviamente, nunca recebo nenhuma correspondência, pois na verdade eu não moro aqui.

Paro quando meus olhos registram um pacote quadrado marrom no topo da pilha, endereçado a mim.

Por que está endereçado a mim?

Franzo a testa com curiosidade inclinando meu corpo contra o radiador do corredor e pego o pacote. Quem está mandando alguma coisa para mim?

Com o maior cuidado possível, retiro o papel. Um pequeno diário cai no meu colo. Há um recado colado do lado de fora que diz ME ABRA, e minha respiração acelera quando reconheço a letra.

É do Jack.

Antes que eu tenha a chance de ordenar meus pensamentos, minhas mãos abrem o diário e começo a ler suas palavras desarrumadas, rabiscadas pela página em tinta preta.

DIÁRIO DE JACK LEMON

1. Tenho medo de lesmas. Pavor, na verdade. Eu sei que não faz sentido.
2. Cresci em Brighton e me mudei para Londres quando tinha dezoito anos, com Bianca.
3. Nossos pais se separaram quando éramos crianças, o que fez com que eu e B nos tornássemos muito próximos.
4. Minha bio do Tinder diz: "Sou 60% água, e quem não adora beber?". Achei hilário. A maioria discordou.
5. Eu montei minha própria empresa de marketing. Foi à falência.
6. Adoro cachorros e meu sonho é ter um husky chamado Hugo.
7. Eu e Lulu nos separamos porque ela me traiu.
8. Bianca uma vez escreveu para mim uma carta de Dumbledore. Minha versão de doze anos acreditou que era de verdade.
9. Fui batizado em homenagem ao meu tio-avô, que era artista.
10. Fazer a lista me fez apreciar a vida novamente e tudo o que estava perdendo.
11. Conhecer você me fez apreciar todo o resto.
12. Várias pessoas me disseram que eu não consigo distinguir tons.
13. Eu andava muito de skate quando era criança. Eu também usava o cabelo de lado com uma franja que cobria um olho.
14. Matei acidentalmente sete peixes dourados na minha vida e me sinto péssimo por isso.
15. Chorei na primeira vez que assisti a *Simplesmente amor*.
16. Eu acho que a Páscoa é o feriado mais subestimado.
17. Não tenho pensado em nada além de você desde o casamento.

> 18. Engoli um alfinete quando estava no nono ano e nunca mais o vi desde então.
> 19. Eu tinha uma queda enorme pela minha professora de matemática do primeiro ano do ensino médio. Ela estava na casa dos quarenta anos.
> 20. Quando você falou comigo na The Hook, eu tinha acabado de discutir por três horas com a Lulu. Ela descobriu que eu tinha ido embora para Londres.
> 21. Você não é como ninguém que eu já conheci.
> 22. Minha vida inteira mudou no momento em que te conheci.

Meus olhos se enchem de lágrimas quentes enquanto folheio as páginas. Deve haver mais de cem fatos aqui, todos escritos aleatoriamente em cores diferentes. Alguns maiores que outros, e alguns quase ilegíveis. Seguro o diário em minhas mãos enquanto minha mente nada em meio à confusão e a um sentimento crescente de alegria. Ele se importa. Ele me escreveu um...

A porta é atingida com força por uma mão do outro lado e eu dou um pulo, assustada pelo impacto.

Quem é?

Eu rapidamente pisco minhas lágrimas e abro a porta. Quase derrubo o diário em choque quando vejo Jack parado na porta.

— Olha — ele diz furioso —, desculpe, mas não posso simplesmente ir embora. Eu preciso falar com você. Eu preciso...

Suas palavras se perdem quando eu largo o diário no chão e jogo meus braços em torno de seu pescoço. Jack agarra minha cintura, minhas mãos se agarram ao seu rosto e eu o beijo com firmeza. Sua leve barba roça nos meus lábios e ele pressiona o corpo contra o meu e me beija de volta. Nós nos agarramos um ao outro como se nunca mais fôssemos tocar um ao outro novamente, e meu interior explode de emoção. Enfim, eu o solto. A raiva original em seu rosto se foi, seus olhos voam para o diário e depois voltam para mim.

— Por que você está aqui? — eu consigo dizer. — Pensei que você estivesse fora, com Bianca ou...

Jack sorri e encolhe os ombros.

— Eu tinha coisas mais importantes a fazer.

Eu fico olhando para ele, meu coração disparado, quando de repente um cheiro forte enche meu nariz.

O quê? O que é...?

Ai, meu Deus.

— O bolo! — eu grito, soltando Jack e me lançando na direção da cozinha. Saio rasgando pelo corredor, e um cheiro pungente de queimado vem se propagando da cozinha.

Ai, meu Deus. Ai, puta merda.

Abro a porta do forno com força e pisco ao ser cegada pela fumaça grossa. Puxo o bolo para fora, que está enegrecido e murcho. Fico olhando para ele com desânimo.

— Ah — eu lamento —, olha! Eu não consigo fazer uma porcaria de um bolo! Não sei por que, eu apenas...

Minhas palavras desaparecem quando Jack me vira para encará-lo e me beija novamente.

De repente, o bolo não parece mais tão importante.

CAPÍTULO TRINTA E UM

5 DE DEZEMBRO: MEU ANIVERSÁRIO

— Uau, não acredito que você conseguiu.

— Muito bem, querida! Parece fantástico.

Minhas bochechas ficam vermelhas quando todos se juntam em volta de mim e olham o bolo brilhando de forma impressionante em um grande suporte.

— Obrigada — eu digo com uma voz pequena.

Bem, mal posso dizer que foi como tirar "doce de criança" agora, posso?

Ok, revelação total: eu comprei o bolo. Quero dizer, o que eu deveria fazer? Acredito plenamente que o bolo que fiz ontem seria perfeito e totalmente comestível, se Jack não tivesse atrapalhado.

Meu estômago revira quando ele dá uma piscadinha para mim.

Quero dizer, valeu totalmente a pena. Obviamente.

Embora seja melhor ele não me entregar. Ele prometeu que não faria.

Eu tomo a decisão estúpida de chamar a atenção de Amy. Ela está levantando as sobrancelhas para mim de um jeito de quem sabe. Desvio o olhar rapidamente.

Ela super sabe. Quer dizer, quem eu estou enganando? Este bolo tem sete tipos diferentes de frutas. Eu nem sabia que existiam sete tipos diferentes de frutas.

— Bem! — mamãe diz, se levantando. — Estou muito impressionada, querida. Nós vamos cantar o "Parabéns" em breve. Alguém gostaria de uma boa xícara de chá?

Todos respondem educadamente e mamãe volta correndo da sala, carregando o bolo com cuidado.

— Ok — Amy sorri —, onde está a lista, Georgie?

Sinto uma onda de emoção quando tiro a lista da minha bolsa e a estendo sobre a mesa de centro, para que todos possam ver. Uma onda de orgulho toma conta de mim enquanto meus olhos examinam a lista.

— Ainda não consigo acreditar que você completou tudo — papai diz baixinho, inclinando-se sobre o meu ombro para olhar a lista.

Abro um sorriso radiante para ele, orgulho borbulhando debaixo da minha pele.

Se você tivesse me dito no início deste ano que iria concluir todas essas coisas, eu nunca teria acreditado em você. Eu odiava fazer qualquer coisa fora da minha zona de conforto, e eu até lutei com coisas que estavam dentro da minha zona de conforto. Eu nunca me desafiava ou fazia algo fora do comum. Eu apenas existia.

Amy me passa uma caneta e eu tiro dela alegremente.

— Aí está, campeã — papai diz, me dando um tapinha no ombro enquanto se levanta —, você pode marcar a última coisa da sua lista!

Abafo uma risada e Amy me lança um olhar.

— Eu sei que você não fez esse bolo — ela diz pelo canto da boca.

Empino meu queixo no ar.

— Não sei do que você está falando — digo com ar despreocupado, evitando contato visual a todo custo.

Jack afunda no sofá ao meu lado e pega minha mão, e eu noto um olhar trocado entre Amy e Tamal.

— Então, Jack — diz Tamal, se ajeitando na poltrona ao lado de Amy —, a Georgie te contou como a Corrida Miller foi bem-sucedida?

Sinto meu rosto corar, como sempre cora sempre que alguém traz isso à tona.

— Não — Jack diz, e eu viro a cabeça para olhá-lo —, mas a Bianca contou.

— A Bianca? — eu repito, perplexa.

Por que ela estava falando sobre isso?

— Sim — Jack confirma —, ela achou ótima. Ela disse que o *branding* todo era brilhante. Ela não te disse isso?

— Bem — murmuro —, sim, mas não achei que ela estivesse sendo sincera.

Ela disse isso para o Jack?

Jack ri.

— Claro que ela estava! — ele afirma. — Você sabe que a Bianca nunca diz nada que ela não queira dizer de verdade.

Bem, acho que é verdade.

Ela também doou um monte de dinheiro — acrescenta Jack —, quando você recusou a oferta de emprego dela. Ela disse que queria fazer algo pelo karma dela, por causa de como ela te tratou mal.

— É sério? — indago baixinho.

— É. — Jack faz que sim. — Ela é assim. Ela nunca quer fazer mal a ninguém. Ela é bem-intencionada.

Abro a boca para responder, mas todas as luzes se apagam e somos mergulhados na escuridão enquanto mamãe faz malabarismos com uma caixa de fósforos e tenta acender as velas no bolo com a ajuda de papai.

As minúsculas chamas dançam, e meu corpo encolhe de medo com a perspectiva da temida música.

Ai... Se existe uma coisa que eu não posso suportar (quem estou tentando enganar? Há muitas, muitas coisas que não posso suportar) são pessoas cantando parabéns para mim. Quero dizer, pra começar, a música dura uns quatro anos. Ninguém tem voz para cantar as notas altas, e a coisa toda é pavorosamente constrangedora.

Ouço mamãe respirar fundo e forço um sorriso não natural no meu rosto.

— Paaaaaaaaaraaabéns pra vooooocêêêêêêê — ela começa, e lentamente todos se juntam.

Eu me encolho por dentro, sorrindo sem jeito como se estivesse esperando que minha foto do baile seja tirada.

— Parabéns para a Georgie! — mamãe canta com seu melhor soprano.

Ah. Alguém andou vendo *realities* de cantores na TV.

— Parabéns pra você! — a sala inteira canta em uníssono, e eu sorrio para eles com gratidão.

Amy sorri para mim.

— Então faça um pedido! — ela diz, seu rosto brilhante.

Olho ao redor pela sala e fecho os olhos com força, o desejo se formando em minha mente.

O único desejo que eu já tive.

O desejo que se perdeu ao longo desse ano que passou e que, às vezes, quase desapareceu completamente:

Eu desejo que eu e Amy possamos ser felizes para sempre.

Apago as velas e abro os olhos.

Os olhos de Amy estão brilhando intensamente para mim e meu coração incha quando sei que meu desejo, girando na fumaça das velas do meu aniversário, está se tornando realidade.

A LISTA QUE MUDOU MINHA VIDA

LISTA DA GEORGIE

1. Comer em um restaurante 5 estrelas. ✔
2. Fazer uma aula de salsa. ✔
3. Pular de paraquedas. ✔
4. Marcar um encontro pelo Tinder. ✔
5. Pedalar em um parque. ✔
6. Correr dez quilômetros. ✔
7. Fazer um bolo perfeito. ✔
8. Mergulhar pelada no mar. ✔
9. Tentar andar de skate. ✔
10. Mostrar seus projetos para a Bianca! ✔

AGRADECIMENTOS

Preciso começar agradecendo a minha superagente, Sarah Manning, que acreditou em mim desde o início, me defendeu sem parar e tornou tudo isso possível. Um enorme agradecimento também à minha editora/maga literária Jess Whitlum-Cooper, que viu coisas no livro que eu nunca teria visto e amou a Georgia tanto quanto eu.

Obrigada a minha assessora de imprensa Phoebe Swinburn e a todos da Headline por todas as coisas incríveis que vocês fazem.

Obrigada aos meus líderes de torcida: Andrew e Adam, Gemma e Ziggie, Mel, Jamie, Kristie, Georgina e Jodie.

Obrigada a Jess e Varsha da Sociedade de Esclerose Múltipla por toda a ajuda.

Obrigada a Ari, por repetidamente me dizer "você deveria escrever um livro" desde os onze anos, e por sempre acreditar em mim.

Obrigada a Laura, James e Anna por constantemente me permitirem dominar a sala e me ensinarem a pensar.

Obrigada a Catherine e Maynie, por sempre rirem das minhas piadas e me inspirarem sem parar.

Obrigada a minhas ratas de livros preferidas: Kiera, Shannon, Lucy, Natalie, Evangeline, Silke e Vivien.

Obrigada a minhas meninas pelo apoio infinito: Claire, Lib, Kate, Hayley, Becca, Georgia, Rosie, Jess, Lauren e Alice.

Obrigada a todos que leram trechos ao longo dos anos e me incentivaram a continuar: Ciara, Emily, Cheri, Emma, Beanie, Catherine, Holly, Ami, John-Webb, Annie, Luke, Lydia e Alex.

Obrigada aos meus avós, por sempre despertarem a minha imaginação.

E, finalmente, obrigada à minha família por tudo o que vocês sempre fizeram por mim. Aos meus pais por me ensinarem a rir de mim mesma, aos meus irmãos Tom e Dominic por acreditarem eternamente em mim, e a Elle, por me ensinar a ser uma irmã.

AGORA QUE A GEORGIA COMPLETOU A LISTA

É A SUA VEZ!

VOLTE AO COMEÇO DO LIVRO E PREENCHA A LISTA COM METAS QUE VOCÊ DESEJA REALIZAR!

ASSINE NOSSA NEWSLETTER E RECEBA INFORMAÇÕES DE TODOS OS LANÇAMENTOS

www.faroeditorial.com.br

CAMPANHA

Há um grande número de portadores do vírus HIV e de hepatite que não se trata. Gratuito e sigiloso, fazer o teste de HIV e hepatite é mais rápido do que ler um livro. FAÇA O TESTE. NÃO FIQUE NA DÚVIDA!

Esta obra foi impressa em agosto de 2020